★★★★★

«Ottimo. Tutto quello che posso dire
senza sembrare fuori di me
è che sono totalmente dipendente
da questa serie. Ah, dimenticavo.
Fatevi un regalo e leggete la Wild.»

★★★★★

«Due personaggi forti, reali,
appassionati, impossibili
da dimenticare.»

anagramma

469

Questo libro è un'opera di fantasia.
Nomi, personaggi, luoghi e avvenimenti sono frutto dell'immaginazione dell'autrice o sono usati in maniera fittizia.
Qualunque somiglianza con fatti, luoghi o persone, reali, viventi o defunte è del tutto casuale.

Titolo originale: *Hardwired*

Traduzione dall'inglese di Carla De Pascale
Prima edizione: maggio 2016

Roma, Casella postale 6214

ISBN 978-88-541-9357-4

www.newtoncompton.com

Realizzazione a cura di Librofficina, Roma
Stampato nel maggio 2016 presso Puntoweb s.r.l., Ariccia (Roma)
su carta prodotta con pasta termomeccanica, senza utilizzo di cloro, proveniente da foreste controllate, nel rispetto delle normative ambientali vigenti

Meredith Wild

Senza difese

The Hacker Series

Newton Compton editori

A mia madre,
per avermi supplicato di scrivere.

Capitolo uno

«Che giornata perfetta», dissi.

A Boston il ghiaccio dell'inverno si stava sciogliendo e la primavera faceva capolino. Il campus aveva ripreso vita, pullulava di studenti universitari, turisti e gente del posto.

Molti indossavano ancora la toga della cerimonia di laurea che era avvenuta nel pomeriggio, e io ancora non mi rendevo pienamente conto di quello che stava succedendo. Sembrava tutto così surreale, dai malinconici addii agli amici all'attesa di trovarsi faccia a faccia con i problemi del mondo reale, appena un giorno dopo. Ero rapita da un vortice di emozioni. Orgoglio, sollievo, ansia. Ma quella che aveva il sopravvento su di me era la felicità: ero felice di vivere questo momento. Felice di avere Marie accanto a me.

«Ce l'hai fatta, e nessuno lo merita più di te, Erica». Marie Martelly, la migliore amica di mia madre e la mia ancora di salvezza nella vita, mi strinse la mano e mi abbracciò.

Alta e snella, Marie torreggiava sulla mia figura minuta. Aveva la pelle color cioccolato e i capelli castani erano attorcigliati in centinaia di dread corti, in uno stile che esprimeva eterna giovinezza ed eclettricità. Non conoscendola, nessuno avrebbe mai immaginato che mi avesse fatto da mamma per quasi dieci anni.

Mi ero sempre ripetuta che essere orfana fosse in qualche maniera meglio che avere dei genitori come quelli di cui sentivo parlare o che raramente incontravo di persona. Padri e madri dei miei compagni di università a volte erano così opprimenti. C'erano fisicamente, ma dal punto di vista emotivo erano assenti, oppure erano talmente in là con gli anni da poter essere i miei nonni e soffrire di un grosso gap generazionale. Dare il meglio di me sembrava di gran lunga più facile se ero la sola a spronarmi.

Marie era diversa. Per tutto il tempo mi aveva supportata nella giusta misura. Ascoltava le disavventure che avevo con gli amici e i miei piagnistei su lavoro ed esami, ma non mi aveva mai messo pressione. Sapeva bene quanta me ne addossavo già da sola.

Camminavamo lungo i vialetti che si diramavano per il campus dell'università di Harvard; una brezza leggera muoveva le fronde folte degli alberi che frusciavano appena sopra di noi.

«Grazie per essere venuta», le dissi.

«Non essere sciocca, Erica! Non mi sarei persa questo momento per nulla al mondo. Lo sai». Sorrise e mi fece l'occhiolino. «E poi, mi fa sempre piacere una gita nel mondo dei ricordi. Non ricordo neanche quando è stata l'ultima volta che ho messo piede in un campus. Mi fa sentire di nuovo giovane!».

Scoppiai a ridere vedendo il suo entusiasmo. Soltanto una come Marie avrebbe potuto visitare la sua vecchia università e sentirsi più giovane, come se il tempo non fosse passato.

«Sei ancora giovane, Marie».

«Oh, lo credo anch'io. Ma la vita va troppo veloce. Te ne accorgerai molto presto». Sospirò piano. «Pronta a fare festa?».

Annuii. «Assolutamente sì. Andiamo».

Uscite dal campus, fermai un taxi che ci portò a Boston attraversando il fiume Charles. Alcuni minuti dopo varcammo le porte di legno di una delle migliori steak-house della città. Rispetto alle strade soleggiate, il locale era freddo e in penombra, e un'atmosfera raffinata aleggiava tra i mormorii sommessi dei clienti serali.

Ci accomodammo e, menu alla mano, ordinammo da mangiare e da bere. Il cameriere ci portò subito due bicchieri di scotch invecchiato sedici anni con ghiaccio, drink che avevo avuto occasione di apprezzare in diverse cene con Marie. Dopo settimane di abuso di caffè e cene da asporto consumate a tarda sera, niente poteva ricompensarmi più di un bicchiere di scotch e una buona bistecca.

Tracciai dei disegnini sulla condensa del bicchiere che tenevo in mano, nel frattempo mi domandavo come sarebbe stata quella giornata se mia madre fosse stata ancora viva. Magari sarei rimasta ad abitare a Chicago e avrei vissuto una vita del tutto diversa.

«A cosa pensi, piccola?». La voce di Marie mi distolse dai miei pensieri.

«Nulla. Avrei soltanto voluto che mamma fosse qui con me», risposi pacatamente.

Marie allungò il braccio e mi prese la mano. «Sappiamo entrambe che Patricia sarebbe stata orgogliosa di te, oggi. Senza dubbio».

Nessuno aveva conosciuto mia madre più di Marie. Sebbene la distanza le avesse separate per anni dopo gli studi, erano rimaste comunque in contatto – sempre, fino al triste momento finale.

Evitai i suoi occhi, cercando di sfuggire all'ondata di emozioni che mi travolgeva come un maledetto fiume in occasione di ogni festa comandata. Non avrei pianto. Era un giorno felice, al di là di tutto. Un giorno che non avrei mai dimenticato.

Marie mi lasciò la mano e sollevò il bicchiere con gli occhi che le brillavano: «Che ne dici di un brindisi, al prossimo capitolo della vita?».

Alzai il bicchiere insieme a lei con un sorriso velato di malinconia, lasciando però che il sollievo e la gratitudine riempissero le crepe nel mio cuore.

«Cin cin». Feci tintinnare il bicchiere contro quello di Marie e bevvi un sorso abbondante, assaporando il liquore ardente che si faceva strada dentro di me.

«A proposito, quali sono i tuoi programmi per il futuro, Erica?».

Abbandonai i pensieri sul passato e cercai di scrollarmi di dosso l'ansia dalla quale ancora mi sentivo sopraffatta. «Be', questa settimana ci sarà l'incontro cruciale alla Angelcom, e poi dovrò cercare un posto in cui vivere».

«Puoi sempre vivere da me, per adesso».

«Lo so, ma ho bisogno di stare un po' da sola. Non vedo l'ora, in realtà».

«Hai qualche idea?»

«Veramente no, ma devo tagliare i ponti con Cambridge». Quello di Harvard era stato un periodo meraviglioso, ma io e il mondo accademico dovevamo iniziare a vedere altre persone. Avevo passato un anno a rincorrere obiettivi impegnativi, a lavorare per la tesi, ad avviare la mia carriera professionale e a fronteggiare le pressioni eccessive dei tutor. Non vedevo l'ora di cominciare un nuovo capitolo della mia vita, lontano dal campus.

«Non che io voglia che te ne vada, ma sei sicura di voler rimanere a Boston?».

Annuii. «Sono sicura. Il lavoro potrebbe portarmi a New York o in California prima o poi, ma per ora sto bene qui».

Boston era una città difficile, a volte. Gli inverni erano rigidi, ma la gente era forte, passionale e spesso dolorosamente diretta. Con il passare del tempo ero diventata come loro. Non riuscivo a immaginarmi in un altro luogo. E poi, dato che non avevo genitori dai quali tornare, era diventata la mia casa.

«Non hai mai pensato di tornare a Chicago?»

«No». Masticai in silenzio un boccone d'insalata, cercando di non pensare a tutte le persone che sarebbero potute essere lì con me in quel momento. «Non esiste più un luogo d'origine per me. Elliot si è risposato e ha dei bambini. E la famiglia di mamma è stata sempre... lo sai, distante».

Quando mia madre era tornata dall'università ventuno anni prima, incinta e senza intenzione di sposarsi, il suo rapporto con i genitori era diventato a dir poco teso. Anche quando ero bambina, i pochi momenti che condividevo con i miei nonni mi lasciavano una sensazione di disagio e imbarazzo per essere entrata nella loro vita. Mia madre non mi aveva detto mai niente di mio padre, ma se le circostanze erano state tanto sconvenienti da non volermene parlare, probabilmente era meglio non indagare. Almeno, questo era ciò che mi dicevo sempre quando la curiosità si risvegliava.

La tristezza e l'empatia che trasparivano dagli occhi di Marie si riflettevano nei miei. «Hai avuto più notizie di Elliot?»

«Di solito ci sentiamo durante le vacanze. Ora è impegnato con i due piccoli».

Elliot era l'unico padre che avessi mai avuto. Aveva sposato mia madre quando ero molto piccola, e avevamo vissuto tanti bei momenti insieme.

Ma appena un anno dopo la morte di mamma era stato preso dal panico di dover crescere una figlia adolescente da solo e aveva usato la mia eredità per spedirmi in un collegio a Est.

«Ti manca?», mi sussurrò, come se mi leggesse nel pensiero.

«A volte», ammisi. «Non siamo mai stati una famiglia senza di lei». Pensai a come ci sentivamo persi e lontani quando lei era morta. Adesso eravamo legati soltanto dal ricordo dell'amore che provavamo per lei, ricordo che diventava sempre più sbiadito con il passare degli anni.

«L'ha fatto per il tuo bene, Erica».

«Lo so. Non lo biasimo. Siamo entrambi felici, è questo che conta». Con una laurea e un'attività avviata, non avevo rimpianti riguardo alla scelta di Elliot. Del resto era stato lui che mi aveva messa sulla buona strada per arrivare dove mi trovavo oggi, ma questo non cambiava il fatto che ci eravamo allontanati sempre di più.

«Cambiamo argomento, adesso. Parliamo dell'amore della tua vita». Marie fece un sorriso affabile, con i suoi bellissimi occhi a mandorla che brillavano nella luce soffusa del ristorante.

Scoppiai a ridere, consapevole del fatto che avrebbe voluto sapere ogni minimo dettaglio, se mai avessi avuto qualcosa da raccontare. «Niente da dirti, purtroppo. Perché non parliamo dei *tuoi* amori, invece?». Sapevo che avrebbe abboccato.

Le si accesero gli occhi e iniziò a parlare con entusiasmo della sua nuova fiamma. Richard era un giornalista importante, di circa dieci anni più giovane di lei, e la cosa non mi sorprendeva affatto. Marie non era soltanto in splendida forma per la sua età, ma era giovane dentro. Spesso faticavo a ricordarmi che aveva gli anni che avrebbe avuto mia madre.

Durante il suo racconto, mi godetti una breve storia d'amore con il cibo che stavo gustando: cucinata con maestria e condita con l'aceto balsamico, la bistecca mi si scioglieva in bocca. Era talmente deliziosa che quasi colmò il vuoto dei mesi trascorsi senza fare sesso. A riempirlo del tutto ci pensò il dessert di fragole ricoperte di cioccolato con cui concludemmo la cena.

Avevo avuto delle storie con qualche collega di università, tutte rigorosamente a breve termine, ma a differenza di Marie, io non ero alla ricerca dell'amore. E ora che avevo un'attività da far decollare e non avevo tempo per una vita sociale, figuriamoci se ne avevo per una vita sessuale!

Tuttavia, ero contenta per Marie, provavo una felicità sincera nel sapere che aveva un uomo che la faceva stare bene.

Finita la cena, mi alzai per andare ad aspettarla fuori

mentre lei si dava una rinfrescata. Felice e un po' su di giri mi diressi verso la porta passando davanti al bancone per l'accoglienza, ma voltandomi a salutare l'addetto che mi ringraziava, finii dritta contro l'uomo che stava entrando.

Barcollai, e lui mi afferrò all'altezza della vita per non farmi cadere, mentre io cercavo di ricompormi.

«Mi perdoni, io...», cominciai a scusarmi, quando i nostri sguardi si incrociarono. Il suo mi colpì in pieno come un uragano nocciola e verde, togliendomi la capacità di parlare. Bello. Quell'uomo era troppo bello.

«Tutto bene?».

Sentii la sua voce vibrare dentro di me. Le ginocchia erano sul punto di cedere. Per tutta risposta, lui mi afferrò ancora più stretta, avvicinando il suo corpo al mio. Quella presa mi aiutò ben poco a ritrovare l'equilibrio. Il cuore iniziò a battere più forte, mentre lui mi sorreggeva tra le braccia, possessivo e sicuro, come se fosse nel pieno diritto di tenermi stretta a sé per tutto il tempo che desiderava.

Una piccola parte di me, quella che non stava ardendo di desiderio per quello sconosciuto, avrebbe voluto ribellarsi a tanta sfrontatezza, ma la razionalità svanì non appena mi persi nella sua bellezza. Non doveva essere molto più grande di me. A eccezione dei capelli scuri e ribelli, aveva un aspetto impeccabile, con un blazer grigio antracite su una camicia bianca con due bottoni aperti. Sembravano abiti molto costosi. Anche lui aveva un aspetto molto costoso.

Tocca a te ora, Erica, mi disse una vocina ricordandomi che era arrivato il momento di rispondere.

«Sì, tutto bene. Mi dispiace».

«Si figuri», mormorò lui con voce seducente, accennando un sorriso. Aveva una bocca ben disegnata e piena di promesse; impossibile non notarla, dato che avevo il viso a pochi centimetri dal suo. Quando si passò la lingua sul labbro inferiore, rimasi a bocca aperta e feci un sospiro silenzioso. Dio, quell'uomo trasudava una carica sessuale che mi travolgeva come un mare in tempesta.

«Signor Landon, il suo tavolo è da questa parte».

Mentre l'addetto all'accoglienza attendeva una risposta, riuscii a ricompormi e a ritrovare l'equilibrio. Sicura di potermi reggere da sola, mi rimisi dritta appoggiando le mani al suo petto sodo e implacabile anche sotto la giacca. Lui lasciò la presa; le sue mani erano un fuoco che mi sfiorava i fianchi mentre le allontanava dal mio corpo, lentamente. *Gesù mio.* Il dessert non era nulla in confronto a quest'uomo.

Annuì appena all'addetto all'accoglienza, ma senza quasi distogliere gli occhi da me, che ero praticamente paralizzata. In modo del tutto irrazionale, desideravo solo avere ancora addosso le sue mani, che mi tenessero con la stessa facilità di poco prima. Se era riuscito a imbambolarmi soltanto reggendomi, non osavo neanche immaginare cosa sarebbe stato in grado di farmi in camera da letto. Mi domandai se ci fosse un guardaroba da qualche parte. Avremmo potuto appartarci lì, subito.

«Da questa parte, signore», insistette l'addetto, cercando l'attenzione del mio salvatore.

L'uomo si allontanò con una grazia naturale, lasciandomi con la pelle che formicolava dalla testa ai piedi per la sua assenza improvvisa. Marie mi raggiunse mentre lo osservavo avanzare nella sala, uno spettacolo da non perdere.

Sarei dovuta essere imbarazzata, ma in realtà ero appagata e non provavo alcuna vergogna per non riuscire a reggermi in piedi su un tacco dieci. Al posto di una vita sentimentale inesistente, l'uomo del mistero sarebbe potuto diventare il soggetto delle mie fantasie future.

Salii le ampie scale di granito della biblioteca e mi diressi nello studio del professor Quinlan. Era lì che fissava il computer, quando bussai alla porta.

Si girò con la sedia verso di me. «Erica! L'inventrice della mia start up preferita».

La sua cadenza irlandese si era affievolita dopo aver vissuto tanto tempo in America. Ma io la trovavo adorabile e la percepivo in ogni parola.

«Raccontami, come ci si sente a essere liberi?».

Accennai un sorriso, felice di un'accoglienza tanto entusiasta. Quinlan era un uomo attraente, alla soglia dei cinquant'anni, con capelli brizzolati e occhi azzurro chiaro.

«Ancora mi ci sto abituando, a essere sinceri. Lei come sta? Quando inizia il suo anno sabbatico?»

«Tra qualche settimana partirò per Dublino. Dovrai venire a trovarmi, se avrai tempo quest'anno».

«Mi farebbe davvero piacere, certo», risposi.

Come sarebbe stato quell'anno per me? Speravo che avrei portato avanti un'attività che avrebbe presentato questioni sempre più grandi, ma in realtà non avevo idea di cosa dovessi aspettarmi.

«Per qualche ragione sento che mi farà una strana impressione vederla al di fuori del campus, professore».

«Non sono più il tuo professore, Erica. Chiamami Brendan, per favore. Adesso sono il tuo amico e mentore, e spero che ci vedremo molto spesso al di fuori di queste mura».

Le sue parole mi colpirono, mi si seccò la gola. I momenti sentimentali mi stavano mettendo alla prova in quella settimana, maledizione. Quinlan era stato di grande supporto negli anni passati, mi aveva indirizzato durante il corso di studi e si era adoperato per aprirmi degli sbocchi nel mondo del lavoro. Era la mia cheerleader personale, mi dava la carica ogni qual volta ne avessi bisogno.

«Non potrò mai ringraziarla abbastanza. Voglio che lo sappia».

«Aiutare persone come te, Erica, è la cosa che mi fa alzare dal letto al mattino. E che mi tiene fuori dal pub». Mi sorrise a occhi bassi, rivelando una fossetta sul viso.

«E Max?»

«Be', sfortunatamente la passione di Max per l'alcol e le donne ha preso il sopravvento sulle sue ambizioni nel campo lavorativo, ma sembra che stia tornando sulla buona strada. Non so se sono stato di qualche aiuto per lui, forse sì. Non possono essere tutti come te, cara».

«Spero tanto che la mia nuova attività vada bene nel lungo periodo», confessai, augurandomi che lui potesse fornirmi qualche previsione che io non ero in grado di fare.

«Non ho dubbi che avrai successo, in un modo o nell'altro. Se non in questa attività, in qualcos'altro. Nessuno di noi sa dove ci porterà la vita, ma tu stai facendo molti sacrifici e stai lavorando sodo per far avverare i tuoi sogni. Finché terrai bene a mente i tuoi obiettivi, camminerai nella giusta direzione. Quanto meno, questo è quello che ripeto sempre a me stesso».

«Trovo le sue parole molto ragionevoli». Avevo i nervi tesi per la riunione del giorno dopo, un incontro che avrebbe segnato una tappa fondamentale per il lavoro, e per me. Avevo bisogno di tutto l'incoraggiamento possibile.

«In ogni caso, ti farò sapere quando avrò le idee più chiare», mi promise.

Non sapevo se sentirmi ispirata o scoraggiata, consapevole del fatto che il professore non fosse in grado di fare previsioni, proprio come me in quel momento.

«Nel frattempo, vediamo cos'hai pensato di raccontare domani al nostro amico Max». Allungò le mani per farsi dare la cartella che avevo sulle gambe e fece un po' di spazio sulla scrivania di fronte a sé.

«Certo». Gli porsi il business plan e le annotazioni che avevo preso, quindi ci mettemmo al lavoro.

Capitolo due

La receptionist della Angelcom Venture Group mi rivolse uno sguardo interrogativo prima di accompagnarmi alla sala conferenze, in fondo al corridoio. Mi guardai per assicurarmi di non avere nulla fuori posto. Sembrava tutto okay, per il momento.

«Si metta comoda, signorina Hathaway. Gli altri dovrebbero arrivare a breve».

«Grazie», risposi con educazione, sollevata che la sala fosse ancora deserta. Feci un respiro profondo, lasciando scorrere una mano lungo il tavolo conferenze mentre mi avvicinavo alla vetrata con vista sulla baia di Boston. La meraviglia del paesaggio si mescolava con la mia ansia crescente. Tra qualche istante mi sarei trovata faccia a faccia con un gruppo di investitori tra i più influenti e ricchi della città. Mi sentivo molto a disagio, e non era affatto divertente. Feci un altro respiro e scossi la testa in preda all'agitazione, sperando di riuscire a rilassarmi almeno un po'.

«Erica?».

Mi voltai. Un uomo giovane, più o meno della mia età, capelli biondi pettinati con la riga di lato, occhi blu intenso e un vestito a tre pezzi dall'aria costosa si avvicinò. Ci stringemmo la mano.

«Lei deve essere Maxwell».

«Per favore, mi chiami Max».

«Il professor Quinlan mi ha raccontato molte cose su di lei, Max».

«Non creda a una sola parola di quello che le ha detto». Scoppiò a ridere, rivelando denti splendenti in contrasto con l'incarnato abbronzato, che mi fece domandare quanto tempo passasse nel New England.

«Mi ha detto soltanto cose positive, giuro», dissi, mentendo.

«Buon per lui. Gli devo un favore, allora. Questo dev'essere il suo primo incontro d'affari?»

«A quanto pare sì».

«Andrà tutto bene. Ricordi soltanto che tutti noi ci siamo trovati nella sua stessa condizione in passato».

Sorrisi e annuii, consapevole di quanto fosse improbabile che Max Pope, erede dell'armatore Michael Pope, avesse parlato con qualcuno che non fosse suo padre per chiedere un investimento di due miseri milioni di dollari. Tuttavia, se mi trovavo lì era grazie a lui, e gliene ero grata. Quinlan mi aveva fatto soltanto il favore di agevolare l'incontro.

«Si serva pure. I pasticcini sono deliziosi». Indicò con un cenno il buffet per la colazione in fondo alla sala pieno di squisitezze.

Il nodo che avevo nello stomaco non mi aiutava. Dovevo liberarmi della tensione nervosa. Non ero riuscita neanche a bere il caffè quella mattina. «Grazie, ma sono a posto».

Appena gli altri investitori entrarono, Max mi presentò e io feci del mio meglio per parlare un po' con tutti, maledicendo tra me Alli, la mia migliore amica e socia in affari, che non era lì perché si stava dando da fare con il marketing. Lei era in grado di impostare una conversazione anche su una lattina di zuppa pronta, mentre io non riuscivo a pensare ad altro che alla presentazione della mia start up, di certo non un buon argomento per chiacchierare con gente che non avevo mai visto prima.

Non appena quelle persone iniziarono a prendere posto al tavolo conferenze, mi sistemai sul lato opposto, controllando e mettendo in ordine tutte le carte per la ventesima volta. Osservai l'orologio sulla parete di fronte a me: avevo meno di venti minuti per convincere un gruppo di sconosciuti che valeva la pena investire su di me.

Il mormorio cessò, ma non appena mi girai verso Max per iniziare a parlare, lui fece un gesto per indicare la sedia vuota davanti a me. «Dobbiamo aspettare che arrivi Landon».

Landon?

La porta di spalancò. *Merda*. Di colpo dimenticai come si respirava.

Era il mio uomo misterioso – un metro e ottanta di pura virilità, per nulla simile ai suoi colleghi in giacca e cravatta. Un pullover nero con scollo a V esaltava le spalle e il petto scolpiti, e i jeans consumati gli cadevano alla perfezione. Mi venne la pelle d'oca al pensiero di sentire ancora una volta quelle braccia intorno a me.

Con un caffè freddo lungo in mano, si sistemò sulla sedia di fronte a me, apparentemente inconsapevole del suo ritardo e dell'aspetto casual rispetto ai colleghi, quindi mi rivolse un sorriso in segno di riconoscimento. Sembrava molto diverso dall'uomo in abiti eleganti con il quale mi ero scontrata qualche sera prima. Aveva i capelli meravigliosamente spettinati, le ciocche castano scuro ribelli parevano avere un bisogno disperato delle mie dita. Mi morsi il labbro cercando di nascondere il desiderio che stavo provando per il corpo di quell'uomo.

«Lui è Blake Landon», disse Max. «Blake, Erica Hathaway. È qui per illustrarci il suo social network sulla moda, Clozpin».

Rimase in silenzio per un istante. «Nome brillante. L'hai portata tu qui?»

«Sì, abbiamo un amico in comune ad Harvard».

Blake annuì, fissandomi con uno sguardo penetrante che mi fece arrossire. Si passò la lingua sulle labbra. Quel gesto non ebbe meno effetto di quando lo aveva fatto la prima volta che ci eravamo incontrati.

Feci un respiro profondo e incrociai le gambe, per soffocare lo spasmo che avvertivo. *Ricomponiti, Erica.* Il nodo che avevo allo stomaco pochi secondi prima esplose in una carica sessuale incontenibile che avvertivo in tutto il corpo, dai polpastrelli alle parti intime.

Buttai lentamente fuori l'aria mentre mi sistemavo i polsini del soprabito, pensando a quanto sarebbe stato sconveniente svenire in un momento del genere. Iniziai a balbettare la presentazione. Illustrai le caratteristiche del sito web e feci una panoramica sull'andamento dell'anno trascorso, che aveva visto una crescita esponenziale nonostante il marketing ridotto all'osso, cercando per tutto il tempo di mantenere la concentrazione. Ogni volta che Blake mi guardava, il mio cervello andava in tilt.

Poi lui mi interruppe: «Chi è lo sviluppatore del sito?»

«Il cofondatore, Sid Kumar».

«E dov'è?»

«Sfortunatamente i cofondatori del progetto non hanno potuto partecipare all'incontro di oggi, anche se avrebbero voluto».

«Quindi lei è l'unica che si sta occupando del progetto in questo momento?». Landon inarcò un sopracciglio e si appoggiò allo schienale con fare composto, dandomi la possibilità di avere una visuale migliore del suo torace. Feci il possibile per non rimanere a fissarlo.

«No, io...». Cercai di mettere insieme qualche parola per una risposta sincera. «Ci siamo appena laureati, per cui il nostro livello di coinvolgimento nei mesi a venire dipenderà molto dalla stabilità dei finanziamenti».

«In altre parole, la dedizione dei suoi colleghi dipende dai fondi a disposizione».

«In un certo senso».

«Lo stesso discorso vale anche per lei?»

«No», risposi aspra, mettendomi sulla difensiva. Avevo dedicato tutta me stessa a quel progetto, per mesi, senza pensare ad altro.

«Continui», disse facendo un cenno con la mano.

Presi aria e buttai l'occhio agli appunti per riprendere il filo del discorso. «A questo punto, siamo alla ricerca di un'iniezione di capitale per migliorare il marketing, in modo tale da facilitare la crescita dell'impresa e le conseguenti entrate».

«Qual è il suo tasso di conversione?»

«Da utenti che visitano il sito a utenti registrati, circa il venti percento...».

«Va bene, ma per quanto riguarda gli utenti paganti?», mi interruppe.

«Circa il cinque percento passa al livello di utente pagante».

«Come avete intenzione di migliorare questa percentuale?».

Picchiettai con impazienza le dita sul tavolo, cercando di non perdere il filo. Ogni domanda che mi rivolgeva suonava come una sfida o un insulto, e demoliva tutti i pensieri incoraggianti che mi avevano dato la forza di partecipare a quella riunione. Sull'orlo di una crisi di panico, mi rivolsi a Max per un segno di speranza. Aveva un'espressione leggermente divertita, suppongo dall'interazione tra me e il signor Landon. Gli altri mostravano sguardi assenti che passavano dai loro appunti a me e viceversa; non riuscivo a capire se fossero interessati oppure no.

Per una frazione di secondo avevo pensato che il piccolo scontro tra noi al ristorante sarebbe potuto tornarmi utile in qualche modo, ma a quanto pareva non era così. L'uomo misterioso si stava rivelando un autentico seccatore.

«Ci siamo concentrati sull'acquisizione e sul mantenimento degli utenti ordinari che, come ho detto, stanno crescendo vertiginosamente. Con una base solida di potenziali acquirenti, speriamo di attrarre un numero maggiore di rivenditori e firme, così da accrescere anche il numero di utenti paganti».

Rimasi in silenzio per un istante, preparandomi per l'ennesima interruzione, ma lo schermo del telefono di Blake si illuminò, e per fortuna lui si distrasse. Sollevata per essere finalmente fuori dalla lente del suo microscopio, conclusi la presentazione con l'analisi della concorrenza e le proiezioni finanziarie, prima che il tempo a disposizione scadesse.

In sala piombò un silenzio imbarazzante. Blake bevve un sorso di caffè, spense il cellulare e tornò ad accomodarsi. «Si vede con qualcuno?».

Il cuore iniziò a battermi forte e arrossii, come se un professore mi avesse chiamata per un'interrogazione a sorpresa. Se mi vedevo con qualcuno? Lo fissai scioccata, incerta di aver capito il significato di quella domanda. «Come, scusi?»

«Le relazioni sentimentali tendono a distrarre. Se riuscirà a ottenere da questo gruppo i fondi per finanziare il suo progetto, potrebbe essere un fattore che influisce sulla possibilità di crescita dell'impresa».

Non avevo frainteso. Come se essere l'unica donna in sala non mi mettesse già abbastanza a disagio, dovevo anche accendere i riflettori sulla mia vita sentimentale. *Bastardo misogino*. Serrai le mascelle per trattenermi dalla voglia di scagliargli addosso le peggiori offese. Non potevo perdere la calma, ma di certo neanche sorridere davanti a quel comportamento inappropriato.

«Posso assicurarle, signor Landon, che sono presa al cento percento da questo progetto», risposi con tono fermo e deciso. Incrociai il suo sguardo, cercando di mostrare che il suo approccio non mi aveva sconvolta più di tanto. «Ha altre domande sulla mia vita privata che potrebbero influenzarla nel prendere una decisione oggi?»

«No, credo di no. Max?»

«Ehm, no, credo sia tutto. Signori, siete pronti a prendere una decisione?». Max sorrise e fece un cenno ai colleghi.

Gli altri tre uomini in giacca e cravatta annuirono e, uno dopo l'altro, espressero il loro apprezzamento per i miei sforzi per poi decidere di non investire sul progetto.

Blake mi guardò negli occhi, restando in silenzio per un istante prima di pronunciare il proprio verdetto con la stessa tranquillità con cui aveva distrutto la mia giornata. «Passo».

La tensione d'un tratto svanì e le lacrime minacciarono di sgorgare, accompagnate dalla mia vocina interiore al momento impegnata a preparare un discorso di commiato per il signor Landon, che includeva il consiglio di andare a quel paese e le indicazioni per come raggiungerlo. Guardai Max in attesa del colpo finale.

«Bene, Erica, penso che lei abbia creato davvero una grande community con la sua start up, e ovviamente avrei piacere di saperne di più. Fissiamo un incontro tra un paio di settimane, così potremo entrare nei dettagli. Dopodiché decideremo se offrirle un accordo. Cosa ne pensa?».

Dolce consolazione. Sarei voluta salire sul tavolo per abbracciarlo. «Sarebbe meraviglioso. Non vedo l'ora».

«Grandioso. Dunque, credo sia tutto».

Max si alzò per andare a parlare con i colleghi prima che uscissero dalla sala, lasciandomi da sola con Blake, che mi sorrideva con la sua splendida faccia compiaciuta. Non sapevo se prenderlo a schiaffi o sistemargli i capelli. Avevo anche altre idee in mente. Provare sentimenti tanto contrastanti verso qualcuno in un lasso di tempo così breve mi faceva dubitare della mia sanità mentale.

«Se l'è cavata bene», disse avvicinandosi.

Aveva una voce bassa e roca, che mi faceva formicolare la pelle.

«Davvero?», ribattei titubante.

«Davvero», mi rassicurò. «Posso portarla fuori a colazione?». I suoi occhi avevano assunto un'espressione più affabile, come se non ci fossimo scontrati in quegli ultimi venti minuti.

Confusa, iniziai a rimettere gli appunti nella borsa. Blake era bellissimo, ma si stava sopravvalutando se pensava che sarei uscita con lui dopo le sue battute infelici.

«C'è un grande pub sul lato opposto della strada. Servono una colazione irlandese completa».

Mi alzai e lo guardai, eccitata dalla possibilità di servirgli un bel rifiuto. «È stato un piacere, signor Landon, ma alcune persone hanno del lavoro da sbrigare».

«Ti ha chiesto di uscire?». Mi chiese Alli entusiasta all'altro capo del telefono. I rumori di New York rimbombavano in sottofondo mentre parlava.

«A quanto pare sì». Ancora mi stavo riprendendo dagli avvenimenti della mattina appena trascorsa.

«Ti sei messa quel completo che ti sta benissimo? Con la camicetta verde?»

«Sì, certo», risposi sbottonandomi e mettendomi comoda sul divano del dormitorio.

«Be', non c'è da stupirsi. Sei stupenda con quello. Lui era sexy?».

Blake Landon era uno degli uomini più sexy che mi fosse mai capitato di incontrare, ma non mostrava alcun rispetto per le donne in carriera, e questo faceva crollare l'attrazione che provavo nei suoi confronti. Purtroppo era molto vicino ai primi dieci posti nella classifica delle persone che disprezzavo di più.

«Non ha importanza, Alli. Non mi sono mai sentita così umiliata». Trasalii, ripensando al tono di sfida delle sue domande e al successivo rifiuto.

«Hai ragione, mi dispiace, avrei voluto essere lì con te ad aiutarti».

«L'avrei voluto anch'io. Comunque, come è andato il colloquio?».

Alli rimase in silenzio per un po'. «Bene».

«Sì?»

«Molto bene, veramente. Non voglio portarmi sfortuna, ma sembra promettere qualcosa di buono».

«Grandioso». Cercai di nascondere la delusione nel sentirla elettrizzata da una tale prospettiva. Avrebbe lavorato per il direttore marketing di una delle più grandi firme della moda. Sapevo da mesi che Alli era alla ricerca di un lavoro a tempo pieno dopo la laurea, ma il pensiero di portare avanti il sito senza di lei mi deprimeva. A meno che non avessimo avuto la possibilità di assumere un altro direttore marketing, sarei diventata la portavoce della società, e le interazioni non erano mai state il mio forte.

«Non c'è nulla di sicuro, però. Vedremo».

«Dovremmo festeggiare», commentai. Quanto avrei avuto bisogno di rilassarmi dopo una giornata infernale simile.

«Dovremmo festeggiare il fatto di aver trovato un nuovo amico. Max!», esclamò.

Scoppiai a ridere. Max sarebbe stato proprio il suo tipo: Alli si scioglieva quando vedeva un uomo con il tre pezzi. «Spero soltanto che non voglia investire su di me per fare un favore a Quinlan».

«La gente non spende due milioni di dollari per fare un favore a qualcuno».

«È vero, ma non voglio che investa su di me se non è davvero interessato».

«Erica, ti stai facendo troppi problemi, come al solito».

Sospirai. «Forse sì». Speravo avesse ragione, ma non riuscivo a smettere di valutare ogni possibile scenario per essere pronta a qualsiasi risvolto futuro. Il mio cervello non aveva avuto un secondo di riposo in quei giorni, vista la gran quantità di carne al fuoco.

«Sarò in stazione tra un'ora. Arrivo prima di cena, così andiamo a bere qualcosa».

«Va bene, ci vediamo dopo». Riagganciai e mi sforzai di alzarmi in piedi per andare a mettermi i pantaloni della tuta più comodi, quelli che avevo conservato in caso di fine di una relazione o per i postumi di una sbronza. Quella giornata mi aveva messo alla prova oltre ogni limite.

Mi fermai per guardarmi allo specchio a figura intera nella stanza che condividevo con Alli. Sciolsi la treccia alla francese e i capelli biondi mossi mi caddero sulle spalle. Ero più magra del solito, grazie alle ultime settimane molto stressanti, ma la biancheria coordinata ancora fasciava a pennello le mie curve discrete.

Feci scorrere una mano sul pizzo morbido che mi cingeva i fianchi, desiderando che fosse la mano di qualcun altro a farmi dimenticare questa giornata. Non mi sarei mai aspettata di perdere la testa per un investitore arrogante durante il mio primo incontro d'affari, ma la reazione fisica che avevo avuto nei confronti di Blake era un serio indicatore della necessità di rimettere in gioco la mia vita sociale. Avevo bisogno di uscire e incontrare altre persone.

Allontanarmi dal computer, almeno il sabato sera, momento in cui solitamente facevamo manutenzione sul sito perché il traffico utenti era più lento, ma andando avanti così non avrei avuto più relazioni fino a trent'anni.

Cercai di distrarmi da tutti i problemi, mi vestii e mandai una mail a Sid per aggiornarlo. Non si sarebbe svegliato che tra qualche ora. Oltre a essere nottambulo, come molti programmatori, si era beccato l'influenza il giorno prima del meeting. Neanche lui se la cavava molto bene a parlare in pubblico, ma il numero avrebbe fatto la forza e io mi sarei sentita maggiormente supportata.

L'attività riusciva a tenere me, Alli e Sid appena alla pari con i bilanci, coprendo i costi e le normali spese da studenti universitari, ma avevamo grandi aspettative per i traguardi che avremmo raggiunto una volta terminati i nostri percorsi di studio. Mentre Sid e Alli cercavano lavoro, come ogni laureando diligente e previdente, io mi ero buttata a capofitto su Clozpin, convinta, dopo l'iniziale successo, che avremmo potuto creare qualcosa di più grande rispetto a un lavoro con orario d'ufficio per tutti e tre.

Convincere Max a puntare su di noi poteva essere la mia ultima speranza, prima di dover accantonare quel sogno e cercarmi un lavoro come tutti gli altri. Nel frattempo avevo meno di una settimana per lasciare l'alloggio universitario e trovare un posto in cui vivere.

Mi svegliai con l'aroma del caffè subito seguito da un sordo pulsare alla testa.

«Maledetto vino». Mi strofinai le tempie per calmare il dolore.

Mi rannicchiai nel piumone sul divano e ringraziai gli dei per averci donato il caffè mentre Alli me ne porgeva una tazza fumante insieme a una compressa di ibuprofene.

«Comunque, abbiamo avuto un periodo snervante». Si sistemò vicino a me con la sua tazza.

I lunghi capelli castani raccolti in uno chignon disordinato esaltavano la bellezza acqua e sapone della mia amica, che indossava una maglietta extralarge che le lasciava scoperte le spalle e dei leggings neri. «Erano anni che non ti divertivi così tanto. Meritavi un po' di svago».

«Quell'incontro mi aveva messo davvero molta ansia», risposi, grata nonostante il mal di testa che i miei nervi fossero tornati a distendersi dopo il giorno prima.

«Allora, raccontami qualcosa di più su Max. Quando posso incontrarlo? Secondo l'Erica ubriaca, siamo fatti l'uno per l'altra».

Scoppiai a ridere, mentre i dettagli della serata appena trascorsa riaffioravano. Nessuna cena accompagnata da fiumi di vino può considerarsi completa senza una chiacchierata tra donne.

«In realtà so soltanto quello che mi ha raccontato il professor Quinlan. È intelligente, ma si cacciava spesso in qualche pasticcio ai tempi dell'università. Non credo che sarebbe riuscito a laurearsi senza l'aiuto di Quinlan, e la laurea era una delle poche cose che suo padre non poteva comprargli». Feci spallucce, sperando di dare a Max il beneficio del dubbio dopo che mi aveva salvato dalla totale umiliazione. «Ma sono sicura che non sia semplice rigare dritto con un padre miliardario. Alcuni non riescono a gestire tanta libertà».

«Be', si dà il caso che io sia sul mercato proprio per addomesticare playboy miliardari». Mi rivolse un sorriso impertinente da dietro la spalla.

«Non ho dubbi». Alzai lo sguardo al soffitto.

«Allora, ha deciso di investire nell'impresa?»

«Non so bene di cosa si occupi in questo momento al di fuori della Angelcom. Con tutti quei soldi, avrà probabilmente diversi affari in ballo».

«Va bene, che la ricerca in internet abbia inizio». Alli si alzò di scatto e tornò con il laptop, che appoggiò sulle gambe per leggere il curriculum di Max: innumerevoli investimenti in associazioni di beneficenza e imprese digitali. «Vediamo un po' cosa riusciamo a scoprire di Blake Landon».

Strinsi la mano intorno alla tazza di caffè, ricordando vagamente, malgrado i postumi della sbornia, che razza di stronzo fosse stato la mattina del meeting.

Il fatto che avesse cercato di mandare all'aria la mia presentazione per poi invitarmi fuori a colazione aveva dell'incredibile, ma con un aspetto come il suo, con ogni probabilità aveva molte donne che pendevano dalle sue labbra senza che si sforzasse poi molto.

Per sua sfortuna, io non ero come la maggior parte delle donne. La rabbia che continuavo a covare era placata soltanto dal ricordo di come mi ero sentita sotto il suo sguardo.

«Dài, non me ne importa proprio nulla». Tra le diverse emozioni conflittuali che provavo, cercai di concentrarmi sulla rabbia, ma in realtà ero curiosa di sapere cosa avrebbe trovato Alli.

Fino al giorno prima non avevo mai sentito parlare di Blake, ma a giudicare dalla maniera in cui gli altri investitori gli avevano lasciato dominare la scena alla Angelcom, doveva essere un membro influente. Alli fissava lo schermo con la massima concentrazione mentre leggeva con evidente interesse. Alla fine uscii allo scoperto. «Be', cosa dice?»

«È un hacker».

«Cosa?». Doveva aver trovato un omonimo, anche se Blake Landon non aveva esattamente l'aspetto di un imprenditore quella mattina.

«Be', almeno tempo fa lo era. Qui parlano di collaborazioni con l'M89, un gruppo di hacker con base negli Stati Uniti che compromise oltre duecento conti bancari di alto profilo una quindicina di anni fa. Non dice nient'altro però. Ufficialmente è il fondatore e sviluppatore di Banksoft, acquistata per venti miliardi di dollari. È l'amministratore delegato della Angelcom e un investitore attivo in diverse neonate compagnie digitali».

«Miliardario che si è fatto da solo, quindi».

«Sembra di sì. Ha soltanto ventisette anni. Qui dice che i suoi genitori erano insegnanti».

Quelle informazioni fecero diminuire ben poco la rabbia che provavo nei suoi confronti per avermi sabotato la presentazione, ma servirono per riempire alcune lacune. Dovevo ammetterlo, lo rispettavo molto di più adesso che avevo scoperto che non aveva ereditato la sua fortuna, ma tra lui e Max, era il signor Landon a comportarsi come un ragazzino viziato.

«Be', non credo che abbia molta importanza ormai. Se sono fortunata le nostre strade non si incontreranno più».

Capitolo tre

Stava piovendo da ore. Fiumi d'acqua scorrevano sul davanzale della finestra accanto alla mia scrivania che dava su uno dei tanti viali del campus. Gli alloggi erano avvolti nel silenzio, dato che gran parte degli studenti avevano già traslocato prima dei termini, così decisi di rimettermi in pari con il lavoro. Stavo controllando le statistiche di Clozpin, quando la notifica di una nuova mail comparve sullo schermo: non conoscevo il nome del mittente. L'oggetto recitava: «Partecipanti alla conferenza TechLabs». Un brivido di eccitazione mi attraversò non appena lessi il messaggio: era un invito conseguente a una rinuncia di partecipazione comunicata all'ultimo momento per TechLabs, la più grande conferenza annuale sulle imprese digitali.

«Alli…».

Borbottò qualcosa da sotto la coperta in cui sonnecchiava.

«Ti va di andare a Las Vegas?»

«Pensavo avessi smaltito la sbronza».

«Infatti, ma sono stata appena invitata a parlare alla conferenza TechLabs questo fine settimana».

Alli tirò via la coperta e si mise a sedere. «Dici sul serio?»

«Sì, sul serio. Uno degli amministratori delegati ha rinunciato e vogliono che lo sostituisca».

«Dobbiamo andarci. Senza dubbio. Potrebbe essere una grande opportunità per fare marketing». Batté le mani in preda all'emozione. Il viaggio sarebbe stato costoso, ma non potevamo rinunciare a un'occasione che ci avrebbe permesso di accendere i riflettori sulla nostra start up? *Che diavolo.* Data la situazione non potevo permettermi di lasciare qualcosa di intentato.

«Andiamo», dissi, con le vertigini al solo pensiero. Certo, far conoscere l'impresa era un'occasione fantastica, ma l'idea di andare a Las Vegas era già di per sé emozionante. Se fossi rimasta lontana dai casinò, sarebbe andato tutto bene.

«Meraviglioso, dobbiamo fare subito i bagagli», disse Alli.

«Mi prendi in giro, vero?»

«Erica Hathaway, sei l'amministratore delegato di un social network sulla moda, devi rappresentare la tua azienda a Las Vegas, capitale del glamour e dello sfarzo. Abbiamo molto lavoro da fare».

Scoppiai a ridere, mentre Alli entrava in azione, perdendosi nei meandri del nostro armadio striminzito e gettando sul letto qualunque microabito riuscisse a trovare.

«Vestirò da amministratore delegato, non da ragazza squillo. È chiaro, Alli?»

«Tu non sei mai stata a Las Vegas, tesoro. Fidati di me».

Passammo le ore successive a negoziare sui capi d'abbigliamento mentre io prenotavo i voli e preparavo il materiale per la conferenza. In poco più di ventiquattr'ore saremmo atterrate a Las Vegas.

Il giorno dopo, verso mezzogiorno, mi incamminai per il campus per incontrare Sid. Era quasi ora di svegliarsi, per lui.

Non c'era da sorprendersi, Sid e io eravamo entrati in contatto per la prima volta online. Io avevo preparato l'idea generale, i progetti e un piccolo piano di investimento per i costi della start up, e dopo aver rimuginato sull'idea originale per qualche settimana, mi ero resa conto di aver bisogno di un programmatore per creare il sito. Tra tutti gli studenti di informatica, Sid era stato il primo a rispondere all'annuncio. Dopo un paio di incontri, avevamo deciso di essere partner in questo progetto.

Bussai alla porta diverse volte prima che venisse ad aprire. Sid era alto più di un metro e ottanta ed era letteralmente l'essere umano più magro che avessi mai conosciuto. Con la carnagione olivastra e gli occhioni da cucciolo, aveva un aspetto adorabile, ma da quando lo conoscevo era sempre stato single. A quanto pareva, non ero l'unica che aveva bisogno di uscire più spesso.

Aveva gli occhi arrossati e stanchi, e mi domandai se avesse passato la notte a giocare a un nuovo videogame. Quando accadeva il suo sonno già di per sé travagliato peggiorava ulteriormente.

«Tieni, ti ho portato la colazione». Gli lanciai un energy drink e lui mugugnò una risposta prima di tornare a rintanarsi in camera – viveva in un alloggio disordinato insieme ad altri studenti altrettanto eremiti. Lo seguii e mi misi sul divano.

«Che succede?». Sollevò la linguetta della lattina e si mise alla scrivania piena di lattine vuote e cartacce di merendine. Mi sforzai con tutta me stessa di resistere alla tentazione di riordinare e pulire.

«Sto per andare a Las Vegas per parlare alla conferenza TechLabs, quindi volevo sistemare il sito prima di partire stasera. Avremo un grosso numero di visitatori durante la presentazione. Voglio soltanto essere sicura che il sito supporti tanti utenti».

«Di che numeri stiamo parlando?»

«Non ne ho idea, ma ci saranno quarantacinquemila persone alla conferenza. Viene anche Alli, in veste di PR».

«Va bene, monitorerò le statistiche e mi appoggerò a qualche server che sopporti un flusso notevole di visite». Annotò qualcosa su un quaderno e accese il computer.

«Possiamo allargare la piattaforma che abbiamo già, oppure dobbiamo acquistarne una dalla capienza maggiore?», domandai, sperando di poter spendere una quantità minima di fondi.

«Possiamo sempre prenderne una più grande. Rientra nel budget?»

«Ehm, non proprio. Questo viaggio sarà molto costoso».

«Quanto ci vuole prima che arrivino i fondi della Angelcom?»

«*Se* mai arriveranno, non lo so. Spero di saperlo appena incontrerò Max tra un paio di settimane. Credo ci voglia qualche mese, ma ho la sensazione che lui potrebbe essere in grado di accelerare i tempi, se fosse interessato».

«Okay, troveremo un modo, credo. Ho un paio di vecchi computer qui da qualche parte, potrei collegarli per creare una piattaforma. Spero soltanto che la rete dell'università non faccia scherzi».

«Fai uno dei tuoi incantesimi».

Avevo capito soltanto il venti percento, più o meno, di quello che aveva detto Sid, ma non avevo il minimo dubbio che fosse un genio nel suo campo, quindi ero sicura che avrebbe trovato una soluzione. Non si svegliava mai prima di mezzogiorno, mai, ma quel ragazzo era capace di costruire un computer con un po' di RAM e schede madri nel giro di qualche ora. E poi Clozpin era diventata anche una sua creatura, e proprio come me aveva lavorato quasi esclusivamente sul social in quei giorni. Gli ero grata per la sua dedizione, anche se significava sopportare i suoi capricci.

«Come va con la ricerca di lavoro?», domandai, sperando che anche lui, come me, avesse poca voglia di entrare a far parte del mondo reale.

«Nulla di nuovo. Non ci sto dedicando molto tempo».

Mi sentii sollevata, perciò lo lasciai al suo lavoro e iniziai a mettere in ordine la stanza.

«Erica, non c'è bisogno che lo faccia tu. Pulirò domani, promesso».

«Non ti preoccupare. Cerca soltanto di non farci perdere la connessione nelle prossime quarantotto ore, e saremo pari».

«Affare fatto».

Appena entrammo al Wynn, mi resi conto che Alli aveva ragione. Erano appena le dieci passate di un venerdì sera e il casinò pullulava di donne sexy negli abiti più discinti che avessi mai visto. Al confronto io sembravo una suora. Una volta in camera, Alli pretese che mi agghindassi prima di andare in esplorazione per l'hotel. Optai per un tubino nero attillato e un paio di décolleté color carne, i capelli leggermente spettinati e ricci sciolti sulle spalle.

«Le ragazze da queste parti probabilmente ci vanno in chiesa con questo vestito, Alli».

«Non preoccuparti. Alza un po' la gonna». Lei si era messa un abito molto scollato, fluorescente.

La mia scollatura era appariscente, evidentemente lo stress non mi aveva rimpicciolito le tette. «No, grazie. Preferisco lasciare qualcosa all'immaginazione. Anche tu dovresti».

«Come vuoi. Tanto non conosciamo nessuno qui». Fece spallucce.

Non potevo darle torto. Sarebbe potuta essere l'occasione per lasciarsi un po' andare, ma poteva anche rivelarsi pericoloso.

Grazie a Blake, sentivo già un ardente desiderio di essere toccata dappertutto, e la mia eccitazione non accennava a diminuire. Rischiavo di saltare addosso al primo sosia di Blake che avrei incontrato.

Ogni volta che tornavo con la mente all'incontro della Angelcom, fantasticavo sulle possibili evoluzioni che avrebbe potuto avere quella giornata, e tutte finivano con me sdraiata sulla scrivania mentre gridavo il suo nome. *Gesù mio*. Cercai di togliermelo dalla testa. Era nella lista delle persone che detestavo, *non* su quella dei desideri.

Alli mi distrasse mentre si agghindava e armeggiava tra i miei accessori. Nessuno amava la moda più di Alli. All'inizio non riuscivo a capire come riuscisse a sprecare tanta energia sul suo aspetto, ma poi mi resi conto che la moda era la cosa che la faceva stare meglio, per sé stessa, non tanto per fare colpo su qualcun altro, sebbene la aiutasse anche da quel punto di vista.

Era passata mezzanotte quando entrammo nel casinò come se fosse il traguardo della nostra destinazione, il passaggio a livello che portava dall'altro lato della strada. Il posto era affollato e Alli mi prese per mano per farci largo tra la folla di gente che parlava ad alta voce e si muoveva in modo convulso.

«Erica!».

Rallentai, sicura di aver sentito chiamare il mio nome tra il frastuono del chiacchiericcio. Di certo non ero l'unica Erica lì dentro, ma quando sentii di nuovo il mio nome, mi girai verso la voce e vidi un volto familiare: Blake era in piedi vicino al tavolo della roulette che mi fissava.

«Oh, merda. Usciamo di qui». Mi voltai e trascinai Alli con me.

«Aspetta, chi è quello?». Alli si bloccò all'improvviso, causando un ingorgo alle nostre spalle.

«*Quello* è Blake Landon».

«Accidenti, cosa ci fa qui?»

«Non mi importa. Voglio soltanto allontanarmi il più possibile da quell'uomo».

«Ti sta guardando, Erica. Andiamo almeno a salutarlo».

Alli gli fece un cenno con la mano e mi trascinò verso il tavolo dove lui stava giocando. Miracolosamente, era ancora più bello di quanto ricordassi. Indossava una maglia nera sotto un completo grigio, era impeccabile, intimidatorio, sexy da morire. Feci un respiro profondo e mi portai una ciocca di capelli dietro l'orecchio, sperando con tutta me stessa che non percepisse la mia evidente tensione sessuale.

Potevamo fare una cosa veloce e poi andarcene ognuno per la propria strada.

«Erica», mi salutò, fissandomi con quegli occhi penetranti. «Che sorpresa».

Feci del mio meglio per apparire disinvolta, ma stavo trattenendo il respiro sotto lo sguardo che faceva scorrere lungo il mio corpo. Incrociai le braccia, pentendomi di colpo di aver scelto quell'abito, ma il tentativo di nascondere la scollatura non fece altro che farla risaltare ancora di più.

Socchiuse le labbra, restando a fissare involontariamente il mio décolleté per un secondo di troppo. Io raddrizzai le spalle cercando di sottrarmi al suo sguardo e notai il bell'uomo vicino a lui. Sembrava il fratello più piccolo e molto somigliante di Blake, con i capelli un po' più chiari e gli occhi nocciola scuro, quasi castani. Ci salutò con la mano.

«Erica, io sono Heath, il fratello di Blake».

Rivolse uno sguardo a Alli da infarto. Lei mi strizzò la mano.

«Lieta di conoscerla, Heath. Lei è Alli Malloy, una delle cofondatrici della start up», dissi, sperando che la presentazione non avesse risvolti di alcun tipo.

Alli distolse lo sguardo da Heath per salutare Blake. «Ho sentito parlare molto di lei, signor Landon». Gli sorrise e poi si girò verso di me, sgranando gli occhi.

Ora che lo aveva visto in carne e ossa, sapeva contro cosa mi stavo scontrando, ma la sua espressione non mostrava alcuna empatia. Ero praticamente certa che avesse già messo gli occhi sul fratello, e qualunque possibilità che mi sostenesse nella mia battaglia era si era dileguata.

«Fate il vostro gioco!». Il croupier lanciò la pallina nella roulette.

«Lei gioca alla roulette?», domandò Blake.

«Sì, ma non stasera». Il gioco d'azzardo non rientrava affatto nelle spese di viaggio. Per non parlare del fatto che la puntata minima a quel tavolo era di mille dollari.

«Be', io sì. Su quale numero punterebbe?».

La pallina iniziava a rallentare, e io sorprendentemente mi agitai perché puntasse prima che fosse troppo tardi.

«Ehm, nove e uno». La mia data di nascita, numeri che mi avevano portato fortuna già in passato.

Blake mise alcune fiches, per un totale di diecimila dollari, sui miei due numeri e su altri pochi secondi prima che la sfera si fermasse sul nove. Alli e io urlammo all'unisono. Il cuore iniziò a battermi forte mentre cercavo di calcolare la vincita.

«Numero nove!». Il croupier porse a Blake cinque fiches colorate.

Blake ne lasciò una al croupier come mancia e mise le altre in tasca. Mi prese la mano e io sentii un brivido. Tra il contatto della sua mano e la vincita, il mio corpo era elettrizzato. Feci qualche passo indietro per restare sulla difensiva, sorpresa dalla voglia che avevo che mi toccasse.

Abbassai lo sguardo sulla *fiche* da diecimila dollari che mi ritrovai in mano, una cifra che superava la somma di tutte le mie vincite alla roulette.

«Perché?»

«Per essere stata il mio portafortuna. Non avrei vinto senza di lei».

Accompagnò la sua risposta con un sorriso divertito

che, combinato all'eccitazione per averlo visto vincere, quasi mi fece dimenticare di essere arrabbiata con lui. Tutto questo avrebbe funzionato con le altre ragazze, ma io non avevo intenzione di farmi pagare.

«Non posso accettarli». Restituii la *fiche*.

«Insisto. Usciamo di qui prima che la sfera si fermi su un altro numero, per favore».

Con riluttanza, misi la *fiche* nella borsetta e uscimmo senza guardarci indietro.

«Ha un aspetto diverso. L'avevo a malapena riconosciuta». Blake si chinò verso di me affinché soltanto io potessi sentirlo.

Alli e Heath stavano decidendo quale tapas ordinare mentre noi aspettavamo che arrivassero i nostri tequila flight. Ci eravamo avventurati in un locale in pieno stile Las Vegas vicino al casinò per festeggiare la vincita. Heath aveva già preso una cotta per Alli, lasciandomi alle prese con Blake. Sentivo il suo respiro caldo sul collo e avvertivo brividi fugaci. Mi sforzavo di non immaginare che effetto mi avrebbero fatto le sue labbra in quel punto. La sua vicinanza rasentava lo sconveniente e il suo profumo mi travolgeva: pulito, speziato, irresistibilmente maschio. Se ne avessero creato una fragranza avrebbero guadagnato milioni.

«Sì, non è proprio un abbigliamento da incontro di lavoro…». Cercavo di tirare giù l'orlo del vestito che copriva a malapena l'essenziale, ora che ero seduta. Se mi avesse squadrata un'altra volta avrei preso fuoco seduta stante.

«A me piace di più».

C'erano centinaia di bellissime donne nel locale, molte delle quali lo stavano fissando. Che fortuna, non soltanto averlo incontrato per caso, ma anche restare intrappolata nella sua rete mentre Alli flirtava spudoratamente con suo fratello.

«È qui per la conferenza?», domandai, cercando in tutti i modi di cambiare argomento.

«Perlopiù, sì», rispose.

«Blake è qui per affari. Io invece per piacere», disse Heath facendo l'occhiolino a Alli.

Ci stava provando di brutto, e Alli non sembrava dispiaciuta. Non riuscivo a capire se fosse davvero interessata a lui, oppure stesse facendo, con molto scrupolo, il suo lavoro di PR. Speravo fosse la seconda opzione.

«In realtà, Heath è il vicepresidente della mia compagnia. Tecnicamente, anche lui è qui per la conferenza».

Heath scoppiò a ridere. «Ogni volta che il lavoro porta Blake a Las Vegas, il mio coinvolgimento per la compagnia diventa improvvisamente sconfinato. Abbiamo tutti incarichi molto rilevanti, ma la maggior parte di noi orbita praticamente intorno a Blake. È lui che fa il grosso del lavoro».

Rimasi ad aspettare una replica di Blake, ma lui si limitò a serrare le mascelle.

Sembrava diverso in qualche modo, più serio. Aveva un'espressione rilassata, controllata, ma avvertivo una certa tensione sotto la calma apparente.

Alli ruppe il silenzio: «Proprio come Erica nella start up. È lei la nostra leader impavida».

Blake stava per dire qualcosa, quando arrivò il cameriere con una quantità di tequila tale da garantire di prendere decisioni molto sbagliate per il resto della serata. Afferrai un bicchiere, stipulando un tacito accordo con me stessa che quello sarebbe stato il mio primo e ultimo drink. Con Blake accanto non mi sentivo sicura nemmeno da sobria, e la tequila tendeva a farmi fare cose bizzarre.

Heath alzò il bicchiere.

«A cosa vogliamo brindare?», domandai.

«Alla vincita», rispose facendo tintinnare i bicchieri.

Bevvi, poi presi una fettina di limone e succhiai per attutire il sapore forte del liquore.

Nel corso dell'ora successiva o giù di lì, Heath ci deliziò con i suoi racconti: avventure nella cosiddetta città della perdizione, viaggi in Europa e vita lussuosa a Dubai. Simpatico e carismatico, Heath era una persona magnetica. Alli gli faceva delle domande e ne incoraggiava la loquacità, così riuscii a sentirmi quasi sollevata, anche se ero ancora arrabbiata con Blake e non avevo alcuna intenzione di raccontargli fatti personali della mia vita.

«Posso offrirvi un altro drink? Qualcosa di diverso?».

La voce profonda di Blake mi fece rabbrividire e distrarre dallo spettacolino che avevano messo su Alli e Heath.

«Devo fare una presentazione domani mattina», risposi. «Ho bisogno di dormire». Erano quasi le due del mattino a Las Vegas. La stanchezza della giornata iniziava a farsi sentire, ma non ero sicura che Alli fosse altrettanto stanca. «Tu vuoi restare, Alli?»

«Ehm…», si girò a guardare Heath.

«Resta con noi ancora un po'», le disse lui con voce pacata.

Lei si voltò verso di me, con gli occhi accesi come gli alberi a Natale.

«Sei sicura?»

«Sì, salgo in camera tra poco. Non ti preoccupare». Alli brillava di eccitazione. La tequila stava vincendo su di lei.

«Faremo in modo che torni a casa sana e salva», promise Heath.

Riuscii quasi a credergli.

Normalmente avrei cercato di convincerla ad andarcene insieme per il suo bene, ma non volevo guastarle la festa.

Blake si alzò con me. «Permettimi di accompagnarti».

«No, grazie. Sto bene».

«Anch'io sto andando via. Facciamo la strada insieme».

Mi convinsi, sicura che sarei sopravvissuta per i successivi dieci minuti da sola con lui.

Ci incamminammo e Blake mi fece strada verso un ascensore vuoto, accompagnandomi con la mano appoggiata delicatamente sulla schiena. Il contatto inaspettato mi riscaldò.

Eravamo in piedi, l'uno accanto all'altra, mentre le porte si chiudevano. Iniziai a tamburellare con le dita sul corrimano, in preda all'ansia.

«A quanto pare si piacciono», disse rompendo il silenzio.

«L'ho notato. Tuo fratello è davvero affascinante».

«È un tipo irrequieto». Scosse il capo e si passò una mano tra i capelli.

«Anche Alli a volte lo è. Magari insieme riusciranno a tenersi lontani dai guai».

Blake sollevò un sopracciglio con aria scettica.
Piombò di nuovo il silenzio.
Il ronzio dell'ascensore sembrava amplificare l'energia che si era sprigionata tra di noi, come se la mia attrazione per Blake avesse acquisito una voce. Avevo chiaramente sottovalutato quanto potessero durare dieci minuti con lui. Quando l'ascensore si fermò al mio piano, Blake mi accompagnò fuori e mi guidò lungo il corridoio verso la porta della camera.
«Eccoci arrivati», dissi, sperando in un saluto veloce.
Invece la sua mano si fece strada dalla mia schiena al gomito, lungo il braccio, fino a prendermi la mano. Con il pollice iniziò a tracciarmi piccoli cerchi sul palmo, e io non capivo se quella sensazione fosse di dolore. Ma fu decisamente uno shock per il mio sistema nervoso, quasi un elettroshock che dai polpastrelli si propagava in tutto il corpo.
«Blake, io...».
Il mio corpo lottava contro la reticenza che dominava il mio cervello. Il suo viso era a pochi centimetri dal mio e il suo profumo mi stava stregando, richiamandomi alla mente il nostro primo incontro.
«Non vuoi farmi entrare a bere qualcosa?», chiese a bassa voce. Si passò la lingua sul labbro inferiore, per poi morderlo. Il suo sguardo non era affatto innocente.
Ma chi avrebbe potuto dirgli di no?
Deglutii a fatica e mi scostai leggermente, allontanandomi dalla sua orbita magnetica. Scossi la testa e mi attorcigliai i capelli con fare nervoso, cercando di concentrarmi su qualcosa che non fossero le sue labbra. «Devo alzarmi tra poche ore».

«Anch'io».

Era lo stesso Blake Landon che aveva quasi distrutto ogni possibilità di reperire fondi per la mia azienda qualche giorno prima. Non stavo per passare la notte con quell'uomo. *Giusto?*

Feci un respiro profondo e lo guardai negli occhi. «Blake, sono sicura che tu non sia abituato a sentirti dire certe cose, ma davvero non sono interessata. Siamo stati bene stasera, ma io sono qui per lavoro».

«Non sembri una che si trova qui per lavoro».

Abbassai lo sguardo, ma lui si limitò a sorridere.

«Davvero, Erica, stai dicendo che non ti senti attratta da me, per niente?».

Appoggiò un braccio alla parete mentre con il corpo mi intrappolava.

Determinata a tenermi a distanza, mi appoggiai contro la porta, con il cuore che sembrava volermi uscire dal petto. Quei pochi centimetri di distanza tra noi erano l'ultimo bastione che mi separava da... *una notte in tutta la vita?*

No, da uno sbaglio enorme.

«Se sei in cerca di complimenti, non posso accontentarti», dissi io. «E anche se mi sentissi attratta da te, non cederei alla tentazione per diverse ragioni, non ultima quella di mantenere i miei rapporti con la Angelcom il meno complicati possibile».

«Non investirò nel tuo progetto, quindi non sarà complicato».

«Non sono d'accordo».

«Cosa potrei fare per convincerti?». Sorrise con aria di sfida.

La stoffa del suo completo restava leggermente aderente all'altezza delle braccia e delle cosce. Gesù, chi lavora nelle tecnologie di solito non è così sexy. Non avrei desiderato altro che scartarlo come un regalo. Come avrei fatto a resistergli se mi avesse toccata di nuovo o, Dio non volesse, baciata?

Volevo solo trascinare Blake in camera mia e scoparlo senza pietà, ma sapevo di non poterlo fare.

«Semplice, non puoi».

Mi girai e frugai nella borsetta alla ricerca delle chiavi. Un attimo dopo mi era addosso e con un braccio caldo e possessivo mi cinse la vita.

Chiusi gli occhi e cercai di respirare, barcollando per quel contatto improvviso.

«Sicura?».

Continuai a respirare a fatica, cercando disperatamente di ignorare il suo corpo che premeva contro il mio. Le mie labbra non riuscivano ad articolare le parole che avrei voluto pronunciare, e allora mi limitai ad annuire, sperando che mi lasciasse stare.

Il suo braccio scivolò dalla schiena fino al fianco, poi lui iniziò a toccarmi di nuovo come se fossi sua. Accidenti se non mi provocava brividi più forti dell'offesa che mi aveva arrecato.

Tuttavia non potevo cedergli.

«Sicura». La voce però non era ferma e faceva trasparire il mio dubbio.

Con una mano mi percorse il braccio fino alla spalla, scostandomi i capelli dal collo, poi mi diede un bacio delicato in quel punto, lungo abbastanza da farmi formicolare di nuovo in tutto il corpo. La mia vista si offuscò mentre appoggiavo le mani alla porta per non perdere l'equilibrio.

«Ci vediamo domani», sussurrò.

Quando mi voltai era già andato via. Mi maledissi per non averlo fatto restare, ma anche per non averlo mandato via prima. Con dita tremanti, riuscii a trovare la chiave… e la *fiche*.

Capitolo quattro

Sentii la serratura della porta scattare e spalancai gli occhi. La stanza era al buio, ma l'enorme orologio digitale sul tavolino, che segnava le otto in punto, mostrava la sagoma sfocata di una donna che lentamente si avvicinava al letto. Il suo vestito fluorescente quasi brillava nella notte.

«Alli?»

«Presente».

«Sei appena rientrata?». Mi strofinai gli occhi e tornai lentamente alla realtà.

«Sì, mamma», sussurrò sarcastica.

Accesi l'abat-jour sul comodino per guardarla meglio. «Hai un aspetto decisamente impresentabile». Mi appoggiai sui gomiti e sorrisi: aveva l'aria di una che non dorme da giorni, il che era quasi vero. Non l'avevo mai vista comparire in pubblico con il mascara colato e i capelli spettinati, di rado era meno che perfetta.

«Ah, a quanto pare mi stai giudicando». Scalciò via le scarpe e collassò sul letto ancora vestita.

«Allora, mi dici cosa è successo?». Ormai ero sveglia, e la cosa mi sorprendeva considerando l'orario.

«Cosa vuoi sapere?», mugugnò.

«Ogni più sordido dettaglio, ovviamente».

Alli si tirò su e si mise a fissare il soffitto. «Mi piace davvero».

Percepii un sospiro. *Oh, no.*

«Gesù, Alli, per favore. Dimmi che non sei andata a letto con lui».

«Che diavolo te ne importa?». Sbatté i pugni sul letto.

Scattai in piedi e la guardai. «Mi importa, Alli, perché sto cercando di dare un'immagine professionale della nostra impresa, e non avevo calcolato che avresti scopato con il fratello di Blake. Ora lo racconterà a Blake e... Oh, merda». Calcolai ogni possibile implicazione.

Lei iniziò a urlare: «Ascoltami. Gli ho detto che ti saresti arrabbiata se lo avesse detto a Blake, e lui mi ha dato la sua parola».

«Non posso crederci». Andai ad aprire le tende.

Alli sbatté le palpebre per via della luce.

«E che mi dici di te? Mi aspettavo che sareste stati in due qui dentro, considerando che ti ha scopata con gli occhi per tutta la sera».

«Alli, davvero, non c'è proprio nulla tra Blake e me».

«Stronzate».

«Dico sul serio. Non posso mandare all'aria questo affare. Stanotte gli ho detto che non ero interessata a lui. Fine della storia».

«Blake non mi sembra il tipo che accetta un no. E poi non puoi negare che è bello da togliere il fiato».

«Bello o no, sono qui per lavorare».

«Erica, vuoi proprio prendermi in giro?». Arricciò leggermente le labbra.

Avvertii un senso di colpa, ma proprio non potevo dirle tutta la verità. «Andrà tutto bene. Pensa soltanto a dormire un po'. Sarebbe grandioso se riuscissi a fare buona pubblicità all'impresa prima che ce ne torniamo a casa domani».

Mi chiusi in bagno, infilandomi sotto la doccia. Ero furiosa con Alli, ma soprattutto mi preoccupavo per lei. Avevo lasciato che abbassasse la guardia con Heath, che probabilmente era un playboy. Certo, la colpa era sua, ma anche mia.

Quando tornai in camera, Alli già era sotto le coperte. Così mi misi i vestiti che avevamo concordato per quella giornata – una camicetta elegante con disegni neri, un blazer bianco e jeans a sigaretta scuri – m'infilai le scarpe nere col tacco che Alli mi aveva lasciato ai piedi del letto e presi la borsa. Era ora di andare a lavorare. *Senza supporto, per l'ennesima volta*, pensai. *Potrei anche abituarmi.*

Quindici minuti dopo, trovai la sala conferenze dove avrebbe avuto luogo la presentazione. Salendo sul piccolo palco vuoto, lessi i cartellini davanti alle postazioni riservate a chi doveva presentare i propri progetti.

Non era in programma un posto per te, Erica.

A volte detestavo davvero la vocina che mi parlava nella testa, ma l'ansia stava prendendo il sopravvento. Sarei stata spalla a spalla con gli amministratori delegati delle più influenti compagnie online, vere e proprie celebrità del mondo digitale.

Con il fiato corto, mi accomodai al posto della persona che avrei dovuto sostituire e mi guardai intorno; la sala si era già riempita di centinaia di ansiosi partecipanti.

Mentre armeggiavo con gli appunti, cominciai a pensare velocemente, cercando di ignorare il desiderio di essere da qualunque altra parte. Appena ebbi l'impressione di aver raggiunto il grado massimo di panico, Blake venne a sedersi accanto a me, impeccabile come al solito in jeans e maglietta grigia con scollo a V.

«Cosa ci fai qui?», chiesi in tono più esasperato di quanto intendessi.

«Buongiorno anche a te».

Mi sorrise, e miei nervi si rilassarono un po', forse per la magra consolazione di vedere un volto familiare tra la folla. Inoltre il ricordo delle sue labbra sul collo non era poi così lontano.

Ogni particolare di quell'avventura era stato una sorpresa continua – l'incontro con Blake, Alli che aveva subìto, comprensibilmente, il fascino di suo fratello – e adesso ero di nuovo accanto a Blake, accanto a un mostro della tecnologia.

Dopo aver fatto tutte le mie riflessioni, finalmente lui rispose: «Sarò il moderatore delle presentazioni».

Rimasi a bocca aperta, ma non riuscivo a domandare né come né perché. La ragione logica poteva essere una sola.

«Sei stato tu».

«A fare cosa?»

Rimasi a fissarlo, nel tentativo di capire meglio.

«Sei stato tu a invitarmi qui a parlare».

Sorrise. «Non credo di potermi prendere tutti i meriti. Sei un competitor notevole nell'ambito digitale. È quello che hai detto durante la riunione, giusto?». Si appoggiò allo schienale, come aveva fatto durante la riunione, e mi guardò attentamente.

«Sì, è quello che ho detto». Ero esasperata.

«Bene, allora non dovresti aver paura di essere seduta qui con i più grandi. Te la caverai». Si girò a controllare lo smartphone.

Merda. Avevo attirato l'attenzione di Blake e ora lui mi aveva trascinata in un'autentica competizione con la gente che conta. Quanto sarebbe durata? Finché non sarei andata a letto con lui? Nel frattempo, come diavolo avrei fatto a essere all'altezza di quegli stimati professionisti, ovviamente tutti più preparati di me?

La stanza intanto si era riempita e gli altri partecipanti si erano accomodati. Chiusi gli occhi e mi strofinai le tempie per bloccare il mal di testa da tensione che sentivo in arrivo.

«Non ti piace sentirti in competizione?».

Lo guardai e mi accorsi che i suoi bellissimi occhi verdi mi scrutavano con attenzione. Mi stava spronando, così scattò qualcosa.

«Mi piace essere in competizione, Blake. Non mi piace essere sabotata». Cercai di parlare piano per farmi sentire solo da lui. Forse Blake mi stava sfidando, ma io non la vedevo soltanto come una sfida. Malgrado fossi una persona molto insicura, quando qualcuno mi sottovalutava palesemente, tiravo fuori le unghie. Avevo lavorato sodo, e lui non aveva motivo di dubitare di me o delle mie capacità.

«Fidati. Se avessi voluto umiliarti, non saresti qui ora».

«Mi fai davvero incazzare». La mia voce riecheggiò per la sala.

Il presentatore aveva acceso i microfoni, e tutti gli occhi si fissarono su di me. *Merda.* Mi sistemai sulla sedia, augurandomi che il pavimento mi risucchiasse. A quanto pareva, non era necessario che Blake mi umiliasse, ero in grado di farlo benissimo da sola.

Il presentatore cercò di porre rimedio alla situazione e iniziò a introdurre i partecipanti e il moderatore, lo stimato Blake Landon. Appena sentii il suo nome e l'applauso che lo seguì feci una smorfia, ma dovevo ricompormi, guardare male Blake non mi avrebbe aiutata. Sarebbe stato lui a condurre il dibattito, e io gli avevo appena gridato contro.

Raddrizzai la schiena e cercai di farmi coraggio con qualche respiro profondo che mi aiutasse a rilassarmi e a mantenere la concentrazione. La conferenza iniziò con la presentazione delle diverse imprese; fin qui tutto bene, perché avevo ripassato quella parte non meno di cinquanta volte in aereo. Poi Blake passò a fare domande concordate in anticipo con i vari partecipanti. Non c'era nulla che sembrasse oltre la mia portata, quindi l'ansia cominciò presto a svanire. Trovai perfino il coraggio di uscire un po' fuori tema, sebbene facessi di tutto per evitare lo sguardo di Blake. Sarebbe stato in grado di farmi perdere la concentrazione con un sorriso al momento opportuno. Il suo viso era un provato strumento di distrazione professionale.

Dopo un veloce giro di domande da parte del pubblico, la presentazione si avviò verso la conclusione. Sospirai sollevata, felice di essere sopravvissuta e mi rimproverai per essere andata fuori di testa per un confronto con il pubblico che si era rivelato del tutto gestibile. Crisi scongiurata.

«Non male, davvero», commentò Blake.

Ormai terrorizzata dai microfoni, gli risposi con un

semplice sguardo. Raccolsi le mie cose e mi alzai, ansiosa di lasciare la postazione e allontanarmi da Blake.

Lui si alzò insieme a me. «Ehi, non te ne andare subito». Fermò uno degli altri partecipanti mentre scendeva dalla postazione.

«Ehi, Alex», salutò.

Si girò e mi afferrò per un gomito. Io opposi resistenza, poi mi resi conto che mi stava presentando Alex Hutchinson, amministratore delegato del più grande sito e-commerce degli Stati Uniti.

«Erica, Alex. Alex, stiamo lavorando con Erica alla Angelcom, così ho pensato che sarebbe una buona idea se collaborassi con noi. Potrebbero esserci degli interessi comuni con la sua azienda rivolta all'abbigliamento femminile».

«Piacere di conoscerla, Erica. Non vedo l'ora di dare un'occhiata al sito».

Alex aveva minimo quindici anni più di me e aveva l'aspetto elegante di tutti gli altri signori che avevo conosciuto a Boston, ma mi stava prestando la massima attenzione.

«La ringrazio, sarei molto felice di ricevere consigli da lei».

«Volentieri, quando avete iniziato?»

«Circa un anno fa».

«Eccellente, darò un'occhiata. Ecco il mio biglietto da visita, il cellulare è scritto dietro. Teniamoci in contatto, e mi faccia sapere se posso esserle d'aiuto, va bene?»

«Certo. La ringrazio molto».

Appena Alex se ne fu andato, si avvicinarono altri due uomini nostri coetanei. Uno era a capo di un noto sito di sviluppo di giochi virtuali; l'altro aveva fondato, poco prima della nascita di Clozpin, un fiorente network musicale che aveva l'obiettivo di scoprire nuovi artisti. Tutto questo mi fece sentire un po' più felice di aver partecipato alla conferenza.

Mentre chiacchieravamo, Blake faceva di tutto per spostare casualmente la conversazione sul mio progetto ogni qual volta se ne presentasse l'occasione. Ero emozionata e stordita, avrei avuto il terrore di andare a conoscere quelle persone da sola. Il mio progetto fu accolto in maniera positiva, e io mi sentii finalmente sicura di potercela fare da sola, con la sensazione che avevamo creato qualcosa di utile.

Alla fine la folla di partecipanti si diradò, lasciandomi di nuovo da sola con Blake.

«Accidenti», dissi ancora inebriata.

«È stato così terribile?»

«No, in realtà è stato piacevole. Non me lo aspettavo».

«Forse è un bene».

Aveva ragione. Se fossi stata a conoscenza della levatura dei partecipanti con i quali avrei dovuto presentare la mia azienda, e che poi avrei conosciuto, non ce l'avrei mai fatta.

Invece il panico era durato poco e, al di là dell'incidente con il microfono, era andato tutto bene. Tuttavia non avevo intenzione di dargli soddisfazione.

«È stato tutto molto bello, ma non ho bisogno della tua elemosina, Blake».

La sua ingerenza doveva essere messa a freno.

Si accigliò leggermente. «Credi che questo sia stato frutto della mia carità?»

«Be', o si è trattato di beneficenza oppure di un piano molto astuto per portarmi a letto».

La sua bocca si piegò in un mezzo sorriso mentre intrecciava le dita alle mie.

«Mentirei se ti dicessi che non è stato così».

Mi fece scivolare l'altro braccio sotto il blazer e mi attirò a sé. Il suo abbraccio era delicato ma deciso e mi faceva percepire la sua forza. Sospirai piano, sentendo il calore del suo corpo contro il mio e il sollievo che l'accompagnava.

«Non succederà». La protesta suonava debole quanto la mia determinazione. Gli appoggiai la mano libera sul torace e sentii i pettorali scolpiti. Il cuore gli batteva forte e costante sotto la mia mano, entrando in sintonia con il mio, che cominciavo a sentirmi una sola cosa con lui. *Quello che avremmo potuto fare...*

Mi attirò più vicino; la parvenza di autocontrollo tradita da uno sguardo di fuoco.

«Non sono d'accordo».

Si chinò su di me, le sue labbra vicinissime alle mie. Feci scorrere le dita sulla sua nuca e salii piano verso i capelli morbidi come seta. Il cuore mi batteva all'impazzata, mettendo a tacere tutti i pensieri che mi facevano resistere a lui. Non riuscivo a contenere il desiderio.

Sì.

Mi alzai in punta di piedi e le nostre labbra si incontrarono, calde e morbide. *Perfette*. Mi inebriai del suo profumo. In un attimo la sua mano mi afferrò i capelli, catturandomi in quel bacio da cui non volevo più scappare. Mi appoggiai contro di lui, gemendo piano, mentre mi arrendevo alle sensazioni provocate dalla sua bocca sulla mia. Con la punta della lingua mi sfiorò le labbra, accarezzandole per farle schiudere. Obbedii, curiosa di sapere se avesse un sapore buono quanto il suo profumo. Le nostre lingue si toccarono, giocando con tocchi leggeri che presto assunsero un ritmo più incalzante. Il bacio si fece intenso e lui mi attirò più vicino a sé.

Con una mano si avventurò tra la camicetta e i jeans, trovando la sporgenza dell'anca, mentre io avevo lasciato scivolare la mia dai suoi capelli al torace. Ero paralizzata dalla paura che se mi fossi mossa di un centimetro avrei perso completamente il controllo e l'avrei fatto mio su questo palco.

La realtà tornò a imporsi quando un brusio e gli scatti di alcuni cellulari risuonarono nella sala. Un certo numero di partecipanti alla conferenza si erano intrufolati dalla porta sul retro e, con le facce nascoste dietro gli schermi, avevano puntato i loro telefonini su di noi. *Maledizione.*

Mi staccai da Blake, il quale non sembrava affatto turbato dal gruppo di paparazzi nerd, e in preda al panico presi tutte le mie cose per poi scappare verso l'ascensore più vicino. Nonostante il mio grande senso di responsabilità, avevo perso il controllo con Blake, e adesso avevo umiliato entrambi.

«Erica!». Blake mi rincorse. «Aspetta. Tutto bene?».

Aveva i capelli arruffati, ma resistetti alla tentazione di sistemarglieli. Ero troppo esposta, e il minimo contatto, anche se del tutto innocente, avrebbe annientato la mia già traballante risoluzione di non andare a letto con lui.

«Sì, non vedo l'ora di diventare lo zimbello dell'intera conferenza». Scossi la testa incredula, maledicendomi per essere stata così incauta.

«Qualunque pubblicità è positiva. Basta che se ne parli, giusto?». Sorridendomi mi raggiunse, ma io mi feci indietro per evitare che mi toccasse.

«Blake, tu non capisci! È in gioco ogni cosa per me adesso», sbottai. Tremavo. Stavo provando troppe emozioni insieme – euforia, desiderio accecante e imbarazzo totale.

«Shh, rilassati». Mi posò le mani sulle spalle. «Sono sicuro che questi ragazzini non sappiano neanche chi siamo, e se così non fosse, farà ben poco rumore la notizia».

Quei ragazzini, che avevano la mia età, molto probabilmente non sapevano chi fossi io, ma dovevano aver sicuramente riconosciuto Blake.

Feci spallucce. Ero davvero stanca di tutto. Mi appoggiai al muro, sentendomi sempre più esausta. «Comunque sia… credo che ormai non possa farci nulla».

Blake fece un piccolo passo verso di me e mi sistemò una ciocca di capelli dietro alle orecchie. «Ascolta, devo partecipare a qualche riunione, ma voglio portarti fuori stasera».

Sospirai. Quell'uomo non demordeva.

«Sarò un perfetto gentiluomo», mi promise con un pericoloso scintillio nello sguardo.

«Hai l'abitudine di offendermi, in un modo o nell'altro. Non fare promesse che non puoi mantenere».

Il campanello suonò e la porta si aprì. Entrai nell'ascensore vuoto, e miracolosamente Blake non mi seguì.

Poco prima che le porte si chiudessero, disse: «Verrò a prenderti alle otto».

Mi versai un bicchiere di vino e Alli iniziò a bere il secondo espresso martini in uno dei ristoranti italiani stellati del casinò. La aggiornai su ogni minimo dettaglio della mia giornata, compresi l'aver preso contatti con diversi importanti dirigenti nel campo e il successivo discredito di cui mi ero ricoperta venendo immortalata tra le braccia di Blake.

«È ostinato. Ma la cosa non mi sorprende», commentò.

«Non riesco a smettere di pensare che con lui sia una guerra persa». Presi una forchettata di pasta all'arrabbiata, lacerata dai dubbi sui sentimenti che provavo. Un momento prima lo detestavo e quello dopo dovevo lottare con tutta me stessa per non perdere la testa per lui.

«Erica, lo so che adesso sei presa dal lavoro, ma se sei attratta da lui, e lui è evidentemente superattratto da te, perché non cedergli semplicemente?»

«Sono andata e tornata dall'inferno, Alli. Lo sai. Il lavoro è stata l'unica cosa a cui mi sono dedicata per molto tempo, mi ha tenuto con i piedi per terra, e se dovessi mandare all'aria anche questo perché non so tenere a freno i miei ormoni, non so a cosa potrei andare incontro».

Sebbene trovare un lavoro tradizionale fosse una possibilità, seppure remota, mi rifiutavo di accettare l'ipotesi del fallimento. Certo, avevo già vissuto momenti di crisi nera, ma quei periodi mi avevano resa forte, perché avevano tirato fuori la mia personalità e mi avevano spinta a superare gli ostacoli come non avrei mai immaginato di poter fare. In circostanze normali, avrei potuto gestire storie passeggere e lavoro, o università, ma questa non era una di quelle circostanze. Dovevo rimanere concentrata, altrimenti rischiavo di perdere tutto.

«Gli hai già dato prova della tua professionalità. Credi

davvero che non ti rispetterebbe più se andassi a letto con lui?»

«Forse. Non è un rischio che ho intenzione di correre».

Blake era un tipo imprevedibile. Era stato devastante ma allo stesso tempo molto utile alla mia causa, per cui non avevo idea di cosa aspettarmi da lui, soprattutto se i nostri rapporti venivano complicati dal sesso.

«Quando giochi alle loro condizioni, Erica, finisci per dargli credito. I ragazzi tendono a scoparsi tutto quello che gli passa davanti senza pensarci due volte. Soltanto perché sei una donna non significa che non hai il diritto a una notte di sesso scatenato».

«Disse la ragazza che rientrò in camera alle otto del mattino», commentai puntando verso di lei la forchetta. «Seriamente però, il lavoro è più importante per me rispetto a qualunque altra passione fugace».

Alli rimase in silenzio per un po'. «Magari Blake non è una passione fugace».

«Ne dubito fortemente».

«Blake non è uno dei tanti stronzi che abbiamo conosciuto nelle confraternite. Forse dovresti dargli una possibilità».

Trasalii. «Hai ragione, è uno stronzo miliardario. Non so cosa sia peggio».

Alli fece spallucce e assunse un'espressione triste, sapevamo entrambe cosa fosse peggio.

«Dunque, hai più sentito Heath da quando... be', lo sai». Le domandai sperando di spostare la conversazione da Blake e dal mio passato.

«Sì, mi ha mandato un messaggio stamattina». Le comparve un sorriso sul viso.

Ormai era persa. *Che Dio ci aiuti!*

«Grazie per il bel ricordo?», scherzai, ed entrambe scoppiammo a ridere. «Credi che la vostra storia continui?»

«Non lo so. Vive a New York, quindi chissà? Andiamo a cena insieme stasera». Mi guardò. «Cioè, se non ti dispiace. Possiamo uscire noi due sole se hai davvero intenzione di scaricare Blake».

Sapevo che non diceva sul serio, parlava soltanto come avrebbe fatto qualunque amica.

Capitolo cinque

Come al solito, Alli e io discutemmo molto sul mio abbigliamento. Alla fine optammo per un abito senza maniche color pesca più corto davanti, carino ma non troppo appariscente da far pensare: "Saltiamo pure il dessert". Indossai di nuovo le mie décolleté color carne e cercai di dare un po' di volume ai capelli davanti allo specchio.

Blake bussò alla porta alle otto in punto.

«Ciao». Tenevo stretta la borsetta come fosse un salvagente.

«Erica». Accennò un sorriso.

Indossava una semplice camicia bianca con le maniche arrotolate e un paio di jeans blu scuro. I capelli, di solito spettinati, erano in ordine, con la riga di lato, anche se aveva qualche ciocca ribelle incredibilmente sexy e alla moda. Avevo passato diverse ore a immaginare cosa sarebbe successo nel corso della sera, e non riuscivo a scacciare dalla mente tutte le ipotesi che avevo fatto.

Dopo aver passato qualche istante a fissarlo spudoratamente, mi accorsi che anche lui mi osservava con lo stesso sguardo di apprezzamento. Mi colpì un turbinio di sensazioni – farfalle, desiderio smodato – e un presentimento inquietante che potessi andare al di là delle mie intenzioni con Blake Landon. Quell'uomo era sexy, ricco e sicuro di sé, e i miei ormoni erano completamente vinti dalla sua presenza.

«Blake!». Alli si avvicinò alla porta, studiandolo con un'occhiata. «Ragazzi, siete adorabili!».

«Non stiamo andando al ballo di fine anno, Alli», borbottai, anche se mi sentivo più o meno così. Con l'unica eccezione che il ragazzo più attraente della scuola era davanti alla mia porta, e questo non era mai successo. Certo, ero abbastanza carina da attrarre un discreto stuolo di bei ragazzi, ma mi ero tenuta fuori dal mercato per mesi, concentrandomi soltanto sul lavoro, e avevo dimenticato come ci si sentisse a essere apprezzata. In realtà, non ero sicura che qualcuno mi avesse mai fatta sentire così, e tra me e Blake c'era stato soltanto un bacio.

Blake mi porse il braccio e ci incamminammo così lungo il corridoio.

«Divertitevi, ragazzi!», trillò Alli alle nostre spalle.

«La riporterò a casa domattina», rispose Blake facendole l'occhiolino.

Alzai lo sguardo al cielo, sentendomi avvampare al pensiero di restare con Blake per tutta la notte. Lo stavo facendo davvero?

Una volta entrati in ascensore, Blake pigiò il pulsante del quarantacinquesimo piano, l'ultimo, e iniziammo a salire.

Confusa, domandai: «Dove stiamo andando?»

«All'ultimo piano».

«Cosa c'è all'ultimo piano?»

«La mia stanza».

L'entusiasmo di poco prima svanì all'improvviso. «Sei

davvero raffinato, Blake». Mi staccai da lui e incrociai le braccia al petto. Il perfetto gentiluomo, dei miei stivali. *Dio, sono stata proprio stupida.*

Blake scoppiò a ridere. «Non è come pensi. Fidati».

Alzai un sopracciglio. «Non mi hai mai dato modo di fidarmi di te».

«Mi hanno detto che ci vuole tempo, quindi, forse, ho ancora qualche speranza».

Le porte dell'ascensore si aprirono, e Blake mi condusse in fondo a un lungo corridoio, dove estrasse la tessera per entrare nella stanza. Lo seguii dentro, rimanendo sconvolta dallo sfarzo della suite, che sembrava una piccola reggia.

Percorrendo un corridoio decorato, davanti a noi apparve una vetrata enorme che dava sul panorama di Las Vegas. Il sole era appena tramontato dietro la sagoma delle montagne brulle, tingendo il cielo di sfumature dorate e ambrate, mentre la città che si estendeva sotto di noi replicava la brillantezza della natura. Un milione di lucine accendevano la notte in quella città selvaggia e travolgente.

«Ho pensato che qui avremmo goduto di una vista migliore che al ristorante», disse pacato.

«Ti toglie il respiro». Emozionata, non riuscivo a staccare gli occhi dall'orizzonte. Per la seconda volta in un giorno, un turbinio di emozioni mi aveva travolto per merito di Blake. Tentai di nascondere le mie sensazioni e non dargli la soddisfazione di avermi vinta tanto facilmente.

«Sono felice che ti piaccia». Mi guidò verso il tavolo apparecchiato davanti alla vetrata.

I due piani della suite traboccavano lusso ed eleganza. L'arredamento era sui toni chiari, con materiali che andavano dal mohair delle pareti rivestite alle superfici di marmo color crema chiaro che contrastavano con la modernità degli apparecchi elettronici perfettamente integrati.

Ammirai ogni dettaglio, finché un cameriere non portò un secchiello con una bottiglia di champagne da una delle stanze adiacenti.

«Signora?», mi chiese mostrandomi una bottiglia fredda di Cristal Rosé.

«Grazie», risposi.

Con abilità, lui riempì le flûte fino all'orlo.

«Mi sono preso la libertà di ordinare per tutti e due». Blake fece tintinnare il bicchiere contro il mio. «Spero non ti dispiaccia».

«Mi accontenterò», scherzai; in realtà mi sentivo sollevata.

Non riuscivo a immaginare Blake mettersi lì a pensare quali prelibatezze far preparare per me.

«Allora, dimmi di più di Erica Hathaway».

«Cosa vuoi sapere?»

«Cosa ti piace fare nel tempo libero?». La domanda era apparentemente innocente, ma i suoi occhi mal celavano un pensiero malizioso.

Sentii i muscoli contrarsi in tutto il corpo e strinsi le dita sui bordi della sedia.

La mia guardia si stava abbassando in maniera pericolosa nei confronti di Blake. Perché avevo accettato? Be', in realtà non avevo proprio accettato, ma neanche esplicitamente rifiutato. Comunque eravamo lì, e apparentemente tutto sembrava sotto controllo, a eccezione della mia libido.

«A essere onesti, non molto, perlomeno negli ultimi tempi».

«Quindi sei una stacanovista?»

«Diciamo di sì».

«Be', abbiamo un aspetto in comune». Si appoggiò allo schienale della sedia e guardò l'orizzonte.

«Mi pare che tu abbia lavorato abbastanza bene in questi anni da poterti permettere un approccio più rilassato alla vita».

«La mia vita non è certo una vacanza, se è questo che vuoi dire».

«Non vedo perché non dovrebbe esserlo».

«Suppongo quindi che tu non mi conosca molto bene».

«Illuminami», risposi. «Un uccellino mi ha detto che eri un hacker».

Da oltre il bordo del mio bicchiere di champagne, quasi vuoto, vidi il viso di Blake attraversato da una smorfia fugace, che scomparve subito.

«Non dovresti credere a tutto quello che leggi su internet».

«No?».

Il cameriere ci servì due bistecche cotte a puntino su un letto di asparagi e funghi saltati. Lo ringraziai soddisfatta prima che sparisse alla stessa velocità alla quale era arrivato, lasciandoci soli ancora una volta.

Affamata da una giornata intensa, gustai ogni boccone: era tutto divino. «Non hai molta voglia di raccontare la storia della tua vita, sbaglio?».

Rimase un attimo in silenzio, concentrato sul piatto

ed evitando il contatto visivo. «Hai già letto la sintesi. Cos'altro c'è da raccontare?»

«Come posso imparare ad avere un successo strepitoso se non mi dici tutti i tuoi segreti?». Cercai di incrociare il suo sguardo, sperando che mi raccontasse di più, qualcosa che non potessi trovare online.

Sospirò e si passò una mano tra i capelli. «Ho sviluppato dei software per le banche, li ho venduti, e ora faccio investimenti in altri campi, perlopiù di successo, iniziative per ammazzare il tempo. Soddisfatta?»

«Non proprio», risposi fiduciosa.

«In che modo è coinvolta Alli nei tuoi affari?».

Volevo sapere di più della famigerata storia di Blake, ma decisi di tornarci più tardi, perché a quanto pareva era un argomento delicato, e lui non aveva ancora cominciato a mettermi in difficoltà.

«È stata lei a darmi l'idea di creare questo sito, in realtà. Dopo tre anni con lei sento di aver finalmente concluso il mio addestramento in fatto di moda, anche se in molte occasioni continua a volermi vestire. Comunque sia, adesso lei si occupa di marketing, è suo il merito degli utenti paganti acquisiti finora».

«Però mi avevi detto che il suo coinvolgimento dipendeva dai finanziamenti».

«I genitori di Alli si aspettano che trovi un lavoro col quale guadagnare più di quanto stiamo guadagnando al momento, quindi, finché non otterremo i finanziamenti o non cresceremo più velocemente, non ha molta scelta. Sta facendo dei colloqui a New York, perciò immagino che andrà a lavorare lì se le cose non dovessero mettersi bene con questo progetto».

«Come stai finanziando il sito in questo momento?»

«Sul serio?».

Scosse la testa. «Non sei a un incontro di lavoro. Sono soltanto curioso».

«Integriamo gli introiti del sito con la mia eredità, che grazie a un'ottima istruzione sta per esaurirsi».

«Non credo che tu sia la sola che ha dato fondo ai propri risparmi per inseguire un sogno».

Lo champagne mi aveva fatto rilassare, cosa non facile al cospetto di qualcuno che aveva il vizio di farmi agitare. Eppure si stava comportando in modo sorprendentemente dolce, almeno quando non si parlava di lui.

Finita la cena, Blake gettò il tovagliolo sul tavolo e rabboccò i bicchieri svuotando la costosa bottiglia di bollicine rosa. Afferrò la flûte, si alzò in piedi e mi prese per mano.

«Vieni con me».

Seppur esitante accettai, e lui mi condusse verso i divani in pelle bianca dall'altro lato dell'enorme sala principale. Ci sedemmo vicini e lui si accomodò in maniera da potermi guardare negli occhi.

«Dunque, ti sei laureata e ora ti stai accordando con Max. E poi?»

«Domanda da un milione di dollari».

«Da due milioni, in questo caso», disse.

«Giusto. Non saprei, esattamente. Dovrò lasciare l'alloggio entro la prossima settimana, per cui dovrò decidere cosa fare piuttosto in fretta».

«Mi dai l'impressione di una che ce la farà, in un modo o nell'altro».

Mi sistemò una ciocca di capelli dietro l'orecchio,

giocherellando con il mio orecchino prima di posare la mano sullo schienale del divano.

Io feci un respiro profondo, di cui lui si accorse.

«Cosa vuoi fare stanotte?», mi chiese con garbo, lasciando scorrere lo sguardo su ogni parte del mio corpo.

Come se quegli occhi avessero il potere di regolare la mia temperatura corporea, avvampai e la mia pelle si riscaldò in una maniera quasi insopportabile. Non ero così sciocca da credere che la notte non si sarebbe conclusa nel letto di Blake, ma stavo perdendo la battaglia più in fretta di quanto avessi programmato. Avevo desiderato altri uomini prima di lui, e li avevo avuti. Distaccata e concentrata sull'aspetto fisico, riuscivo quasi sempre a portare avanti le cose nella maniera che volevo. Ma non mi sentivo affatto distaccata con Blake adesso.

«Che ne dici di un altro drink?».

Lui esitò, con le dita appoggiate sulla mia spalla nuda. «Certo, ma se non dovessi riuscire a reggerti in piedi a fine serata, preferirei che fosse per colpa mia».

Oddio. La visione evocata da quelle parole mi annebbiò la mente. Chiusi gli occhi un istante, cercando di mettere a fuoco ciò che stava per accadere.

«Cosa ne dici di una passeggiata, allora?», proposi a fatica.

Sgranò gli occhi. «Per Las Vegas?».

Scoppiai a ridere. «Vogliamo iniziare dalla suite, ti va?».

Le sue iridi si fecero più scure, di un verde intenso, mentre studiava il mio corpo per poi risalire fino agli occhi. Si morse il labbro prima di rispondere: «È questo che vuoi?».

In quell'istante qualcosa cambiò tra noi, mi si mozzò il respiro appena vidi il suo sguardo ardente e affamato. Il bisogno di sentire le sue mani e la sua bocca su di me divenne eccezionalmente potente. Non mi importava più nulla delle conseguenze che sarebbero potute derivare dal mio comportamento leggero.

Annuii. Lui si alzò in piedi e io feci lo stesso appena mi prese per mano.

«Che visita della suite sia, allora».

Mi mostrò le sale massaggi, la dispensa e i bagni per gli ospiti. In ogni stanza il lusso era esagerato, come il prezzo che, con ogni probabilità, aveva dovuto sborsare per pernottare in quel posto.

Salimmo una scalinata dal corrimano dorato per raggiungere la camera da letto principale, un'altra stanza d'angolo con vetrate che dal pavimento salivano fino al soffitto. Si fermò all'ingresso, mentre io entravo rapita ancora una volta dal panorama.

«Potrei abituarmi a questa vista».

«Anch'io», mormorò.

Si era avvicinato abbastanza da potermi toccare, ma non lo fece. La promessa di comportarsi da gentiluomo cominciava a essere esasperante, la tensione sessuale tra noi era ormai palpabile, io lo volevo, desideravo che prendesse l'iniziativa.

Buttai fuori l'aria che avevo tanto trattenuto.

'Fanculo.

Resa audace dallo champagne, afferrai l'orlo del vestito e lo sfilai dalla testa. Rimasi lì, con indosso soltanto gli slip, le scarpe col tacco e una sicurezza liquida. Dalle pareti di vetro vidi Blake avvicinarsi e fermarsi alle mie spalle. Avvertivo sul mio il calore del suo corpo, sentivo la pelle già in fiamme e il desiderio che cresceva sempre più ardente.

Allora mi toccò, tracciò la linea della mia spina dorsale con il pollice, fino al bordo delle mutandine e lungo il pizzo sul fianco, mentre d'impeto mi attirava a sé con una presa decisa. Rimasi senza fiato per quel contatto improvviso, panico misto a eccitazione.

Inclinai la testa all'indietro sulla sua spalla, mentre il desiderio prendeva il sopravvento su di me. Le sue labbra iniziarono a farsi strada, tormentandomi dolcemente, lambendo e mordicchiando la pelle sensibile dall'orecchio fino alla spalla. Con una mano mi tenne per il fianco mentre con l'altra mi afferrava il seno. Sentii il capezzolo inturgidirsi, stavo letteralmente andando a fuoco per lui, ero accecata dal desiderio.

«Dimmi cosa vuoi, Erica», mi mormorò contro il collo.

I desideri erano tanti. Mi inarcai leggermente, sentendo la sua erezione premere contro il tessuto dei jeans, poi mi girai per guardarlo negli occhi, senza alcuna vergogna, nuda di fronte al suo sguardo, che adesso era di un verde intenso, ardente, e mi bruciava dentro e fuori. I nostri corpi si toccavano appena quando gli posai una mano sul petto per poi scendere verso la cintura. Dio, aveva una pelle fantastica, soda e calda. Mi misi in punta di piedi e gli diedi un bacio esitante sulle labbra.

«Ti voglio, Blake», sussurrai.

Lui mi baciò con ardore, il suo corpo diventò teso, riusciva a malapena a trattenersi. «Non hai idea di quanto ti desideri io adesso».

Mi cedettero leggermente le ginocchia. Lui mi afferrò

e mi attirò a sé, togliendomi il respiro con un altro bacio appassionato. Mentre godevo delle carezze vellutate della sua lingua, gli sbottonai alla cieca la camicia, sentendo gli addominali scolpiti sotto le dita, trovai il bottone dei jeans e lo aprii.

«Anch'io ti desidero», dissi sorridendo.

Gli occhi di Blake si spalancarono per una frazione di secondo. Gli morsi il labbro inferiore prima di scendere a baciarlo sul torace. La pelle olivastra era tesa sopra la muscolatura e i peli castani sul petto e al centro degli addominali scolpiti leggermente crespi.

Mi misi in ginocchio e alzai la testa per guardarlo. Era proprio come lo avevo immaginato la prima volta che ci eravamo scontrati. Anche meglio. Bellissimo. Un esemplare di uomo perfetto.

Tracciai la sagoma imponente della sua erezione prima di abbassargli i jeans e i boxer quanto bastava per liberarla, poi gli presi l'uccello tra le mani. La pelle era calda, ardente di un desiderio primordiale. Lui liberò un respiro gutturale.

Ero già bagnata, tuttavia anche se lo desideravo da impazzire, non riuscii a resistere ad assaggiarlo. Volevo assumere per un attimo il controllo su quell'uomo che mi aveva soggiogata per giorni.

Iniziai con tocchi leggeri e morbidi, poi ci misi più foga. Blake imprecò, passandosi le dita tra i capelli. Iniziai ad aiutarmi con una mano mentre tenevo l'altra appoggiata sul suo ventre che si muoveva al ritmo del suo respiro affannoso.

«Erica, Cristo. Vieni qui, aspetta...».

Era diventato decisamente più duro e grosso. Dopo

qualche affondo di gola, lui imprecò di nuovo, e mi accorsi che si stava avvicinando all'orgasmo.

Prima che potessi farlo venire, Blake mi tirò in piedi. Aveva gli occhi spalancati, come se avesse perso il controllo.

«Tocca a me», disse con voce graffiante, quasi a mo' di minaccia. Mi prese in braccio e senza alcuno sforzo mi gettò sul letto.

Mi strappò via gli slip di pizzo e mi afferrò le ginocchia per spalancarmi le gambe. Imbarazzata e incoraggiata allo stesso tempo, sentivo le guance in fiamme. Ero completamente esposta, ma quando si chinò su di me, la sensazione della sua bocca tra le gambe prese il sopravvento su tutto.

Feci un respiro affannoso, con il suo nome tra le labbra.

La sua lingua si muoveva sulle mie parti intime con l'abilità che avevo già sperimentato durante il bacio, velocemente, lambendo e succhiando. Gesù, ci sapeva proprio fare con la bocca.

Gemette, e sentii una scossa al clitoride mentre lo succhiava. Serrai le gambe in preda al piacere e mi aggrappai alle lenzuola di seta. Il piacere dentro di me si liberava con una velocità spaventosa.

«Hai un sapore delizioso».

La sensazione del suo respiro sulle mie parti sensibili, seguito dalle carezze decise della sua lingua mi mandavano in estasi. La mia mente ormai vagava lontano.

«Oddio!». Venni, abbandonandomi all'orgasmo.

Mentre cercavo di riprendere fiato, con le palpebre pesanti lo vidi svestirsi completamente. Nonostante l'orgasmo, il desiderio per Blake non era quasi per nulla svanito. Lo volevo dentro di me, per finire quello che avevamo cominciato.

Mi scrutò con uno sguardo così intenso che quasi venni di nuovo. Il suo pene era lungo, grosso e duro come la pietra mentre cercava di infilarsi un preservativo.

«Sei pronta per me, piccola?».

Annuii. Prontissima.

«Grazie a Dio, perché non so se riuscirei a fermarmi adesso».

Saltò sul letto e si mise sopra di me. Io ansimavo piano, trepidante d'attesa. Con i muscoli tesi e scolpiti delle cosce s'insinuò, e io gli avvolsi una gamba dietro la schiena alzando il bacino ansiosa di essere penetrata.

Lui mi aiutò afferrandomi per i fianchi. La punta del pene appena appoggiata alla fessura della mia vagina.

«Blake», lo chiamai con voce ansimante e disperata.

Lui si chinò per trovare la mia bocca, e i nostri umori si mescolarono con la mia eccitazione. Quell'atto in sé sembrava troppo intimo considerando le circostanze, ma riuscì a rafforzare il mio desiderio di lui.

Mi divincolai, rapita dal desiderio selvaggio di averlo dentro di me, e lui mollò la presa e mi penetrò. Gemetti nella sua bocca, scioccata da quanto riuscisse a riempirmi completamente. Gustai a pieno quella sensazione. Niente sembrava più perfetto del suo movimento dolorosamente lento dentro di me. Il mio corpo cercava di tendersi per sentirlo al meglio, e la morsa della sua penetrazione diede spazio a una fame più profonda.

«Perfetto», disse continuando a spingere.

Chiusi gli occhi e lo strinsi più forte a me, facendo

in modo che quel momento restasse davvero perfetto. Blake dava spinte decise e calcolate, entrando e uscendo con pause che accendevano il mio desiderio.

Soddisfazioni intermittenti che si fondevano con un desiderio sconfinato. Ogni movimento mi portava più vicina al piacere.

A momenti sembrava liberarmi, ma poi finiva per volermi con più ferocia mentre mi baciava in maniera lenta e profonda. Mi stava facendo impazzire.

«Blake, ti prego», supplicai senza fiato.

Lui rallentò finché non iniziai a credere che sarei morta per la frustrazione. «Fidati di me», mi sussurrò in un orecchio.

Poi, all'improvviso, mi afferrò il sedere e si spinse con forza dentro di me. Alla seconda spinta ritrovai la voce, urlai. Lui continuava ad affondare senza sosta dentro di me, dandomi tutto quello che avrei mai desiderato avere da lui. Mi abbandonai a lui completamente.

«Dio… cazzo… Blake!». Si scatenò una tempesta dentro di me, il mio corpo rispondeva al suo in una maniera incontrollabile. Gli afferrai i capelli e mi aggrappai a lui.

«Dài, piccola. Vieni per me», mi ordinò con voce roca.

Sentivo l'ondata del piacere montare, mi aggrappai a lui con il corpo in preda a fremiti, decisa a fargli raggiungere l'orgasmo insieme a me.

Con un gemito, affondò un'ultima volta per poi collassare a occhi chiusi sui gomiti, sopra di me. I nostri respiri si fecero gradualmente più lenti, i corpi si raffreddarono e iniziammo a tornare in noi. Mi diede qualche bacio delicato sulla guancia e sul collo mentre io continuavo a trattenerlo avvolgendolo con braccia e gambe.

Sospirai. «Non sapevo…».

Sorrise e mi baciò. «Cosa?»

«Che… potesse essere così».

Il suo sorriso svanì e Blake aprì la bocca mentre con il pollice mi tracciava il contorno del viso. Mi faceva male al petto la sua vicinanza e anche quello che pensavo di aver visto nei suoi occhi socchiusi.

Mi diede un bacio casto e si allontanò.

«Vado a lavarmi. Torno subito. A meno che non voglia venire con me».

Scossi debolmente la testa. «Non sono sicura di riuscire a camminare adesso».

Scoppiò a ridere mentre si alzava. «Ti avevo avvertita».

Fui scossa da brividi nel vedere la perfezione della sua schiena che si allontanava. Il sedere era magistralmente scolpito, come ogni altro centimetro del suo corpo. Tutto di Blake era diventato troppo, un attentato ai miei sensi, un treno lanciato in corsa contro la mia razionalità.

E amavo ogni cosa.

Mi svegliai di colpo, disorientata, finché non riconobbi le farfalle dorate del soffitto disegnate a mano.

Blake era sdraiato vicino a me, russava piano contro il cuscino.

Il suo corpo era morbido e rilassato, un'immagine diversa dall'animale forte e muscoloso che mi aveva fatto perdere la testa. Dovevo essermi addormentata mentre era sotto la doccia. Non mi aveva svegliata per mandarmi via.

Ma non potevo farmi trovare lì quando si sarebbe svegliato. Ero assolutamente in pace con me stessa, ma l'idea di percorrere il "cammino della vergogna" alla luce del sole mi spinse a darmi una mossa.

Nella stanza l'illuminazione era soffusa, ma il deserto che si vedeva oltre le vetrate era buio pesto. Si vedevano brillare solo le luci della città e non c'era ancora nessun accenno di alba.

Scivolai piano fuori dal letto e mi vestii, ma non riuscii a trovare gli slip in nessun modo. M'infilai le scarpe e mi sedetti alla scrivania, dove scrissi un biglietto che fermai con la *fiche* da diecimila dollari.

COSA SUCCEDE A LAS VEGAS...
X, E.

Mi soffermai a guardare il panorama ancora un minuto, poi lasciai la suite di Blake senza fare rumore.

Alcuni istanti dopo mi intrufolai nella nostra stanza in maniera sorprendentemente furtiva, ma Alli stava guardando la TV con la testa sul cuscino quando entrai.

«Ehi, cosa ci fai ancora sveglia?». Erano quasi le due del mattino.

«Cosa ci fai tu qui?», disse arricciando le labbra.

«Ehm, niente».

«Sgualdrinella. Adesso mi racconti tutto». Tolse l'audio alla TV e si mise a sedere sulla sponda del letto.

«Non c'è molto da dire». Mi sfilai il vestito e mi misi l'accappatoio.

«Non provarci neanche, Erica. Forza, raccontami subito tutto». Mi puntò contro un dito perfettamente curato.

Sospirai e mi sedetti anch'io sul letto per guardarla negli occhi. La mattina prima l'avevo rimproverata per lo stesso motivo. Che ipocrita.

«Ti dico solo che se Heath somiglia anche soltanto lontanamente a suo fratello… ehm… a letto…». Indugiai nella scelta delle parole da usare. «Ti perdono, va bene?»

«Ma stai zitta! È stato bello?»

«Non ho parole. Tutto quello che devo fare adesso è trovare un modo per restare lontana da lui».

«Perché? Cosa vuoi dire?». Assunse un'espressione accigliata.

«Abbiamo vissuto il nostro momento, ma spero solo che sia stata un'avventura di una notte per lui, perché…». Mi coprii il viso con le mani, che ancora avevano il suo profumo. Respirai forte e tornai con la mente alla notte appena trascorsa con lui.

«Erica, allora?».

Mi alzai di scatto, come se fossi stata sorpresa a fare qualcosa di proibito.

«Mi stavi dicendo perché vorresti che questa storia rimanesse qualcosa da una notte e via», mi ricordò.

«Non lo so!». Cominciai a tormentarmi le dita. «So soltanto che tutto questo potrebbe diventare una dipendenza. Che lui potrebbe diventare una dipendenza. Sono qui per lavorare e Blake è già l'unica cosa a cui riesco a pensare».

Indicai il soffitto, per intendere la sua suite. Cercai di scrollarmi di dosso i ricordi ancora troppo freschi, consapevole del fatto che lui fosse ancora lì, nudo, a sonnecchiare solo qualche piano sopra di noi.

«Non lo so. Sono un disastro. Ho bisogno di dormire».

Alli annuì, ma la vidi rivolgermi un timido sorriso prima di spegnere il televisore e rannicchiarsi sotto il piumone.

Grata per la tregua che mi aveva concesso, mi chiusi in bagno per fare una doccia. L'effetto inebriante della notte passata con Blake venne attutito dal getto d'acqua sui miei muscoli indeboliti, che si portò via anche gli ultimi sprazzi di energia che mi restavano. Lui significava già troppo per me.

Capitolo sei

Erano passati alcuni giorni da quando Alli e io eravamo tornate da Las Vegas. Desideravo tanto credere che la vita sarebbe tornata alla normalità, ma niente era normale al momento. A breve non avrei più avuto un posto in cui vivere, avrei dovuto iniziare a occuparmi a tempo pieno della mia attività e non riuscivo a togliermi Blake dalla testa.

Il mio desiderio che la nostra notte insieme rimanesse unica si era avverato, ma la vocina nella mia testa continuava a desiderare che lui in qualche modo tornasse da me. Mi rimproveravo per essere così sciocca da volere qualcosa – qualcuno – che non avrei mai potuto avere. Proprio come il nostro bacio in pubblico durante la conferenza, si era trattato di un inconveniente. Ero stata l'interesse passeggero di un miliardario presuntuoso che non aveva motivo di soffermarsi a lungo su nessuno.

Diedi una scorsa alle mail, continuando a ripetermi di aver ottenuto esattamente quello che volevo.

Mentre lasciavo il campus, mi sentii chiamare. Una ragazza dai capelli biondi cortissimi saliva le scale per venirmi incontro. Sembrava una modella adolescente. Abbronzata, alta, vestita in modo impeccabile con una canottiera e una gonna di lino.

«Liz», la salutai. «Come stai?».

Lei mi fece un gran sorriso. «Alla grande. Non posso crederci che ce l'abbiamo fatta, finalmente!».

«Lo so, il tempo vola». Scossi la testa incredula.

«Ti va un caffè? Così ci raccontiamo tutte le novità».

I suoi caldi occhi castani avevano un'espressione sincera, ma io cercavo sempre di evitare certe situazioni. La nostra amicizia si era interrotta quando mi ero trasferita al campus dopo il primo anno, e da allora non ci eravamo più frequentate. Esitai. L'università era finita, niente più esami, niente programmi. Non avevo scuse.

Feci spallucce. «Certo».

Facemmo un breve tragitto per raggiungere il caffè più vicino, dove alcuni hipster scontrosi preparavano cappuccini deliziosi ma troppo costosi. Ci sedemmo a un tavolo per due, con il chiasso del locale che riempiva il silenzio tra di noi. Avevo rivisto Liz in giro per il campus diverse volte, ma non c'eravamo *parlate* più per anni. A malapena ci riconoscevamo.

«Hai programmi per l'estate?», domandai.

«Andrò a Barcellona con i miei genitori per qualche settimana, poi inizierò a lavorare, a luglio».

«Dove?»

«In una società di investimenti qui in città, a masticare numeri e roba simile». Soffiò sulla tazza. «E tu?»

«Ho avviato un'attività di moda online la scorsa estate, e sta andando bene, quindi mi occuperò di questo per un po'. Vedremo come andrà».

«Fantastico. Non me lo sarei mai aspettato».

Sgranai gli occhi. *Cosa ti saresti aspettata*, mi domandai, addentando un fragrante croissant al cioccolato.

«Come stanno Lauren e le altre?», domandai, riferendomi alle ragazze che dividevano l'appartamento con noi.

«Molto bene». Restò in silenzio un attimo prima di continuare: «Ma ci sei mancata».

Bevvi un lungo sorso di cappuccino, cercando di capire che direzione stava prendendo la conversazione. L'università era finita, stava per iniziare una nuova fase della vita. Forse era finalmente ora di cambiare atteggiamento, soprattutto se c'era la possibilità di incontrarla di nuovo in città. Boston d'altronde era pur sempre una città piccola.

«Mi dispiace di non avervi avvisato che mi sarei trasferita a fine anno, ma avevo tanti pensieri per la testa». Tanti pensieri era un eufemismo, ma non mi andava di parlarne con lei ora. L'ultima cosa di cui avevo bisogno era far riaffiorare ricordi dolorosi.

«Me ne rendo conto. Credevo soltanto che fossimo amiche, sai cosa voglio dire?»

«Lo eravamo», risposi. «Possiamo ancora esserlo. Avevo bisogno di un nuovo inizio dopo quanto era successo, ecco tutto».

Annuì e mi fece un debole sorriso.

Sospirai, determinata a non tornare più sull'argomento, a qualunque costo. «Niente è stato più lo stesso dopo quella notte. Tu e tutte le altre eravate rimaste le stesse, ma io no. Non potevo venire alle feste con voi come se non fosse successo niente».

Feci un respiro profondo, cercando di tenere nel dimenticatoio i ricordi dolorosi. Allontanai il piatto, in preda alla nausea.

«Non aveva nulla a che fare con la nostra amicizia, o con te. È solo che non riuscivo a sopportare quello sguardo sulle facce di tutti. E poi, se lo avessi rincontrato, capisci? Non avevo idea di come avrei reagito».

Parlare di quello che mi era successo era difficile. All'epoca, il solo pensiero di rivivere quell'episodio in qualunque maniera mi terrorizzava.

L'unica cosa che mi teneva lontana dal guardarmi di continuo indietro era il fatto di aver seppellito quei ricordi così profondamente da non credere quasi più che l'uomo che mi aveva fatto del male fosse davvero esistito.

Quando la guardai, la sua espressione impietosita mi fece rivoltare ancora di più lo stomaco. Abbassai gli occhi sulla borsetta e cercai di inventare una scusa per andare via.

«Volevo parlarne, ma non me ne hai mai dato la possibilità», disse.

«Che tu ci creda o no, non mi piace affatto parlarne». Serrai le labbra. Non volevo parlarne, o pensarci, mai più. Ma non era stata colpa di Liz. Niente era stata colpa sua, in realtà.

I suoi occhi erano grandi e innocenti, mi ricordavano delle sere passate a fare man bassa di cibo preconfezionato che ci mandavano i suoi genitori, mentre ci raccontavamo le nostre storie e i sogni di matricole ingenue.

Mi sistemai sulla sedia e feci un respiro profondo. «Avevo bisogno di sistemare le cose da sola, e per qualche ragione non potevo farlo in quella casa».

Annuì. «Capisco».

No, non capiva, ma apprezzavo il tentativo, anche se

mi stava facendo riaffiorare ricordi che avevo seppellito da tempo.

«Magari potremmo vederci quando torno dalla Spagna e fare qualcosa insieme», disse. «Non dobbiamo parlare di quello, ovviamente. So che è difficile per te».

«Certo». Mi sforzai di sorridere. Non potevo cambiare il passato, ma forse potevo salvare una parte di quello che avevo perso.

«Rimaniamo in contatto».

Mentre Liz finiva il muffin, parlammo dei professori e di come trovare una sistemazione in città, poi ci scambiammo i numeri e ci salutammo. Quando tornai al campus, mi arrivò un messaggio. Era Alli.

Dobbiamo parlare. Ho delle novità.

Sentii un tuffo al cuore. Lungo la strada la chiamai.

«Che succede?»

«Ci sono delle novità».

«Questo me l'avevi già detto. Di cosa si tratta?»

Rimase un istante in silenzio. «Ho ottenuto il lavoro».

«Grandioso», dissi in tono secco, la delusione traspariva dalla voce. Ma non riuscivo a camuffare. Era una notizia terribile.

«Erica?»

«Cosa vuoi che ti dica?».

Scesi dal marciapiede, con la gente che mi sorpassava. Rivedere Liz mi aveva resa nervosa, e ora stavo per perdere Alli, la mia migliore amica, la mia compagna di stanza e partner di lavoro. Mi rifiutavo di considerarlo un momento felice.

«Congratulazioni, Alli. So che lo desideravi tanto. Purtroppo non era la stessa cosa che volevo io».

Alli rimase qualche secondo in silenzio. «Ne avevamo parlato, però ora sembri sorpresa».

Aveva ragione, ma questo non cambiava le cose. Tutto stava mutando intorno a me, restava soltanto la timida proposta di Max di finanziare il mio progetto.

«Quando parti?»

«Tra qualche giorno. Vado a vivere da un amico in città finché non troverò una sistemazione».

Il telefono iniziò a vibrare per una chiamata in arrivo. Non conoscevo il numero che compariva sullo schermo, ma mi serviva assolutamente una scusa per chiudere la conversazione con Alli prima che finissi per dirle qualcosa di cui mi sarei pentita.

«Ho una chiamata, Alli. Devo attaccare».

Sospirò. «Va bene, ciao».

Subito mi sentii in colpa.

«Pronto?»

«Erica, sono Blake».

Imprecai mentre riprendevo fiato. Di tutti i momenti in cui avrei desiderato che mi telefonasse... «Non è un buon momento».

«Stai bene?»

«Sto bene». Il mio tono di voce esprimeva chiaramente il contrario.

«Dove sei? Io mi trovo dalle tue parti».

Mi guardai intorno, alla ricerca del nome della via più vicina.

«Nella zona di Campbell Square».

«Ti raggiungo tra cinque minuti». Riagganciò prima che potessi controbattere.

Mi sedetti su una panchina del parco e iniziai a controllare le mail dal cellulare per distrarmi dalla bomba che Alli mi aveva sganciato addosso. Sid mi faceva sapere che c'era stato un notevole aumento di utenti dal giorno della conferenza, una buona notizia a giudicare dal fatto che l'azienda mi era costata un viaggio di tremila chilometri per via di una telefonata di Blake. Tornai a pensare a Alli e Liz, e a come mi fossi ritrovata completamente sola nel giro di un'ora. Gli occhi mi bruciavano mentre mi asciugavo le lacrime che scendevano.

Il clacson di una macchina mi riportò alla realtà. Blake era seduto alla guida di un'elegante auto sportiva nera parcheggiata accanto al marciapiede. Mi avvicinai e rimasi spiazzata dal fatto che non ci fosse la maniglia per aprire la portiera, finché non la trovai. Salii e vidi l'enorme schermo a cristalli liquidi fissato tra i due sedili.

«Che diavolo di macchina è?», domandai, sconvolta dagli innumerevoli accessori e dispositivi.

«È una Tesla».

Rimasi a fissare la strada di fronte a me, aspettando che partisse.

«Ehi», disse a bassa voce accarezzandomi una guancia con il pollice.

Aveva un aspetto fresco, ma il suo sorriso svanì presto. Avvertii un groppo in gola, come se stessi per scoppiare di nuovo in lacrime, e cercai con tutte le forze di reprimere quella sensazione mentre il mio corpo si irrigidiva come tattica di autodifesa.

«Sto bene, davvero». Mi voltai e cercai di eliminare eventuali tracce di mascara che avrebbero potuto tradire il mio momento di sconforto. Non sapevo se avrei potuto sopportare di apparire ancora più vulnerabile di quanto non mi sentissi già, e nel frattempo continuare a mantenere un'integrità professionale. «Cosa vuoi?»

«Volevo vederti. Hai fame?»

«Certo». Non avevo fame, ma volevo assolutamente andare via di lì. Lasciai che Blake mi portasse lontano in quella che avevo ormai capito essere un'auto costosa fornita delle più moderne tecnologie e prodotta da una casa automobilistica il cui titolo era appena salito alle stelle.

«Quante azioni della Tesla possiedi?», domandai mentre i quartieri della città scorrevano via veloci.

«Le ho acquistate in occasione della seconda ricapitalizzazione, quindi la risposta è un po'».

«Ovviamente», mormorai.

Blake si fece strada per la città, mostrando poco riguardo per pedoni e codice stradale, ma in qualche modo mi sentivo sollevata per essermi lasciata il campus alle spalle. Percorremmo il resto del tragitto in silenzio, finché lui non entrò in un parcheggio riservato dalla parte opposta alla torre dell'orologio.

Il Black Rose era un pub irlandese nel cuore di Boston, a pochi passi dal famoso Faneuil Hall e dal Quincy Market. All'interno, la parete di fondo era rivestita di legno scuro e i muri erano tappezzati di stemmi della madrepatria. Ci sistemammo in un angolo tranquillo della zona ristorante, da dove potevamo vedere le persone all'esterno affaccendate nelle loro vite: turisti, impiegati di banca e signori alla guida di carrozze trainate da cavalli.

Una cameriera giovane e carina venne a prendere le nostre ordinazioni e il suo accento irlandese mi fece pensare al mio professore preferito, il quale si sarebbe trasferito *anche* lui nel giro di qualche settimana.

«Due Irish breakfast e due Guinness», disse Blake porgendole i menu per poi tornare subito a guardarmi.

«Ordini sempre tu per gli altri?»

«Non volevo che ti facessi tanti problemi a ordinare una pinta di prima mattina».

Si chinò verso di me, e i suoi movimenti misero in mostra i bicipiti che spuntavano dalle maniche della maglietta con il logo INITECH di *Impiegati... male!* Non indossava abiti formali da lavoro e appariva troppo sportivo per essere un giorno feriale.

«Vuoi dirmi perché stavi piangendo un minuto fa?».

Scossi il capo, in preda all'emozione e poco preparata alla presenza di Blake in quel momento. «Forse non è stata una buona idea».

Blake mi prese la mano mentre prendevo la borsetta. «Ehi, mi dispiace».

Chiusi gli occhi, nella speranza di sprofondare in un luogo lontano dove Blake non potesse vedermi.

«Resta», mi disse a bassa voce.

Tornai a sedermi, lasciando la mano nella sua, mentre la rabbia svaniva. Il contatto con lui aveva un effetto calmante dal quale volevo fuggire, ma che allo stesso tempo iniziavo ad apprezzare.

«Perché volevi vedermi?»

«Be', numero uno, non mi hai dato modo di salutarti. Te ne vai sempre così?»

«Non pensavo ti sarebbe importato», risposi imbarazzata, anche se non avevo pensato ad altro da quando avevo lasciato la sua suite due giorni prima. «Comunque, avevo il volo la mattina presto».

«Hai notizie di Max?».

Feci un respiro profondo, finalmente si parlava di lavoro. «Sì, dobbiamo vederci la prossima settimana».

«Come va la ricerca della casa?».

Alzai lo sguardo al soffitto e mugugnai: «Adesso che Alli sta per trasferirsi ufficialmente a New York, immagino diventi più semplice».

«Non mi pare una buona notizia».

«Sì, dovrò imparare a vestirmi di nuovo da sola, e sarà dura», scherzai.

Non stavo mentendo, ma ovviamente il suo gusto nel vestire non sarebbe stata l'unica cosa a mancarmi di lei. Alli era la mia migliore amica, la mia confidente, la mia spalla.

Ancora non riuscivo a credere che la mia compagna di stanza non avrebbe più vissuto con me. Saremmo state soltanto a un'ora di volo di distanza, ma avevo una paura irrazionale che le nostre vite avrebbero preso direzioni diverse e compromesso l'amicizia profonda che avevamo costruito con tanto impegno. Ma l'avrei scoperto soltanto col tempo.

«Conosco una valida agente immobiliare». Blake prese un biglietto da visita dal portafoglio e me lo porse. "Fiona Landon, certificata presso la Real Estate Broker".

«Se è una tua parente, dubito che possa permettermi gli appartamenti che propone».

«È mia sorella minore, e non si può mai sapere. È nota per far fare ai clienti buoni affari. Dille che ti ho dato io il suo contatto».

Sospirai. «Ti ho raccontato questa cosa solo per fare conversazione. Il mio non era un grido d'aiuto, sono perfettamente in grado di sbrigarmela da sola».

«Lo so», rispose pacato, accarezzandomi le nocche con i pollici. «Chiamala», mi esortò.

Mi divincolai e infilai il biglietto nella borsetta, consapevole che l'avrei chiamata soltanto perché me lo aveva chiesto Blake, e lui non avrebbe mollato finché non avrei fatto come diceva.

La cameriera ci portò la colazione, squisita e nutriente, due requisiti necessari per il conforto di cui avevo estremo bisogno al momento. Anche accompagnarla con qualche sorso di Guinness non era male. Blake e io ci scambiammo giusto qualche parola sullo sport, argomento sul quale due persone di Boston potevano di certo interloquire. Se non mi tormentava su questioni di lavoro, Blake era senz'altro una piacevole compagnia.

Poco alla volta riuscì a tirarmi fuori dal mio stato d'animo cupo.

Fuori il sole riscaldava le strade acciottolate mentre uscivamo dal locale per raggiungere la macchina. Dopo tre anni, Boston ancora riusciva ad affascinarmi. Le vie erano ricche di storia e i suoi abitanti avevano un modo di fare che mi faceva sentire a casa. Era impossibile viverci senza affezionarsi a quella città.

Blake intrecciò le dita alle mie, e il cuore iniziò a tamburellarmi nel petto.

«Dove si va adesso?», domandò.

Cercai di convincermi che fosse una domanda innocente, ma vedevo quella luce nei suoi occhi. Non mi sarebbe dispiaciuto rispondere «a casa tua», ma non avevo intenzione di prendere il vizio di andare a letto con lui ogni qual volta mi guardasse così.

Abbassai gli occhi, cercando di ignorare quanto ancora

volessi stare con lui. «Dovrei tornare a casa. Ho un sacco di lavoro da sbrigare», risposi, sperando che mi credesse.

Mi guardò per un istante. «Va bene. Consentimi di darti un passaggio».

Acconsentii e ci incamminammo verso l'auto.

Mentre stavamo tornando a casa, il suo telefono squillò. La foto di una bellissima ragazza mora comparve sullo schermo a cristalli liquidi, accanto al nome SOPHIA. Lui rifiutò la chiamata e tornò a guardare la strada davanti a sé, senza mostrare alcuna emozione. Non avevo il diritto di chiedere chi fosse. Eravamo molto poco in intimità, e l'idea che qualcuno ricco e bello come Blake non si stesse vedendo con nessuna era poco realistica. Eppure, il pensiero che ci fossero altre donne nella sua vita mi bruciava.

Arrivammo a casa, e Blake fece il giro dell'auto per farmi scendere. Mentre salivamo le scale, iniziai ad armeggiare con le chiavi, poi mi girai per salutarlo, ma lui mi attirò forte a sé togliendomi il respiro.

«Mi devi un bacio della buonanotte, signorina Hathaway».

Prima che potessi replicare, mi baciò sulle labbra. Mi feci trasportare dal bacio e dal calore del suo corpo. Oddio, le sue labbra! Lo stress della mattinata diventò un ricordo lontano, soppiantato da una fame che tutti e due avevamo la possibilità di saziare in quello stesso istante.

«Fammi entrare».

Mi tirai indietro senza fiato e scossi la testa.

«Allora vieni a casa con me». La voce era roca.

Mi astrassi dalla situazione per valutarla razionalmente, poi dissi: «Non posso».

Tecnicamente potevo. Anzi, non volevo altro che ripetere l'esperienza di quella notte nella suite di Blake a Las Vegas, ma non avevo idea di dove la cosa mi avrebbe portata. A una serie di incontri di sesso? A essere una delle tante donne che gli morivano dietro? Oltretutto, dovevo concentrarmi sul lavoro, adesso più che mai, e l'oblio in cui cadevo di continuo per Blake non mi avrebbe aiutata a raggiungere i miei obiettivi.

«Ci vediamo a cena, allora».

«No», insistetti. «E poi, non ti sei comportato proprio da gentiluomo l'ultima volta».

«Davvero? Da quanto ricordo, sei stata tu a chiedermi di fare un tour per le stanze da letto».

Premette la sua crescente erezione contro di me, provocandomi un gemito. Cercai di tenere a mente il fatto che ci trovavamo in un luogo pubblico, ma riuscivo soltanto a pensare che stavo abbandonando il mio autocontrollo per sprofondare in un'attrazione pericolosa da cui ero già avvinta.

«Blake, davvero, Las Vegas è stata... meravigliosa». Restai un istante in silenzio, cercando disperatamente di ricompormi. «È solo che non sono nella condizione giusta per questo... qualunque cosa sia tra di noi».

Lo baciai con delicatezza, respirando il suo profumo un'ultima volta prima di sottrarmi alla sua presa. Mi lasciò andare, ma il desiderio nei suoi occhi diceva chiaramente che non ne era felice.

«Addio, Blake».

Capitolo sette

Mancavano soltanto pochi giorni alla chiusura degli alloggi, e io ero a corto di tempo e di opzioni per trovare un posto in cui vivere. Non riuscivo a credere a quanto fossi rimasta indietro, ma a quanto pareva la vita mi stava sfuggendo di mano, per cui decisi di contattare la sorella di Blake e sperare in una soluzione rapida.

Fiona Landon era bellissima. I capelli castano chiaro erano acconciati in un semplice caschetto molto alla moda. Giovane, professionale ed elegante, indossava un vestito blu scuro a pois quando ci incontrammo per iniziare la ricerca del mio primo appartamento.

I primi che mi mostrò corrispondevano esattamente alle mie esigenze: economici, piccoli e luminosi, ma tutti lontani dal trasporto pubblico. Mi resi conto presto che sarei dovuta scendere a qualche compromesso con le mie pretese, oppure avrei dovuto spendere di più.

Ci fermammo per un pranzo veloce in una caffetteria vicino ai giardini pubblici per fare il punto della situazione.

Dopo aver fatto alcune chiamate per le ultime visite, Fiona si sedette con me al tavolo. «Allora, come hai conosciuto Blake?».

Bevvi un sorso di limonata. Se soltanto avesse saputo!

«Sono in contatto con la Angelcom per un possibile investimento nella mia attività».

«Oh, ma è stupendo. Spero che vada bene».

«Anch'io».

«Blake è molto preso dai suoi investimenti. Ho visto alcune delle sue compagnie prendere letteralmente il volo».

Annuii e non le dissi che su di me aveva preferito "passare". Be', di sicuro aveva passato sul mio investimento. Fisicamente invece mi stava acquisendo con la determinazione che ci si aspetta dagli uomini d'affari rampanti.

«Che mi dici di te? Fai questo lavoro a tempo pieno?»

«Blake possiede diverse agenzie immobiliari, per cui sono molto occupata con le sue società, ma mi diletto anche con altri annunci in città».

«Immagino sia bello gestire tutti gli affari in famiglia».

«Certo. Blake ci tiene occupati con tutti i suoi progetti».

«Di recente ho conosciuto anche Heath», dissi restando sul vago per quanto riguarda i vari dettagli del viaggio a Las Vegas.

«Davvero?»

«È un tipo particolare», continuai, sperando di raccogliere altre informazioni sul fratello carismatico e su qualunque affare avesse con Blake, se non altro per il bene di Alli.

«Puoi dirlo forte. Non ho idea di come faccia Blake a relazionarsi con lui». Guardava verso di me con un'espressione che non faceva trasparire emozioni. «Tu hai fratelli?»

«No, sono figlia unica». Per anni ero stata praticamente da sola. Avevo cercato di immaginare molte volte come sarebbe stata la mia vita con un fratello, o anche due. Qualcuno con cui condividere il dolore dopo la morte di mia madre, o per far fronte insieme alle difficoltà della vita. La persona più vicina che avevo avuto era stata Elliot, ma come me, si era trasferito.

Fiona e io finimmo il pranzo, poi andammo a visitare l'ultimo appartamento della giornata, che mi assicurò essere il più vicino a quello che stavo cercando.

Si fermò davanti a una pittoresca costruzione in pietra arenaria sulla Commonwealth Avenue. La strada era completamente alberata, con marciapiedi ben curati e aree verdi che separavano i due lati della strada. Era un quartiere abitato da persone influenti, e mentre ammiravo il cambiamento di paesaggio rispetto ai quartieri poco attraenti che avevamo visitato fino a quel momento, mi preoccupai di quanto potesse essere fuori budget una sistemazione del genere.

Titubante, la seguii mentre saliva diverse rampe di scale. Entrammo in un appartamento luminoso e ampio con due camere da letto.

«Accidenti».

«Questo è stato messo sul mercato ora», disse Fiona.

Gli elettrodomestici erano nuovi, le pareti tinteggiate di fresco e il pavimento in parquet scuro era impeccabile.

«Questo è perfetto, Fiona, ma dubito di potermi permettere una sistemazione del genere».

«Il proprietario lo affitta al giusto prezzo all'inquilino giusto. È oltre il tuo budget, ma è un grande affare, dovevo mostrartelo». Mi porse il foglio in cui era riportata la cifra richiesta, ben al di là del mio budget, ma la valeva tutta.

Feci un respiro profondo e iniziai a calcolare.

«Potresti sempre trovare qualcuno con cui dividere l'affitto, dato che ci sono due camere da letto. Non resterà sul mercato a lungo, Erica, quindi se pensi che potrebbe fare al caso tuo, bisognerebbe chiamare adesso».

Avrei avuto un appartamento con finestre sulla baia, una vasca da bagno e una camera da letto in più da dividere con chi mi pareva. Avevo volato alto fino ad ora, e allora perché fermarmi proprio adesso?

«Dove devo firmare?»

Misi gli ultimi vestiti che rimanevano nell'armadio in un sacco nero della spazzatura e lo appoggiai vicino agli altri. Per tutto il giorno, Alli e io ci eravamo parlate a malapena, a eccezione delle contrattazione su chi dovesse tenere le cose comprate insieme. Era come la fine di una relazione, e quasi allo stesso modo, gli ultimi fili che tenevano insieme i miei nervi già provati si stavano spezzando. Quando finimmo di fare i bagagli, ci sedemmo entrambe sul materasso spoglio del letto, con le molle che cigolavano sotto di noi. Quel dettaglio non mi sarebbe mancato.

«Hai più sentito Heath?», domandai, ansiosa di spezzare il silenzio e la tensione tra di noi.

Alzò lo sguardo e annuì. Grandioso, mi stava riservando un trattamento di silenzio.

«E?»

«E, cosa?», sbottò. «Non credo ti interessi, Erica».

«Ascolta, mi dispiace. Mi hai beccata in un brutto momento, e io...». Una lacrima mi rigò la guancia e mi affrettai ad asciugarla. «Speravo tanto che non te ne saresti andata, ma voglio che tu sappia che capisco perché lo fai. Io…».

D'improvviso mi abbracciò forte.

«Voglio che tu sia felice, e so che lo sarai», sussurrai.

Si scostò e mi prese il viso tra le mani. «Sei la mia migliore amica, Erica. Trecento chilometri non cambieranno questo fatto. E non ci credo nemmeno per un secondo che non riuscirai a cavartela nella tua impresa senza di me. È la tua creatura. Non c'è nulla che ti trattiene ora».

«Ne parli come se fosse facile».

«Sei stata tu a rendere tutto semplice dal primo giorno. Non ho idea di come abbiamo fatto ad arrivare dove siamo arrivate, so soltanto che nessuno ce l'avrebbe fatta senza la tua guida».

Volevo crederle, ma ora che se ne stava andando davvero, il peso delle responsabilità mi stava schiacciando. Per fortuna avevo molto più tempo a disposizione ora, ma iniziavo a dubitare di voler rimanere a Boston mentre tutti quelli a cui volevo bene se ne andavano.

Il giorno seguente, di mattina presto, incontrai Fiona all'ingresso del nuovo appartamento. Aveva il solito aspetto impeccabile in un prendisole colorato.

«Congratulazioni!». Mi sorrise e mi diede un abbraccio veloce.

«Grazie per avermi trovato un appartamento così bello», le dissi.

«A disposizione».

Quando vide il SUV dal quale ero uscita, il suo sorriso svanì. Brad scese dall'auto e si mise accanto a me sul marciapiede. Era l'amico di un amico, e non lo conoscevo molto bene, ma era carino con me e, com'era evidente, passava molto del suo tempo in palestra, per cui mi sembrava la persona adatta a portare il mio divano su per le scale nel nuovo palazzo. In effetti, fu bravissimo e non fece neanche un graffio ai muri salendo.

Fiona appariva nervosa quando mi diede le chiavi. Appena aprii la porta, Brad entrò e si diresse verso quella che sarebbe stata la mia camera da letto. Prima che riuscissi a seguirlo, sentii qualcuno scendere le scale.

Oh, un vicino!, pensai emozionata, finché il maledetto Blake Landon non girò l'angolo e mi rivolse un sorriso che mi fece sciogliere.

«Cosa ci fai qui?». Il tono della mia voce rivelava un panico eccessivo. Erano trascorsi tre giorni durante i quali finalmente avevo pensato di essermi liberata di lui per sempre, ma allo stesso tempo mi ero chiesta come avessi potuto lasciarmi sfuggire il miglior sesso della mia vita.

«Io vivo qui».

Mi voltai a guardare Fiona, che abbassò gli occhi, rivelando così che era tutto programmato fin dall'inizio.

«Mi dispiace», mugugnò prima di girarsi per andare via.

«Tu vivi qui». Non era una domanda, ma una conferma del peggior scenario che potessi immaginare.

«Be', in realtà, l'edificio è mio. Ma sì, vivo qui».

Incrociai le braccia e iniziai a battere un piede a terra, nervosa. Come potevo esprimere al meglio la mia ira nei confronti di quell'uomo terribilmente sexy che non riusciva a stare fuori dalla mia vita?

«Sembri arrabbiata. Cosa posso fare per te?».

Ebbe la decenza di guardarmi un po' esitante, mossa

saggia visto che iniziavo a considerare la violenza fisica un'opzione per farmi valere. Le parole erano fatica sprecata con lui.

«Tanto per cominciare, potresti finirla di interferire nella mia fottutissima vita, Blake!». Gli puntai il dito contro i pettorali duri come la roccia. «Cosa cazzo ti fa credere che piombare qui all'improvviso e sistemarmi al piano di sotto sia una cosa normale?»

«Per essere una studentessa di Harvard, devo dire che sei parecchio sboccata».

«Ma non dire stronzate, Blake».

«Avevi davvero intenzione di vivere in uno di quegli appartamenti pidocchiosi?»

«Stai tralasciando la questione principale».

Esasperata, entrai nell'appartamento e sbattei la porta alle mie spalle. Lui mi seguì e si trovò faccia a faccia con Brad, il quale sembrava a dir poco stupito. Blake era più magro e meno muscoloso di lui, ma era più alto. Blake strinse gli occhi e serrò i pugni lungo i fianchi.

«Ehm, ehilà?». Brad sembrava a disagio.

Presi il portafoglio dalla borsetta e tirai fuori i cinquanta dollari che gli dovevo. «Grazie molte, Brad. Va bene così. Il resto della roba puoi lasciarla all'ingresso, la sistemerò io più tardi».

«Sei sicura?»

«Sì», rispondemmo io e Blake all'unisono.

Nella lotta per decidere chi dovesse portare su i bagagli, Blake mi disse di avere la cena pronta nel suo appartamento. Io ero affamata e stressata, quindi, seppur con riluttanza, accettai.

Una volta entrati in casa sua, superammo il corridoio

verso un open space con gli elettrodomestici su misura nell'angolo a destra e il soggiorno sulla sinistra. L'appartamento era proprio come me lo aspettavo: luminoso e moderno, con divani color crema in microfibra, mobili in legno scuro e pareti con decorazioni azzurro oceano. Pensai che qualcun altro, probabilmente una donna, lo avesse aiutato ad arredarlo.

La cosa che mi sorprese di più, soprattutto dopo aver fatto un giro nella sua Tesla supertecnologica, era la totale assenza di apparecchi elettronici, ma forse gli impianti erano così innovativi da essere perfettamente camuffati nella stanza.

«Nessun apparecchio o aggeggio tecnologico?», domandai.

«Veramente no. Se dovessi averne necessità, vado in ufficio».

«Questo mi sorprende».

«Perché?»

«Be', immagino che tu possa benissimo organizzare una conferenza dallo schermo touch screen della macchina, quindi non avrei mai creduto che casa tua fosse diversa».

«Sono stato davanti agli schermi per quindici anni. Spesso mi è successo di avere le idee migliori proprio quando non mi collegavo da tanto tempo».

«Immagino», commentai, pensando che io non sarei mai stata capace di guarire dalla mia ossessione per la tecnologia. Dovevo sentirmi sempre connessa, per qualunque evenienza. Il pensiero di essere isolati per più di un'ora, soprattutto per uno con incarichi importanti come Blake, mi pareva impossibile.

«Vino?».

Aveva fatto molto caldo, ed ero esausta. Non desideravo altro che finire la giornata con un bicchiere di vino bianco fresco, ma poteva esserci anche il rischio che accettare mi avrebbe fatta finire nella camera da letto di Blake – un luogo che avrei voluto evitare a ogni costo, soprattutto considerando le nuove circostanze. Ora che eravamo vicini, grazie al contratto d'affitto di un anno che avevo appena firmato, dovevo innalzare nuove barriere.

«Acqua», risposi. «Allora, cosa c'è per cena? Posso aiutarti a preparare?»

«Ehm…». Esitò, poi aprì un cassetto e tirò fuori una pila di menu da asporto. «Scegli pure. Ti raccomando vivamente il cibo thailandese del locale in fondo alla strada. La migliore cucina thailandese che potrai mai assaggiare».

Scossi la testa, leggermente sorpresa che si fosse tanto sforzato per invitarmi a cena senza avere un piano ben congeniato. Mi sembrava una cosa insolita da parte sua. Era sempre una spanna avanti a me, una caratteristica che non avrei mai più sottovalutato.

«Fammi indovinare. Non sai cucinare?»

«So fare molte cose, ma non cucinare, no».

«Hai mai provato?»

«Veramente no». Fece spallucce.

«Va bene, dove si trova il supermercato più vicino?».

Sgranò gli occhi. «A un paio di isolati».

«Okay, io ho il frigo vuoto e immagino anche tu. Che ne dici se andiamo a comprare qualcosa? Così ti faccio vedere come si prepara un pasto come si deve per la prossima volta che inviterai una ragazza a casa tua».

Rimase un istante in silenzio. Non riuscivo a capire se fosse infastidito oppure stesse riflettendo sulla mia proposta. Al di là di questo, con me aveva passato il segno troppe volte. Mi rifiutavo di camminare sulle uova con Blake, miliardario o no.

«Va bene, andiamo», disse alla fine.

Era completamente fuori dal suo elemento naturale al supermercato. Gli chiesi cosa gli piacesse e cosa no, poi presi tutti gli ingredienti per preparare una delle mie specialità: linguine alle vongole, uno dei primi piatti che mia madre mi aveva insegnato.

Nel mio appartamento non avevo ancora né pentole né padelle, così decisi di preparare la pasta nella cucina superattrezzata di Blake, e lui si mise accanto a me. Ero fuori allenamento, ma piano piano ritrovai lo smalto. Dopo quattro anni di vita in comune in una cucina ridotta all'essenziale, avevo quasi dimenticato come si lavorava in una vera cucina, e quella di Blake non mancava proprio di nulla.

«Hai intenzione di restare senza far nulla, oppure vuoi aiutarmi?», domandai un po' seria un po' scherzando.

Si mise di fianco a me davanti al piano di lavoro, e io gli impartii la prima lezione.

«Ecco, taglia questa a dadini», gli dissi dandogli una cipolla. Lo osservai con la coda dell'occhio, facendo finta di non notare che si strofinava di continuo gli occhi.

Mi sentivo come a casa mentre gli illustravo il procedimento della ricetta a mo' di lezione di cucina. Sebbene fosse rimasto in silenzio, Blake era un allievo attento. Anche troppo attento, a volte – lo beccai a guardarmi il sedere mentre cercavo uno scolapasta nella dispensa. Approfittai della mia posizione di vantaggio per insegnargli alcune regole fondamentali sulla preparazione della pasta, come ad esempio capire quando è cotta al dente e la differenza tra il parmigiano grattugiato fresco e il parmigiano confezionato. Finito di cucinare, preparai i piatti e Blake li portò in sala da pranzo. Ci accomodammo al massiccio tavolo di legno in stile casa colonica, un oggetto bellissimo e costoso. Dovevo ammettere che iniziavo ad abituarmi alle cose belle quando ero con Blake.

Iniziammo a mangiare e per un po' restammo in silenzio.

«Mi piace». Annuì mentre arrotolava la pasta con la forchetta.

«Grazie. La buona notizia è che quella avanzata che mangerai al prossimo pasto sarà ancora più buona».

«Come è possibile che gli avanzi siano più buoni di questo?»

«La pasta assorbe il succo delle vongole. È qualcosa di divino».

Mugugnò un verso di affermazione mentre mandava giù un altro boccone.

Sorrisi felice, forse mi sentivo anche un po' più forte.

«È tutto pronto per l'incontro con Max?», mi domandò. Il suo piatto era quasi vuoto, mentre io avevo mandato giù appena qualche forchettata.

«Non proprio. Sono stata impegnata con il trasloco, quindi ho tracciato soltanto i punti generali. Ho intenzione di rifinire i dettagli durante la settimana».

«Vorrà saperne di più sulle statistiche di conversione».

«Va bene», annuii cercando di memorizzare al massimo le informazioni.

«Poi avrai bisogno di una ripartizione specifica delle spese, e di un piano su come pensi di investire i fondi che otterrai. Con Alli fuori dai giochi e il cambiamento delle tue esigenze al momento, dovrai iniziare a pensare a come sarà il nuovo assetto finanziario una volta ottenuti i fondi».

«Va bene, grazie».

«Hai qualche statistica sugli investimenti finanziari? Cosa sta funzionando e cosa no?»

«Ehm, una specie», risposi. «Ho dei quadri analitici, ma non me ne sono occupata molto ultimamente».

Si sporse verso di me, appoggiando i gomiti sul tavolo. «Cosa farai domani?»

«A quanto pare, farò i compiti che mi hai dato».

«Perché non vieni un po' in ufficio da me, così potrò aiutarti a buttare giù qualche idea. Otterrai i fondi in meno tempo se risponderai subito a tutte le domande. Altrimenti continuerà a fissare nuovi incontri. Ci sono soltanto alcune domande a cui dovrai rispondere per raggiungere un accordo, ma dovrai sapere ogni dettaglio per fornire risposte esaurienti».

Se ci fosse stato qualcuno in grado di guidarmi in questo processo, Blake sarebbe stata la persona giusta. Rispondere di no sarebbe stato sconveniente, o addirittura da sciocchi. Tuttavia ero titubante se coinvolgerlo ancora una volta nei miei affari, non che mi avesse dato scelta.

«Non potrebbe essere un conflitto di interessi?», domandai cercando di pensare a ogni motivo legittimo per rifiutare il suo aiuto. Detestavo avere bisogno di lui adesso.

«No, Erica. Te l'ho già detto, non investirò nel tuo progetto».

«Apprezzo l'offerta, Blake. Davvero, ma non voglio coinvolgerti».

«Non mi coinvolgerai. Il mio ufficio è dall'altra parte della torre dell'orologio». Tirò fuori il suo biglietto da visita. «Ci vediamo lì dopo pranzo, così potremmo buttare giù qualcosa». Prese il suo piatto vuoto e andò in cucina.

«Quando è stata l'ultima volta che hai mangiato?», domandai appena tornò con un altro piatto colmo e una bottiglia ghiacciata di birra artigianale.

«Come cuoco faccio schifo». Sorrise e bevve un sorso di birra dalla bottiglia. «Cosa c'è sul menu di domani sera? Fammi sapere che rifornisco la cucina».

Alzai lo sguardo al soffitto. «Non credevo che avrei dovuto sovvenzionare il canone d'affitto con un servizio in cucina».

«Stavo pensando che sarei stato lieto di farti vivere qui senza pagare l'affitto se mi preparassi da mangiare come stasera».

«Allettante», dissi scherzando, anche se mi rifiutavo di considerare tale accordo. Blake aveva ovviamente fatto di tutto affinché prendessi in affitto un appartamento nel suo edificio, così da potermi incontrare più facilmente. Che gli rendessi tutto più semplice fornendogli un accordo in cucina non lo avevo considerato. Forse sarei riuscita a tenerlo lontano dalla camera da letto con il cibo, ma avevo un'idea migliore.

Capitolo otto

Dopo aver lavato i piatti e sistemato la cucina, ci sedemmo l'uno di fronte all'altra sul divano, davanti alle finestre che davano sulla baia, un po' come era successo nella suite a Las Vegas. Decisa a dare un risvolto completamente diverso alla serata, non esitai a sedermi a qualche centimetro in più di distanza da lui, così da potermi sentire più tranquilla.

«Dove hai imparato a cucinare così?», mi domandò Blake.

Rimasi a pensare per un po' prima di rispondere, dovevo valutare attentamente quanto della mia vita personale volessi davvero condividere con lui. Parlare di mia madre avrebbe portato inevitabilmente al mistero di mio padre, un concetto complicato da far comprendere agli altri. Il fatto che io non sapessi chi fosse mio padre dava luogo a una varietà di reazioni da parte dei diversi interlocutori, dallo shock, a giudizi di diversa natura, al compatimento. Nonostante fossi molto titubante nel voler raccontare tutto a Blake, schivare la risposta avrebbe portato soltanto a rimandare la questione in futuro.

Non avevo dubbi che mi avrebbe comunque tirato fuori la verità un pezzo alla volta. «Mia madre era una bravissima cuoca. Mi ha insegnato tutto sul cibo».

«Era?», mi chiese con delicatezza.

«Morì quando avevo dodici anni». Mandai giù il magone di tristezza che affiorava ogni volta che parlavo di lei. «Iniziò a sentirsi male, e quando alla fine scoprirono cosa aveva, il cancro si era ormai diffuso. Morì pochi mesi dopo».

«Mi dispiace», disse.

«Grazie». Rattristata dai ricordi, mi aggrappai all'orlo dei jeans. «È passato molto tempo, ormai faccio quasi fatica a ricordare ogni piccola cosa di lei. Per me il cibo significa mantenere vivo il suo ricordo. È strano, non è vero?»

«No, non lo è». Si voltò verso di me e mi afferrò la mano che avevo libera. «Quindi ti ha cresciuta tuo padre?».

Iniziò a disegnare piccoli cerchi sul dorso della mia mano, calmandomi e allo stesso tempo distraendomi.

«Mio padre adottivo mi ha cresciuta fino a un anno dopo dalla morte di mia madre. Quando compii tredici anni, mi mandò a est in un collegio. Tornai a Chicago l'estate successiva, e passai il resto della vita con la migliore amica di mia madre, Marie, che vive poco fuori città. Da allora ho vissuto perlopiù da sola».

«Hai vissuto molto tempo da sola, allora».

Annuii lentamente. «È vero, ma non posso fare paragoni con nessun'altra realtà che conosca. Doveva essere così e basta, credo».

«Devono mancarti molto».

Sapevo appena cosa significasse avere un padre, ma ero sicura che mi sarebbe piaciuto averne uno, in alcune circostanze.

«Mia madre mi manca ogni giorno», dissi. «Ma questa è la mia vita ed è stata la mia vita a farmi diventare quella che sono, per cui non posso soffermarmi su come sarebbe potuto essere altrimenti».

Sarei potuta stare al passo con tutti i miei coetanei che avevano avuto maggiori possibilità di fare le scelte giuste, con i loro genitori che gli stavano vicini per raccoglierli quando cadevano e per indicargli la giusta direzione quando avevano qualche incertezza.

Imparai molto presto che la mia rete di sicurezza era piena di buchi, e questo spiegava forse il motivo per cui ultimamente mi sentivo come se fossi in mare aperto senza giubbotto di salvataggio.

Adesso il mio nuovo punto debole per Blake aggiungeva un livello di difficoltà all'impresa già rischiosa di impegnarmi in un progetto a tempo pieno. E ora ero qui che gli stavo dando un'altra occasione di farmi sprofondare.

«È tardi, devo andare».

«No, non devi». Aveva una voce seria, ma non persuasiva.

Cercai di capire quello che pensava nel suo sguardo, sperando che quello che avrei visto non sarebbe stata la pietà. La mia non era una delle storie più felici, ma compiangermi non mi avrebbe portata da nessuna parte.

«Lo so, ma ho un milione di cose da fare prima di vederci domani». Mi alzai. «Buon appetito con gli avanzi della cena».

Si alzò anche lui. «Non vedo l'ora che arrivi il momento di mangiare quegli avanzi».

Era abbastanza vicino da farmi sentire il suo respiro

sulle mie labbra. La tensione sessuale si scatenò tra di noi. Un paio d'ore fa ero in preda all'indecisione, ma dal momento in cui aveva divorato la mia ricetta per pasta preferita lo guardavo come se fosse la persona più dolce del mondo. Eppure, adesso che eravamo vicini di casa dovevo riflettere attentamente su come muovermi. Purtroppo non mi aveva dato molte possibilità di decidere da sola, inoltre mi sentivo emotivamente instabile.

Misi le mani in tasca, resistendo alla tentazione di toccarlo. Abbassai lo sguardo, riflettendo se fosse il momento giusto per parlarne.

«Cosa c'è che non va?». La preoccupazione gli irrigidì l'espressione mentre mi prese il viso tra le mani. Mi appoggiai al quel tocco senza fronzoli.

«Be', per un verso, sono ancora arrabbiata con te».

Accennò un sorriso mentre mi passava il pollice sul labbro. Si leccò le labbra, e le mie si aprirono istintivamente, iniziando a formicolare alla promessa di un bacio.

«Mi piace quando ti arrabbi», mormorò.

«Sei sempre così ostinato?»

«Soltanto quando vedo qualcosa che voglio».

«Come *ho* fatto ad avere questa fortuna?». Non riuscivo a nascondere un sorriso.

«Vuoi che inizi a farti dei complimenti?»

«No, ma spero che tu abbia un buon motivo per sconvolgere la mia vita».

Fece un passo indietro e si passò una mano tra i capelli, la sua assenza mi faceva sentire sola. Lo volevo di nuovo vicino a me, volevo che mi toccasse.

«Tu sei diversa».

Aggrottai leggermente le sopracciglia. «Bene».

«Volevo rivederti, ma non me ne stavi dando la possibilità». Strizzò leggermente gli occhi. «Ti sembra abbastanza?».

Sospirai e mi avvicinai a lui. «Vedremo». Gli diedi un bacio delicato sulla guancia e me ne andai prima di non resistere a restare con lui.

Tornai nel mio appartamento, troppo luminoso e spoglio rispetto a quello di Blake. Era la mia nuova casa, ma c'era ancora molto da fare prima che la sentissi davvero mia.

Girai lo sguardo verso le montagne di borse e scatole che dovevo mettere a posto prima di tornare a lavoro domani. Poi mi tornò in mente qualcosa.

Presi il telefono e feci il numero di Sid. Rispose al secondo squillo.

«Che mi dici?», rispose.

«Un po' di cose. Alli ha trovato lavoro a New York».

«Peccato», disse senza mostrare emozione.

«Quindi mi sta preparando un'altra persona per il prossimo incontro con Max che mi aveva dato speranze per il finanziamento».

«Figo».

«Senti, dove andrai a stare quando gli alloggi chiuderanno?»

«Pensavo di appoggiarmi da alcuni amici da queste parti finché non troverò qualcosa».

«Nel mio nuovo appartamento c'è una stanza in più, e a me farebbe piacere un po' di compagnia. Ti interessa come proposta?».

Restò in silenzio per un po'. «Sei sicura?»

«Sì, sicurissima».

«Va bene, per me va benissimo».
Sorrisi e gli diedi l'indirizzo prima di riattaccare.

Sulla doppia porta di vetro smerigliato c'era scritto LANDON GROUP, in grassetto e con una font con le grazie. Attraversai la soglia e vidi una serie di postazioni di lavoro che riempivano una stanza molto lunga. Intravidi Blake appoggiato sul davanzale della finestra mentre parlava con un ragazzo che aveva delle cuffiette che gli penzolavano intorno al collo. Gettati qua e là sulla scrivania c'erano dei cimeli della serie televisiva Star Trek. *A Sid piacerebbe molto stare qui*, pensai. Blake alzò lo sguardo e mormorò qualcosa prima di venirmi incontro.

«Ehi». Mi rivolse un sorriso sbarazzino e mi prese per mano per portarmi al centro della sala verso un ufficio in fondo alla stanza.

Il suo modo di fare mi mise in guardia, ma per mia sorpresa, sembravano tutti molto concentrati, come se non esistesse vita al di fuori di quello che appariva sugli schermi. Il mio abbigliamento era del tutto fuori luogo. Una gonna bianca a sigaretta e una camicia senza maniche nera, décolleté nere, ero in mezzo a un mare di magliette, felpe col cappuccio e camicie fiorate. A quanto pare, avevo molto da imparare sulla cultura delle tecnologie delle start up.

Appena fuori da quello che supponevo essere l'ufficio personale di Blake, una donna piccolina, vestita in modo eccentrico, era seduta a una scrivania a L, concentrata davanti allo schermo del computer. Quando ci avvicinammo alzò lo sguardo.

«Erica, lei è Cady».

Si alzò di scatto e mi strinse la mano. Cady era vestita con un abbigliamento casual come tutti gli altri, con un paio di jeans e una maglietta bianca. Aveva il braccio sinistro ricoperto di tatuaggi colorati che si raccordavano in un'unica opera d'arte costosa, ma la cosa che mi colpì di più era una cresta da moicano decolorata con le punte rosa shocking. Le orecchie erano piene di piercing che si abbinavano alla cintura con le borchie.

«Salve, Erica. Piacere di conoscerti». Mi strinse la mano e mi fece un sorriso bellissimo che le illuminava gli occhi grigi. Perfino con tutte quelle cose addosso riusciva a essere molto attraente.

«Piacere mio».

«Erica, Cady è la mia assistente personale. È anche la tua vicina di casa».

Mi girai di scatto verso di lui. Non sapevo che avesse una coinquilina.

«Vivo al piano di sotto rispetto al tuo appartamento. Soltanto che finora non ci siamo mai incontrate», mi disse.

Feci un sospiro di sollievo, sorpresa dalla mia reazione. «Oh, accidenti, va bene». Che diamine? Non doveva interessarmi se aveva una coinquilina. Dopotutto, anch'io ne avrei avuto uno.

«Fammi sapere se hai domande sul palazzo o sui vicini. Sono anche una specie di responsabile degli immobili di Blake».

«Va bene, grazie».

Mi salutò con la mano mentre Blake mi fece accomodare nel suo ufficio chiudendo la porta dietro di noi.

L'ufficio aveva un aspetto più prevedibile rispetto al

suo appartamento, eppure mi colpì lo stesso. C'erano tre monitor giganti davanti a una delle due scrivanie. Due schermi visualizzavano linee e linee di codici, l'ultimo era pieno di fogli di calcolo. L'affermazione di Heath, secondo cui Blake faceva il grosso del lavoro, a quanto pare era vera. Non riuscivo a capire come facesse a prestare attenzione a così tante cose contemporaneamente.

In un altro angolo dell'ufficio c'era un enorme televisore, appeso alla parete, connesso con quello che sembrava essere la totalità dei videogiochi che si potessero mai immaginare. Mi fece accomodare a un grande tavolo smerigliato da conferenze davanti a una lavagna di vetro.

«Fa molto *Mission: Impossible*», commentai, sperando dentro di me di trovare una scusa per scrivere qualcosa su quella lavagna. Magari avrei potuto illustrargli i confini che dovevano essere rispettati nella nostra relazione.

Scoppiò a ridere e si mise a sedere al tavolo, vicino a me. «Va bene, mostrami cos'hai portato».

Spostai un interruttore dentro di me e il mio cervello entrò in modalità lavoro, reimpostando le mie priorità e concentrandomi, durante le due ore successive, per lavorare alacremente, così da venirne fuori con un piano per la seconda fase: la presentazione per Max. Corredammo i numeri con le spiegazioni esponendo ogni possibile dettaglio del progetto. Presi qualche appunto, preparando uno schema con i punti che avrei dovuto organizzare meglio a casa stasera, così da non essere distratta dalla sua presenza.

Anche in queste circostanze non riuscivo a smettere di ripensare a Blake e io quando passammo una notte di forte passione. La gente evitava le relazioni sul posto di lavoro per questa ragione. Quando non lo stavo guardando direttamente, potevo fare finta di non essere attratta da lui, ma non senza difficoltà.

«Ancora non mi sono guadagnato la cena?». Si era appoggiato allo schienale della sedia, con la penna appoggiata sull'orecchio e un sorriso accattivante con il quale non giocava pulito. Le donne dovevano impegnarsi molto per mostrare una bellezza "acqua e sapone", ma Blake riusciva a farmi scoppiare il cuore con un sorriso al momento giusto e con un paio di jeans che gli stavano troppo bene.

«Vai sempre a lavorare con la maglietta?», domandai ignorando la sua domanda.

«Spesso». Fece spallucce.

«Ma indossi un completo classico al casinò?»

«Non ero lì per lavoro».

«Il tuo sistema di abbigliamento sembra essere leggermente sfasato, Blake». Tornai a guardare i miei appunti, anche se avevo perso completamente la concentrazione. L'immagine di lui con quel completo grigio, davanti alla porta della mia stanza d'albergo, continuava a offuscarmi la mente. *Dovrebbe indossare completi più spesso*, pensai. *No. No, non dovrebbe*. Scossi il capo mentre ancora guardavo gli appunti, grata del fatto che Blake non potesse entrare nelle mie conversazioni mentali.

«Se indossassi un completo classico qui, si ammutinerebbero tutti. Devo mantenere una reputazione, dopotutto».

Sid non indosserebbe mai un completo classico, per cui starebbe bene qui.

Passammo tutto il pomeriggio nell'ufficio di Blake. Io continuavo a concentrarmi sulla presentazione mentre lui digitava qualcosa sulla tastiera, facendo apparire cose magiche sui tre schermi. Intanto facevo grandi progressi e iniziavo a sentirmi sicura su ogni domanda che mi avrebbe posto Max al nostro incontro, perché ero riuscita a colmare anche tutte le lacune. Chiusi il portatile e feci per uscire, quando Blake si girò verso di me con la sedia.

«Cosa hai in mente?», mi chiese.

Mi squadrò con uno sguardo affamato che non lasciava presagire nulla di innocente.

«Non sono la tua cuoca personale. Lo sai, vero?»

«Magari potremmo raggiungere un compromesso». Si alzò e si appoggiò alla scrivania davanti a me. «Cosa potrei fare io per te?».

La sua voce profonda mi fece venire i brividi. Perché doveva essere così maledettamente sexy? Magari avremmo potuto saltare la cena e passare direttamente al dessert. La mousse al cioccolato sembrava una buona idea. Mi venne l'idea di leccare via la mousse al cioccolato su quegli addominali scolpiti. Ogni singola sporgenza... fino giù. Oddio. Mi leccai le labbra secche. Non avevo passato abbastanza tempo ad ammirare il suo corpo l'ultima volta che l'avevo visto nudo.

«Hai in mente qualcosa, Erica?». Blake lasciò la sua postazione e si avvicinò a grandi falcate.

Avevo raggiunto il tempo massimo in cui riuscivo a stare insieme a lui da sola. Proprio come una droga, la sua presenza provocava una grande dipendenza in me. Mi morsi il labbro al pensiero di farne il mio dessert vivente.

Resisti, Erica.

Scacciai via le mie fantasie e tornai in me. «Hai la tua macchina sensazionale qui?»

«Sì. E no, non puoi guidarla», disse scherzando.

«Devo comprare alcune cose per il mio appartamento. Dammi un passaggio e ti farò una parmigiana di pollo stasera».

«Quando vuoi, sono pronto».

Passammo l'ora successiva in un grande supermercato a riempire il carrello con stoviglie, asciugamani e biancheria per il letto.

Presi il completo letto più economico che c'era, del colore che mi piaceva di più, ma Blake, senza dire una parola, rimise il set sullo scaffale per sostituirlo con un completo in tessuto pregiato che costava il triplo di quanto avrei speso io.

«Non ho molti soldi, lo sai».

Accennò un sorriso. «Te li compro io. E ti prometto che mi ringrazierai».

Ignorai il flusso di pensieri che mi affiorava su tutto quello che implicava quella promessa. Inoltre non avevo intenzione di discutere con lui, dato che era lui che mi stava accompagnando.

Alla cassa, ero così impegnata a mettere le cose nelle buste che non mi accorsi che Blake stava strisciando la carta di credito prima che fosse troppo tardi.

«Che diavolo, Blake?», protestai.

«Chiamalo pure regalo di benvenuto nella nuova casa».

«Assolutamente no. Stai diventando ridicolo».

«È il minimo che possa fare. Ti ho praticamente costretta a diventare la mia vicina di casa».

«Sono sotto di te», lo corressi.

«Proprio come mi piace averti», mormorò mentre il suo sguardo si faceva più intenso.

Quelle poche parole mi fecero ammutolire e arrossire dalla testa ai piedi. Le mie mani iniziarono a tremare mentre mettevo lo scontrino nella borsetta.

Blake insistette che aspettassi in macchina mentre lui metteva le buste nel bagagliaio. Tornammo a casa praticamente in silenzio. Io fissavo lo schermo sul cruscotto mentre ripensavo alla telefonata che aveva ricevuto l'ultima volta che ero in macchina con lui.

«Allora, chi è Sophia», domandai. Fingevo di essere poco interessata mentre guardavo fuori dal finestrino gli edifici che sfrecciavano al nostro passaggio.

«È la titolare di una compagnia nella quale ho fatto alcuni investimenti», rispose. «Perché me lo domandi?»

«Ero soltanto curiosa».

Feci spallucce e intravidi il nostro palazzo in pietra arenaria. Fino ad ora Blake non mi aveva mai palesemente mentito su niente, ma aveva il vizio di fuorviarmi. Per ora decisi di credergli e non pensarci più.

Blake portò tutta la spesa da solo. Salì le scale, con circa dieci buste per ogni mano mentre io cercavo di aprire la porta più velocemente possibile.

Appena iniziammo a mettere a posto la spesa, entrò Sid. Blake si distrasse immediatamente dal suo incarico nel piegare gli asciugamani, cosa che stava facendo nel modo sbagliato ma io non avevo il cuore di dirglielo.

«Sid, ehi. Lui è Blake. Blake, ti ricordi di quando ti ho parlato di Sid, il nostro sviluppatore del sito».

Blake si rilassò visibilmente, e l'espressione con le mascelle serrate scomparve. Perché doveva comportarsi così in casa mia? Sid era probabilmente agitato, per cui l'ultima cosa di cui avrebbe avuto bisogno era Blake che lo metteva a disagio fin dal primo giorno.

«Certo», rispose avvicinandosi a Sid per porgergli la mano. «Lieto di conoscerti».

Sid era molto più alto di lui, ma le sue braccia avevano un diametro di circa la metà rispetto a quelle di Blake. Quei due non avrebbero potuto essere più diversi, fisicamente e nel carattere.

«Piacere mio. Tu sei?»

«Il vicino di Erica», disse Blake in modo sbrigativo.

Venni colta da un'ondata di dispiacere. Cos'altro avrebbe dovuto dire?

«Allora immagino che tu sia anche il mio nuovo vicino». Sid si strinse nelle spalle con il suo zaino enorme.

La linea tesa disegnata dalle mascelle di Blake mi fece mettere in discussione il mio grandioso piano.

«Splendido», commentò.

Mi avvicinai velocemente, sperando di neutralizzare la situazione nella quale Sid si era imbattuto in modo del tutto inconsapevole. «Sì, Sid vivrà qui finché non risolveremo il problema dei finanziamenti. Gli alloggi chiudono questa settimana, sai».

«Va bene», rispose Blake, passandosi una mano tra i capelli.

Avrei parlato della connessione di Blake con la Angelcom più tardi. Nel frattempo, dovevo riordinare la cucina, preparare da mangiare e gestire una cena imbarazzante.

Mostrai a Sid la sua stanza. Non c'era altro da mostrare che un letto spoglio e della biancheria di tessuto scadente con la quale avrebbe dovuto arrangiarsi finché non avremmo potuto acquistare accessori d'arredo più confortevoli. A lui non sembrò importare molto, per cui tornai in cucina e iniziai a preparare la cena. Prima che me ne accorgessi, Blake era dietro di me. Mi aveva seguito.

«Non mi hai mai parlato del tuo coinquilino».

Aveva una voce bassa e severa da mandarmi il cuore a mille battiti al minuto. Era arrabbiato? Non riuscivo a capire, ma mi sentivo come una bambina che aveva esagerato.

Invitare Sid a essere il mio coinquilino era stata una decisione azzardata, questo è sicuro. Sapevo come viveva, circondato da un cumulo di carte di merendine, e questo mi preoccupava non poco. Ma in verità, non ero ancora pronta a vivere da sola, e avrei potuto approfittare della sua presenza come deterrente per le avances di Blake, sebbene la cosa non stesse funzionando affatto in questo momento.

Deglutii nervosamente prima di rispondere. «Neanche tu sei stato molto onesto con me, Blake. Non so cosa ti aspetti».

«È una complicazione. Credo che ci dovremo lavorare».

«Eh?»

«Vorrà dire che passeremo più tempo al piano di sopra, tutto qui».

Si mise tra le mie gambe per alzarmi le ginocchia all'altezza delle sue cosce, con un unico movimento fluido. Sospirai forte e mi aggrappai al ripiano della cucina mentre lui mi ci spingeva contro. Mi diede un bacio appassionato sul collo prima di mordermi il lobo.

Gemetti a quella sensazione e lo abbracciai forte. Chiudendo gli occhi mi ricordai tutte le valide ragioni per non lasciarmi andare con lui. C'era una linea di confine con Blake. Da una parte, lo volevo disperatamente, ma in qualche maniera riuscivo a stargli lontana. Eravamo dall'altra parte di quella linea, nella quale ero completamente alla sua mercé, impotente di fronte alla sua determinazione ad avermi.

Le sue mani si facevano strada sotto la mia maglietta e mi accarezzavano la schiena nuda, quel tocco mi mandava in orbita. I miei capezzoli si indurivano e gli si strofinavano contro il petto mentre mi inarcavo contro di lui.

«Ti voglio, Erica. Stanotte». Premette la prova del suo desiderio contro di me.

La sua bocca era già sulla mia prima che riuscissi a rispondere di no, annientando ogni remota possibilità di allontanarlo di nuovo. Mi diede un bacio forte e profondo, leccando e succhiando con la stessa foga con cui mi aveva soggiogata. Finalmente mi liberò le mani, così mi aggrappai ai suoi capelli, desiderosa di avvicinarlo ancora di più a me. Si allontanò per riprendere fiato, e io lo afferrai con più forza, per riavvicinarlo di nuovo a me.

Eccoci qui, le mani di Blake che si facevano strada sotto la mia gonna, uno fatalmente attratto verso l'altra, quando Sid uscì dalla sua stanza e si fermò di colpo in soggiorno. Mi raggelai, pietrificata per essere stata colta in flagrante. Fuori dal campo visivo di Sid, Blake si fece indietro lentamente. Accennò un sorriso per farmi capire che il nostro piccolo show era andato secondo i suoi piani. Si ricompose prima di voltarsi e si mise ad armeggiare in cucina.

Frustrata da desiderio e irritazione, riversai tutte le mie emozioni sul cibo, ignorando la richiesta d'aiuto di Blake. Ovviamente eravamo i rivali di un gioco, ma mi stavo già stancando. L'unica cosa che potevo fare era ignorarlo, non dargli quello che volevamo tutti e due, anche se stavo già prendendo fuoco dal desiderio. Se avessi potuto metterci la ragione in tutto questo, probabilmente avrebbe imparato che non sono un giocattolo con cui giocare.

In qualche modo, riuscimmo a preparare la cena. Io mangiai sul ripiano della cucina. Sid e Blake divorarono la parmigiana di pollo, ricetta di mia madre, sul ripiano della colazione. Avevamo bisogno di mobili veri a un certo punto. Comprare mobili per un appartamento del genere, rimanendo entro il budget, era una sfida, ma non una sfida impossibile. Decisi di andare a trovare qualche affare dopo la presentazione della mattina seguente.

Ora più che mai, dovevo rendere questo appartamento una vera casa, un posto sicuro dal resto del mondo. Ora come ora l'appartamento era vuoto e disabitato. Inoltre, adesso che Alli era lontana da me e Blake aveva la missione di mettere il mio mondo sottosopra, mi sentivo come se fossi appesa a un filo, con la speranza di poter dare alla mia vita anche soltanto una parvenza lontana di normalità.

Blake a quanto pare accolse il mio invito, perché appena finito di sparecchiare mi disse che stava andando via. Lo accompagnai alla porta, contemporaneamente si ritirò anche Sid.

«Tutto bene?». Gli occhi di Blake, fino a poco fa avvinti dal fuoco della passione, erano velati dalla preoccupazione.

«Sto bene, sono solo stanca. È stata una lunga giornata». Gli avevo detto soltanto una mezza verità, ma non avevo le forze di parlarne ora.

«Vuoi un passaggio per l'ufficio domani?»

«No, grazie. Per adesso penso soltanto a rimettere in ordine qui. Ho alcune faccende da sbrigare».

Annuì, e quando si chinò per un bacio, scostai il capo, così da evitare le sue labbra su di me. Chiusi gli occhi. Per quanto volessi tenere le mie ragioni, avevo paura di guardarlo negli occhi. Quando li aprii per guardarlo era già scomparso per le scale.

Chiusi la porta e mi appoggiai contro di essa. Mi misi con la faccia tra le mani. Come avevo fatto a finire in questo pasticcio?

Capitolo nove

Passai la mattinata a fare shopping online e comprai una camera da letto completa, immaginando magari di regalare il mio divano a Sid. Ordinai anche un piccolo tavolo da soggiorno, con delle sedie coordinate, e un paio di altri elementi d'arredo. Diedi anche una scorsa agli annunci e trovai un divano usato in discrete condizioni che mi avrebbero consegnato aggiungendo pochi spicci di spese di spedizione. Sid aveva già portato la televisione e gli apparecchi per videogiochi, che sistemò nell'angolo spoglio del soggiorno.

Questo appartamento poteva essere la cosa più vicina a una casa vera in cui avrei vissuto dalla morte di mia madre.

Certamente la condividevo con Sid, ma chissà quanto sarebbe durata? Mi aggrappai al pensiero di fare questo posto una casa, casa mia, dando a questa parola un nuovo significato in un nuovo capitolo della mia vita pieno di incognite.

Durante i quattro anni appena trascorsi, più che mai, avevo pianificato ogni cosa. Ora non avevo idea di cosa aspettarmi dal futuro. Mi poteva guidare soltanto l'intuizione. Purtroppo Blake stava passando sopra tutte le mie intuizioni. Non avevo immaginato di incontrare un uomo come lui – e tutto quello che ne era conseguito – nella mia vita.

Incapace di concentrarmi nel lavoro, chiusi il laptop. Avevo bisogno di prendere un po' d'aria. Grazie a Blake, che mi aveva scarrozzata dappertutto, e alla mia nuova sistemazione, ero rimasta chiusa dentro per una gran parte del tempo.

Per cui uscii e feci una passeggiata per la strada fino alla fine del marciapiede. Infine mi sedetti su una panchina vuota e mi lasciai riscaldare la pelle dal sole. Era una giornata mite, ancora troppo fredda per andare al mare, ma perfetta per stare bene all'aria aperta.

Decisi di chiamare Alli. Già mi mancava troppo. Dopo diversi squilli finalmente rispose.

«Pronto?», rispose con voce roca.

«Stai bene? Dalla voce sembri malata».

«Sto bene. Sono soltanto stata sveglia fino a tardi».

«Chi sono gli amici con cui stavi?», domandai preoccupata.

«Ero con Heath».

«Oh».

«Cosa posso dirti? Organizza delle feste degne di una rockstar». Scoppiò in una risata flebile.

«Di giovedì sera? Quando inizi a lavorare?»

«Lunedì, e puoi smettere di preoccuparti adesso. Ci stiamo soltanto divertendo. E poi sto conoscendo gente nuova qui. Sto facendo delle conoscenze che potrebbero tornarci utili».

«Va bene». Ma quali amicizie favolose potevano intrattenersi alle feste di giovedì?

«E a te come vanno le cose?»

«Molto bene. Il mio nuovo appartamento è davvero bellissimo».

«Oh, sono molto invidiosa. Gli appartamenti qui sono immensi. Mi sembra di fare shopping soltanto per riempire gli armadi».

«Se può farti sentire meglio, tra qualche mese potrei finire per rivolgermi a una di quelle trasmissioni con le televendite. Ho invitato Sid a stare da me. È iniziata la nuova collezione di lattine vuote».

Scoppiò a ridere. «Oh, merda. Va bene, non sono più invidiosa. Almeno non dovrò più condividere l'armadio, se sarò fortunata».

Scoppiai a ridere facendo sì con la testa.

«Novità con Blake?».

Le raccontai della faccenda dell'appartamento, cosa che non la sorprese quanto avevo immaginato. Forse Heath le aveva già parlato della tendenza di Blake a controllare tutto. Per fortuna non mi chiese se intendevo mantenere la nostra relazione una cosa passeggera, perché ancora non ne avevo idea neanche io.

«Allora, quando vieni a trovarmi?», mi domandò.

«Credo quando ci saremo sistemate per bene. Vedremo come andranno le cose con Max. Dovrei riuscire a venire a trovarti dopo l'incontro».

Alli mi illustrò tutti i luoghi divertenti che stava scoprendo per la città, luoghi che magari avremmo potuto visitare insieme. Nel mezzo della conversazione, arrivò un avviso di chiamata di Blake. Promisi a Alli di richiamarla più tardi e risposi.

«Ehi, il sito ha perso la connessione qualche minuto fa».

Sentii un colpo allo stomaco. «Cosa? Come lo sai?». Il sito era già andato in tilt altre volte, ma per l'incontro con Max domani doveva essere tutto perfetto.

«Ho istallato un programma che mi avverte ogni volta che si presenta qualche problema nel sito».

«Perché?»

«Erica, possiamo concentrarci sul problema?». Aveva un tono di voce più irritato di quanto avrei dovuto esserlo io, considerando il fatto che stavamo parlando del mio sito web. «Puoi chiamare Sid?».

Non mi piaceva essere messa da parte, ma questo non era il mio campo.

«Adesso sono fuori casa, ma sarò di ritorno in pochi minuti».

«Dammi il suo numero, lo chiamo io».

«Non ti preoccupare. Ti richiamo tra un attimo».

Appena tornata a casa, bussai con delicatezza alla porta di Sid, poi bussai più forte. Non si svegliava mai così presto. Infine entrai nella stanza, decisa a svegliarlo dal sonno profondo. Era completamente vestito e disteso prono sul materasso gonfiabile senza lenzuola.

«Sid!», urlai rompendo il silenzio di un mattino tranquillo e poco movimentato.

Lui fece un rantolo e si rigirò. «Che c'è?»

«Il sito è andato in tilt».

«Oh», commentò senza alzare un dito.

«Ha chiamato Blake. Vuole parlarti».

«Mi serve una dose di caffeina», borbottò.

Sbuffai, non ero in vena per la sua fastidiosa routine mattutina. «Tornerò con qualche Energy drink. Alzati e vedi un attimo cosa succede, per favore». Lasciai il mio telefono sulla sua scrivania con il numero di Blake sul display e scesi al negozio di alimentari più vicino.

Alcuni minuti dopo, tornai e vidi Sid con uno sguardo accigliato sullo schermo, analizzando qualcosa che, a giudicare da quanto avevo già visto in passato, sembravano essere i log del server. Vedevo una sezione del sito che conteneva il registro attività con delle risposte che non avevo idea di come dovessero essere interpretate. Sentii rumori di notifiche dal mio cellulare, che aveva l'altoparlante attivato.

«A quanto pare stanno attaccando e bombardando il sistema con dei programmi che richiedono di chiudere il sito», disse Sid.

«Devono essere degli hacker poco esperti che usano degli *script kiddies*», diceva la voce di Blake.

«Cosa sono gli *script kiddies*?», chiesi quasi con un filo di voce, con la paura di apparire ignorante. Però dovevo sapere.

«Hacker dilettanti con troppo tempo libero», rispose Sid.

«Oh». Dilettanti rispetto a un hacker esperto? Un hacker era un hacker, per quanto mi riguardava. Un nemico che minacciava i miei affari. Speravo proprio che Sid e Blake potessero escogitare un piano di difesa al più presto.

«Hai un server in più?», domandò Blake.

«Certo che sì», rispose Sid in maniera brusca.

«Usalo, e vediamo quanto sono ostinati. Puoi farmi accedere al server?».

Sid mi guardò affinché gli dessi il permesso, io annuii.

«Te lo inoltro adesso».

«Potrei impostare un blocco per l'indirizzo internet Protocol, se vuoi lavorare sulla vulnerabilità dei pacchetti», disse Blake.

«Mi sembra una buona idea».

«Devo contattare l'host?», chiesi a voce bassa a Sid.

«No, riavvierò il server, così torneremo online in pochi minuti».

Feci un respiro profondo. «Posso fare qualcosa?».

Sid si voltò a guardare la busta di lattine che avevo portato. Gliene porsi una e misi le altre in frigo, sentendomi un po' inutile.

Presi il laptop sull'isola cucina e schiacciai il pulsante *aggiorna* diverse volte, finché il sito non riapparve, mentre Blake e Sid continuavano la loro incomprensibile conversazione tecnica nell'altra stanza.

Il fatto che fossimo stati colpiti dagli hacker mi preoccupava, soprattutto adesso che speravo di ottenere risultati concreti con Max entro poche settimane. Blake e Sid non sembravano molto preoccupati della natura della minaccia, ma io mi sentivo poco tranquilla. Perché eravamo stati attaccati così, all'improvviso? Chi odiava così tanto la moda da sentire il bisogno di farci andare offline?

Una volta superata la difficoltà, speravo che Sid sapesse darmi qualche risposta.

Passai il resto della giornata a monitorare il sito e a testare i pacchetti che mandava Sid mentre li passava in rassegna. Mangiammo gli avanzi e controllammo le statistiche così da farmi avere dei dati di riferimento per il giorno seguente. Durante la notte, non avevo avuto notizie di Blake. Almeno credevo che sarebbe sceso a fare razzia dal mio frigo. Dopotutto, ci eravamo visti tutti i giorni da quando avevo traslocato, e sembrava anche che avesse sviluppato una certa dipendenza nei confronti della mia cucina italiana.

Sbirciai dalla finestra per vedere se c'era la sua macchina. Non vedendola, pensai di inviargli un messaggio, ma per dirgli cosa? Mi mancava, ma non avevo intenzione di farglielo sapere per il momento.

Arrivai alla Angelcom alcuni minuti prima del previsto. Alla reception, la stessa ragazza mora dall'aspetto trasandato mi salutò con un sorriso tirato e mi accompagnò all'ingresso dell'ufficio personale di Max. Come la sala conferenze, aveva una parete a vetri con vista sulla baia e il panorama verso la parte nord della città. Con un completo classico nero, impeccabile, Max studiava con attenzione alcune carte che aveva sulla scrivania. Si alzò in piedi appena mi vide e fece il giro della scrivania per venire a stringermi la mano e darmi un bacio di circostanza sulla guancia.

«Erica, ti vedo molto bene».

«Grazie». Non sapevo cos'altro dire, ma mi lisciai consapevolmente i capelli, già ben tirati indietro con una treccia, per placare la mia agitazione. Cercai di apparire disinvolta dal nuovo grado di confidenza che Max mostrava nei miei confronti. Si avvicinò a un tavolo rotondo, più piccolo, sempre nel suo ufficio.

Iniziò a farmi tutte le domande che mi aspettavo, quelle che avevo preparato con Blake. Risposi senza esitazione, illustrando un piano accurato e, almeno speravo, attraente dell'impresa.

Dopo circa un'ora, restò in silenzio e mi guardò per un istante.

«Cosa?». L'incontro finiva così? Un groviglio di nervi iniziò a formarsi nel mio stomaco.

«Sono molto colpito, Erica. Hai considerato tutti gli aspetti fondamentali. A questo punto credo di non avere può domande da farti».

Feci scattare nervosamente il pulsante della penna. Forse era meglio confessargli adesso di aver avuto aiuto da Blake piuttosto che farglielo sapere in seguito. «Blake mi ha aiutata molto, in realtà. Ha lavorato molto con me su questo progetto, per cui non credo di potermi prendere tutti i meriti». Restò di nuovo in silenzio mentre mi fissava. «Davvero?»

«Ecco perché è così bravo nel suo lavoro. È estremamente meticoloso».

Max assunse un'espressione cupa. «Non è così perfetto quanto tu possa pensare».

«Be', nessuno è perfetto».

«Sono d'accordo, ma la fortuna di Blake è stata quella di non essere finito a marcire in galera. Il successo l'ha ottenuto per merito dell'opportunità che gli diede mio padre. Farebbe bene a ricordarselo».

All'improvviso un senso di ansia mi colpì dopo aver ascoltato quelle parole. Quale evento avrebbe mai potuto far correre il rischio a Blake di andare in prigione? La mia mente iniziò una ricognizione delle diverse possibilità. Ovviamente quei due avevano avuto qualche discussione, e Blake, non c'era da sorprendersi, mi aveva tenuta all'oscuro, nonostante avessimo parlato molte volte del possibile investimento di Max.

Credevo che Max avesse lo stesso potere di Blake, che fossero colleghi. Se tra loro non scorreva buon sangue, perché mai lavoravano nella stessa azienda?

«Comunque sia, si è lasciato sfuggire questa occasione». Cambiò di nuovo espressione per tornare a essere il calmo, affascinante, Max.

Questa trasformazione mi diede una sensazione strana, ma cercai di ignorarla.

«È vero», commentai. Devo ammettere che ero rimasta interdetta dall'interesse mostrato da Blake non solo per me, ma per la mia azienda, soprattutto dopo la reazione decisamente negativa del primo incontro.

«E allora proviamoci, Erica», disse Max con tono deciso. «Credo che ci sia del potenziale nella tua idea, e mi piacerebbe farne parte».

L'agitazione dentro di me svanì e fece posto a sollievo e felicità. «Meraviglioso. Da dove cominciamo?»

«Fammi riempire qualche scartoffia. Ci sono aspetti legali sui quali dobbiamo lavorare, ma credo di riuscire a stilare un piano scadenze entro una o due settimane. Spero che potremo iniziare a metterci presto al lavoro. Se dovesse essere necessario più tempo, potrei girarvi alcuni fondi ad interim così voi ragazzi potrete lavorare più tranquillamente».

Feci un grande sorriso. «Mi sembra un'ottima idea. Seguirò le tue direttive allora».

«Perfetto. Continua a fare quello che stai facendo, ci terremo in contatto».

Ci alzammo e ci stringemmo la mano, poi lasciai l'edificio con la voglia di diffondere la notizia ai quattro venti. *Ce l'abbiamo fatta!* Tutto il lavoro, lo stress, e le molte cose fatte contemporaneamente. Riuscire a tenersi in pari con l'università e stare dietro al progetto Clozpin era stato già un miracolo di per sé. Tirai fuori il telefonino e iniziai a scorrere la rubrica per decidere a chi telefonare per primo.

Un nome spiccò su tutti.

Pensai subito a Blake. Ce l'avrei fatta senza il suo aiuto? Gli telefonai ma rispose la segreteria.

«Ehi, Blake. Volevo soltanto che tu fossi il primo a sapere che Max ha deciso di finanziare la mia azienda. Sta compilando tutte le carte per la prossima settimana. Quindi, una buona notizia. Grazie. Di tutto».

Riagganciai e telefonai a Alli, ma anche lei aveva la segreteria. Controllai l'orologio. Erano quasi le undici del mattino, e io non riuscivo a togliermi dalla testa il dubbio che Heath stesse avendo un'influenza affatto positiva sulla mia migliore amica. C'era qualcosa di strano in lui, ma dovevo avere qualcosa di concreto tra le mani, altrimenti era soltanto un mio giudizio personale. Nel frattempo, avrei trovato il modo per andarla a trovare prima o poi.

Alzai i tacchi e mi diressi verso casa, con l'idea di fare un po' di ginnastica e approfittare del clima mite, prima che diventasse troppo caldo.

Finalmente era arrivata l'estate.

L'appartamento era avvolto nel silenzio il giorno seguente. Forse la convivenza con Sid stava funzionando, nonostante tutto. Avevamo orari del tutto differenti, e questo significava che potevo gestire la mia vita nell'appartamento per la maggior parte del tempo.

Stilai un piano organizzativo per tenere a mente tutto

quello che avremmo dovuto fare per i prossimi sei mesi. Trovare un direttore di marketing era in cima alle priorità. Uscire dal guscio e trovare nuovi contatti era una cosa importante da fare, ed era proprio quello che volevo continuare a fare, ma avevo bisogno di controllare il sito e supervisionare tutti i movimenti. Non potevo occuparmi da sola di trovare gli utenti paganti, tenere sotto controllo gli aspetti economici, occuparmi della manutenzione, e adesso anche di tenere regolarmente aggiornato Max dei progressi fatti. Perdere Alli era stato un duro colpo, ma esistevano centinaia di professionisti volenterosi in giro per la città alla ricerca di un'opportunità come questa. Mi misi al lavoro per stilare una mappa di ruoli e responsabilità nell'azienda quando Blake mi inviò un messaggio.

Congratulazioni. Stasera festeggiamo all'Hub. Preparati per le sette.

Quel messaggio mi mandò in crisi. Perché non mi aveva chiamata? Teneva le distanze per qualche motivo, ma a quanto pare aveva comunque voglia di festeggiare. Niente meno che in uno dei migliori ristoranti della città, eppure non averlo visto da diverso tempo mi faceva preoccupare; non riuscivo a capire a cosa stesse pensando. Forse c'era rimasto male perché mi ero scansata al suo bacio della buonanotte? Forse pensava che lo stessi soltanto prendendo in giro con il mio modo di fare tira e molla?

Ci vediamo alle sette, risposi.

Il mio pensiero si spostò di colpo dalla ricerca del perfetto direttore di marketing a cosa indossare stasera. La frase ironica di Blake secondo cui frequentare qualcuno avrebbe potuto distrarre dagli affari dell'azienda, quando adesso era proprio lui nel ruolo di distrazione, non l'avevo cancellata dalla mente. Intanto iniziai a frugare nell'armadio per trovare qualcosa di adatto da indossare. Sbuffai, non avevo nulla che andasse bene. Mi mancava il senso della moda di Alli e il suo ampio guardaroba.

Chiamai Marie, sperando che fosse da queste parti.

«Aiuto!», dissi in preda al panico.

«Che succede, piccola?»

«Ho ottenuto il finanziamento, e stasera esco per festeggiare».

«Lo sapevo. Congratulazioni!».

«Ma non ho niente da mettermi».

Scoppiò a ridere, un suono gutturale che mi fece sorridere. «Tesoro, è un problema che possiamo risolvere. Ti va di andare a mangiare qualcosa prima di fare un giro per negozi?»

«Assolutamente sì. Grazie».

Dopo aver passato giorni a lavorare con cose tecnologiche e a indossare completi, avevo bisogno di fare cose da ragazze.

Un paio d'ore dopo eravamo sedute al The Vine, piccolo e delizioso ristorante mediterraneo all'aperto che si trovava al piano terra di un edificio in pietra sulla Newbury Street, uno dei quartieri per lo shopping più esclusivi e costosi della città. Non a caso, era soltanto a pochi isolati dal mio nuovo appartamento. Marie e io sorseggiavamo del tè freddo mentre mangiavamo un piatto di calamari da due porzioni, nel frattempo ci raccontammo le novità.

«Allora, dimmi del tuo appuntamento», disse Marie.

Restai un istante in silenzio, cercando un modo per raccontarle come avevo conosciuto Blake e tutte le conseguenze di quell'incontro. «Probabilmente non ricorderai di quel ragazzo con il quale mi sono letteralmente scontrata al ristorante l'altra sera?». Avevo le farfalle nello stomaco mentre ripensavo al mio primo incontro con Blake.

Si drizzò sulla sedia e spalancò i suoi bellissimi occhi castani.

«Mi prendi in giro».

«Non ti prendo in giro. È l'amministratore delegato del gruppo di investitori informali Angelcom che ci ha concesso i fondi».

Saltai la parte in cui mi aveva sedotta a Las Vegas e mi aveva ingannata per portarmi a prendere in affitto un appartamento nel suo edificio. Marie non era mia madre, ma a volte diventava molto protettiva.

«Accidenti, sembra proprio il tipo giusto per te».

«Non proprio. A me sembra un tipo fuori dalla mia portata. E poi riesce a intimidirmi, spesso».

«Non credo che un ragazzo impegnato come quello sarebbe disposto a perdere tempo con te se ti considerasse non degna di lui».

Sospirai. Mi sarebbe piaciuto entrare nella testa di Blake, ma mi teneva molto impegnata a lavorare alla mia attività per ricavarne il meglio.

«Credo di no. È successo tutto così all'improvviso che non so davvero cosa pensare». Smossi l'insalata con la forchetta. «A essere onesta, Marie, non so cosa succederà da questo momento in avanti».

«È così che funziona l'amore, piccola». Scosse il capo e mi sorrise.

Amore? Soltanto Marie, inguaribile romantica, poteva pronunciare questa parola riferendosi a quell'uomo. Blake era una magnifica distrazione, ma non aveva nulla a che fare con l'amore.

«Non credo che si tratti di amore, o che mai lo sarà».

Inclinò la testa accennando un sorriso. «Non si può mai sapere. L'amore ti può colpire all'improvviso, anche quando non lo stai cercando».

Annuii sorridendo in preda all'agitazione.

«Può essere. E cosa mi dici di nuovo su Richard?».

Il suo sorriso accennato si trasformò in un gran sorriso appena entrò nei dettagli del loro ultimo appuntamento. Mi misi comoda sulla sedia, cercando di ascoltare, ma la sola cosa a cui riuscivo a pensare era quella parola di cinque lettere. A eccezione del fatto che, in questo momento, non c'era spazio per l'amore nella mia vita.

Capitolo dieci

Finsi di lavorare per il resto del pomeriggio, ma in realtà facevo il conto alla rovescia dei minuti che mi separavano da Blake. Non vedevo l'ora di festeggiare l'accordo con Max, ma in quei giorni mi era mancato Blake. In quel momento mi sentivo come se avessi raggiunto questo traguardo per il successo in gran parte grazie al suo aiuto. Anche se quell'aiuto era stato accompagnato da una tensione sessuale cui cercavo di trovare un senso, gli ero comunque grata per tutto.

Quando si avvicinò il momento, scivolai nel vestito da cocktail sexy e strapagato che Marie mi aveva aiutata a scegliere. Nero, con una riga bianca sottile sull'orlo a tulipano, l'abito era elegante ma comunque adatto a una giornata calda, con le bretelle sottili e strati leggeri di chiffon. Vi abbinai delle scarpe col tacco e un paio di orecchini d'argento, e sistemai i capelli in uno chignon spettinato.

Vedremo cosa dirà Blake sul mio abbigliamento, pensai. Mi truccai gli occhi con un ombretto grigio sfumato. Con o senza Blake, mi sentivo euforica e volevo essere uno schianto quella sera. Alli sarebbe stata orgogliosa.

Sid stava frugando nel frigo quando uscii dalla mia camera, con i tacchi che ticchettavano rumorosamente sul pavimento. Mi fermai davanti all'isola della cucina dove facevamo colazione per aspettare Blake. Sid si voltò e, vedendomi, spalancò gli occhi.

«Che c'è?», chiesi, improvvisamente preoccupata di non avere un aspetto impeccabile come pensavo.

«Ehm...». Sbatté le palpebre. «Niente. Sei molto carina».

Sorrise e scomparve nella sua stanza, quando Blake bussò alla porta.

Dopo un secondo entrò e rallentò il passo appena sbucai da dietro l'isola cucina per salutarlo. Aveva lo stesso completo che aveva indossato a Las Vegas, con una camicia bianca appena stirata. La barba cresciuta di un giorno smorzava la formalità del suo aspetto. *Maledizione.* Mi avvicinai a lui in precario equilibrio sui tacchi, gustandomi lo sguardo di puro apprezzamento che trapariva dai suoi occhi.

«Ehi», dissi.

«Mi ucciderai con quel vestito».

Mi morsi il labbro; non sapevo mai cosa avesse intenzione di fare ogni volta che eravamo soli. Con un tocco leggero come una piuma, mi fece scivolare un dito dalla guancia al mento, avvicinandosi a me prima di darmi un bacio lento e dolce che finì per lasciarmi senza respiro.

Entrammo nel ristorante pieno di gente, e il maître ci accompagnò immediatamente a un tavolo per due separato dal resto della sala da uno scaffale pieno di vini. Attraverso le enormi finestre si poteva apprezzare il panorama di Boston. Sotto di noi, decine di piccole vele bianche punteggiavano il fiume Charles e il tramonto si rifletteva nei meandri della città.

«Sai quanto mi piacciono i bei panorami», mormorai. Ero davvero felice che la giornata stesse finendo in un posto come quello, ed ero sicura che mi si leggesse sul viso.

«Lo so, e adesso che so anche che ti intendi di cucina, ho intenzione di cambiare abitudine e lasciarti ordinare per tutti e due».

Scoppiai a ridere. «Questo *sì* che è un cambiamento».

«È tutto molto buono qui, per cui non puoi sbagliare».

«Non ne dubito». Sfogliai il menu.

Quando arrivò il cameriere, ordinai: anatra caramellata per lui e pesce eglefino per me.

Non appena l'uomo ci lasciò soli, domandai: «Ti riesce difficile non esercitare il controllo?».

Rimase in silenzio per un istante. «Sì, ma ultimamente ci sto provando, un po' alla volta».

«E come sta andando?»

«Non è… sempre facile».

«A me sembrerebbe liberatorio. Credo che a volte sarebbe bello staccare la spina, riuscire a rimettersi al volere di qualcun altro, completamente. Se non altro per un breve lasso di tempo».

«Puoi rimetterti al mio volere quando vuoi». Si strinse il labbro inferiore tra i denti, poi accennò un sorriso malizioso.

Aguzzai lo sguardo verso di lui con fare scherzoso, mentre venivo percorsa da un brivido. Il nostro gioco pseudoerotico mi stava piacendo più di quanto mi aspettassi, ma avevo bisogno di deviare l'argomento di conversazione dal sesso. Blake era in grado di far eccitare la mia mente soltanto scegliendo le parole giuste.

«Non ti sei quasi più fatto vedere ultimamente. C'è qualche novità?».

I suoi occhi incrociarono i miei con uno sguardo penetrante. «Ho dovuto smorzare qualche incendio al lavoro».

«Non mi hai chiesto niente del mio incontro con Max».

«Cosa c'è da dire? Sapevo che Max avrebbe finito per investire dal momento in cui ti ho vista la prima volta nella sala conferenze».

Avrei voluto tanto saperlo anch'io, pensai, *se non altro per salvarmi da una buona dose di stress e ansia.* «Come facevi a saperlo?»

«Prima di tutto, perché sei bellissima».

Il complimento mi fece arrossire, anche se, pronunciato da qualcuno che rappresentava la perfezione fisica, avevo molta difficoltà ad accettarlo.

«Non so cos'abbia a che vedere l'aspetto fisico con la situazione», dissi agitando il tovagliolo.

«L'aspetto fisico può essere un'arma di persuasione, soprattutto nei confronti di uno come Max. E poi, avevi proposto un buon progetto».

Mi accigliai, confusa dal fatto che ciò che Blake mi stava rivelando quella sera fosse in netto contrasto con l'atteggiamento aggressivo che aveva avuto durante il nostro primo incontro. «Se pensavi che avessi un buon progetto, allora non capisco perché tu abbia sentito il bisogno di umiliarmi durante la presentazione».

Avevo conosciuto Blake in maniera più approfondita durante le settimane appena trascorse, ma le emozioni che avevo provato quel primo giorno non potevo dimenticarle facilmente. Strinsi un pugno al ricordo di quell'esperienza, il suo chiaro e semplice rifiuto era ben impresso nella memoria. Lo condannavo ancora, mentre ormai mi formicolava la pelle dalla rabbia.

«Volevo vedere come ti comportavi sotto pressione. E poi, in che altro modo avrei potuto scoprire se fossi già impegnata? Ho preso due piccioni con una fava». Fece spallucce, come se fosse una faccenda di poca importanza.

Per lui probabilmente lo era. Per me era qualcosa che poteva cambiarmi la vita, il culmine di mesi di duro lavoro. Se alla fine la nostra relazione fosse andata avanti, doveva saperlo.

«Blake, ho lavorato davvero molto per riuscire ad avere l'opportunità di collaborare con voi, e tu mi hai mancato completamente di rispetto. È difficile per me immaginare come mi sarei sentita se per colpa tua non avessi avuto un'altra possibilità. Mi viene in mente la parola "devastata"».

Guardai il panorama fuori dalla finestra per evitare di incrociare il suo sguardo, per paura che la rabbia svanisse, quando invece volevo fargli capire che razza di idiota era stato quel giorno. Erano settimane che tenevo quei pensieri per me, e iniziavo a provare vergogna per aver trascorso la notte con Blake prima di discutere del suo passato comportamento. Ero orgogliosa di aver ottenuto tutto quello alla mia età, anche se ero ben lungi dall'essere un baluardo del femminismo.

«Hai ragione», disse con voce pacata.

La mia rabbia svanì appena sentii quelle parole.

«Non te lo meritavi». I suoi occhi erano di una serietà disarmante, mentre ascoltavo le sue quasi-scuse.

Il cameriere arrivò con i nostri piatti, e mangiammo in silenzio per un po'.

«Max mi è sembrato alquanto dispiaciuto per il fatto che mi hai aiutata», dissi.

La sua mano si posò sul tavolo in modo abbastanza violento da spaventarmi. «Gli hai detto che ti ho aiutata?».

Sgranai gli occhi. «Pensavo che tanto prima o poi l'avrebbe scoperto. Credevo che foste amici».

«Siamo colleghi, non amici, Erica». Infilzò l'anatra con la forchetta e ne tagliò un boccone prima di infilarlo in quella bocca perfetta.

«Perché conosci suo padre?».

Inarcò le sopracciglia; la sua pazienza nel portare avanti quella conversazione sembrava sul punto di esaurirsi. Temetti che la mia giornata perfetta fosse in pericolo, ma ci eravamo già trovati ai ferri corti altre volte.

«Blake, tu sai tutto di me, e ho la sensazione che io di te non sappia nulla. Raccontami qualcosa. Qualunque cosa!». Agitai le mani in preda alla frustrazione. Volevo fargli capire a tutti i costi quanto fosse difficile per me quella relazione per nulla alla pari.

Serrò le mascelle e continuò a mangiare la sua prima portata. A me passò l'appetito, nonostante l'aspetto delizioso del filetto di pesce davanti a me. Un cibo così buono non dovrebbe andare mai sprecato. Girai la forchetta nel contorno di couscous mentre Blake iniziò a parlare.

«Quando avevo quindici anni mi cacciai in qualche pasticcio».

«Che tipo di pasticcio?»

«Questioni da hacker».

«Che genere di questioni da hacker?». Gli feci pressione.

«Non importa».

Mi sistemai sulla sedia e misi il broncio.

«All'epoca, Michael, il padre di Max, decise di diversificare gli investimenti, per cui iniziò a impiegare grosse somme in software per computer. Conosceva la mia storia e mi teneva d'occhio. Io mi trovavo in un periodo difficile della mia vita, ma lui mi diede un'opportunità. Riuscii a creare un software bancario a modo mio, che rispondesse alle necessità dell'azienda. Ovviamente, la cosa portò beneficio a entrambi, facendo raddoppiare il suo portafoglio e mettendomi nella condizione di fare quello che faccio ora».

«Cosa c'entra Max in tutto questo?»

«Max ha qualche anno meno di me. Ha visto Michael investire su di me, non solo professionalmente, ma anche come mentore e amico. Lui ci rimase male e, quando il software venne venduto, si rese conto che non sarebbe mai stato al mio livello. È da allora che non mi sopporta».

«Oh».

«Sei contenta adesso, capo?», mi chiese puntandomi contro la forchetta.

Era davvero carino quando si mostrava stizzito e mi raccontava cose personali.

«Be', non sono contenta di sentire certe cose in particolare, ma sono felice che me ne abbia parlato».

Ripensai ai due incontri alla Angelcom alla luce di quello che ero appena venuta a sapere: Max era in continua competizione con Blake, con il costante desiderio di sorpassarlo. La mia attività si sarebbe legata in maniera irrevocabile a Max. Fui invasa dalla paura razionale che la mia relazione con Blake avrebbe potuto costituire un problema a un certo punto, ma Max non ne sarebbe venuto a conoscenza, se io non glielo avessi detto.

Al momento del conto, Blake porse la sua carta di credito al cameriere prima che riuscissi anche soltanto a prendere la borsetta. Lo lasciai fare e mi congedai un secondo per andare alla toilette.

Quando tornai, vidi Blake che mi fece un cenno da vicino gli ascensori. Mostrava un'eleganza innata mentre era lì, con le mani in tasca, il completo che gli cadeva in modo impeccabile facendomi pensare a quel corpo, duro come la roccia, che si celava all'interno. Non riuscivo a concentrarmi su nient'altro mentre oltrepassavo il lungo bancone elegante del bar e camminavo davanti ai diversi avventori, ma un volto in particolare attirò la mia attenzione.

Mi bloccai lì dov'ero, improvvisamente avvinta dal panico tra le voci del ristorante affollato. Il cuore iniziò a battere all'impazzata. Mi sentii raggelare, paralizzandomi dalla testa ai piedi.

Mi appoggiai al muro, incapace di fare un solo passo avanti, e il viso dell'uomo che avevo riconosciuto si girò verso di me, come se avesse percepito che lo stavo fissando.

Vestito con un completo gessato su misura, somigliava a qualunque altro cliente del bar che beveva un drink dopo una giornata impegnativa, ma io sapevo bene che lui non era come gli altri. Dopo qualche secondo, su quel viso comparve un sorriso che mi fece capire che mi aveva riconosciuta.

Si ricordava di me.

Dopo tre anni passati a guardarmi le spalle, senza sapere se lo avrei rivisto, mi ero ormai davvero convinta che non l'avrei più incontrato. Senza un nome, era come un fantasma per me, un ricordo così lacerante che per anni avevo cercato di convincermi perfino che non esistesse. E invece era lì, un incubo divenuto realtà e tornato a cercarmi. Mi maledissi al pensiero irrazionale che parlare con Liz lo avesse in qualche maniera riportato in vita.

Ricordai vagamente di aver sentito Blake che mi chiamava prima di avvicinarsi, afferrarmi per un braccio e farmi riprendere dal mio stato di trance. Mi concentrai di nuovo su di lui mentre cercavo in vano di camuffare la paura che mi attanagliava.

«Cosa c'è?», mi chiese preoccupato.

«Niente». Gli presi la mano e lo trascinai verso gli ascensori.

Dopo alcuni tentativi per farmi parlare in auto, Blake sembrò arrendersi. Entrammo nel suo appartamento che sapeva di aria fresca e mi servii al bar del soggiorno. Riempii un tumbler fino all'orlo con ghiaccio e un liquore ambrato opaco da una bottiglia della sua vasta collezione. Sprofondai sul divano e mi posai il bicchiere ghiacciato contro la fronte, cercando di scacciare i pensieri frenetici che avevano preso il sopravvento. Volevo cacciarli tutti dalla mia mente, uno per uno. Nasconderli in un luogo dove non li avrei più sentiti, o meglio ancora, dove avrei potuto dimenticarli per sempre. Bevvi un sorso abbondante per accompagnare il loro viaggio verso l'oblio.

Non avrei voluto essere lì, ma non sarei riuscita neanche a stare sola in quel momento, e andare nel mio appartamento con Sid sarebbe stato come essere in solitudine. Avevo bisogno di una distrazione forte, e Blake era stato sempre il migliore in quel campo. Si mise a sedere sul tavolino da caffè, di fronte a me, con le mie gambe tra le sue. Mi accarezzava la pelle sensibile delle ginocchia, ma il mio corpo era intorpidito, incapace di processare anche il più elementare desiderio che Blake era capace di suscitarmi.

«Parlami, per favore», disse Blake senza far trasparire emozioni.

Lo fissavo, ma non interagivo minimamente con lui. Condividere quello che mi era successo con Blake mi sembrava impossibile, ma qualcosa venne alla luce. Una piccola parte di me voleva abbattere il muro che teneva il mio passato ben nascosto al presente.

«Non c'è nulla di cui parlare», risposi, non sapendo da dove cominciare, anche se avrei voluto parlargliene. Riuscivo a malapena a gestire l'assalto di emozioni che mi avevano terrorizzata da quando eravamo usciti dal ristorante.

«Stronzate. Sembrava avessi assistito a un delitto in quel ristorante».

«Me ne era venuto in mente uno». Mi pentii di quelle parole un secondo dopo averle pronunciate. Il mio corpo si tese per una paura nuova: Blake non mi avrebbe più guardata allo stesso modo. Avrebbe saputo che qualcuno si era approfittato di me, e che io, nella mia stupida ignoranza di ragazza, lo avevo lasciato fare.

Rimase in silenzio, in attesa che continuassi. Scolai il resto del contenuto del bicchiere, aspettando il sollievo promesso dal liquore. Se ne avessi parlato in quel momento con Blake, sarebbe potuto scappare via da me, oppure avrebbe potuto importargliene, anche se non avrei mai capito il perché. Poi pensai che, se ci fosse stata l'eventualità di un possibile futuro insieme, avrebbe dovuto saperlo.

«Eravamo matricole. Uscii con delle amiche fuori dal campus per andare a una festa, nel weekend, e finimmo in una confraternita. Il posto era affollato. Ballammo, bevemmo troppo punch. Io non avevo mai bevuto prima, per cui ero ubriaca dopo il primo bicchiere. Mi allontanai dal gruppo. Un ragazzo della confraternita, lui...». Mi bloccai, persa nel ricordo che avevo seppellito con tanta cura.

Come potevo spiegargli quanto ero stata stupida? Raccontargli che avevo seguito uno sconosciuto dall'atteggiamento cordiale al bar che non avremmo mai raggiunto, come un bambino adescato con una caramella? Ero così ubriaca che a malapena riuscivo a ribellarmi alla sua presa, i miei rifiuti si perdevano nel caos della festa intorno a noi.

L'uomo che avevo visto al ristorante era quello che aveva portato via la mia innocenza, lasciandomi violata e nauseata nel cespuglio nel quale Liz, alla fine, mi aveva trovato. Anni passati a conservare la mia purezza per il primo amore, o, almeno, per una notte di passione consensuale, erano stati spazzati via dal nulla, e la vergogna mi aveva fatto mantenere il silenzio.

«Cercai con tutte le forze di ribellarmi», sussurrai. A quel punto, non riuscii a trattenere le lacrime che mi scendevano sul viso. Sentivo il mio corpo debole e pesante, oppresso dal mio passato e dalla consapevolezza che perdere ciò che stava nascendo con Blake mi avrebbe devastata.

Blake aveva le mascelle contratte. Si mise a sedere con la schiena dritta, passandosi le mani tra i capelli. Perdere il suo tocco faceva fisicamente male, i punti del mio corpo che erano stati a contatto con il suo chiedevano a gran voce il suo ritorno. Avevo bisogno del suo contatto per essere sicura che le cose di cui era appena venuto a conoscenza non avrebbero intaccato i suoi sentimenti nei miei confronti. Mi sentii male al solo pensiero.

«Sei contento adesso?». Risi tra le lacrime senza più forze, sperando che Blake mi rispondesse.

Aveva un'espressione di ghiaccio dalla quale traspariva un'emozione incomprensibile.

«Sono merce fallata».

«Smettila». Il tono autoritario della sua voce mi fece ammutolire.

«Smettere cosa?»

«Non sei fallata, Erica».

Deglutii a fatica, sperando di riuscire a credergli. «Sto solo constatando qualcosa di ovvio. Non ha senso che tu voglia stare ancora con una come me. Dovresti uscire con persone di alta levatura sociale, modelle, non con una come… me». La mia voce si ruppe appena pronunciai quelle parole.

«Non mi interessa uscire con le modelle».

«Be', non ha alcun senso, te ne rendi conto? Sono un disastro. Voglio dire, guardami».

«Ti guardo. Molto spesso, in realtà. Sono giorni che mi stai facendo impazzire. Riesco a malapena a dormire la notte».

«E adesso?»

«Adesso sei mia. Niente coinquilini, niente folla, e tu

stai cercando di farmi scappare in qualunque modo. Se credi che questo cambi le cose, ti sbagli».

Distolsi lo sguardo, sperando di ricacciare indietro le lacrime pronte a ricominciare a scorrere. Quando si sedette accanto a me e mi tirò sulle sue gambe, fui contenta di stringermi a lui e di sentirlo di nuovo vicino. Come poteva volermi ancora, non sarei mai riuscita a capirlo. Mi abbracciò forte, facendomi rannicchiare al petto finché non mi scesero di nuovo le lacrime.

«Sei stupefacente», mi disse.

Mi strofinai contro la sua spalla, scuotendo il capo. «Come puoi dire questo dopo quello che ti ho appena raccontato?»

«Perché è vero. Erica, un'esperienza terribile non fa di te quello che sei. Se così fosse, dubito che neanche tu vorresti stare con me».

«Ma io voglio stare con te», risposi.

La mia mano scivolò sulla sua camicia per sentire il suo cuore battere con un ritmo lento e regolare. Non sapevo nulla del suo cuore, ma qualcosa dentro di me voleva meritarselo. Come sarebbe stato essere desiderata da lui, essere amata da lui? All'improvviso i miei sentimenti per Blake iniziarono a prendere il sopravvento sui ricordi dolorosi che mi aveva tirato fuori qualche minuto prima.

Mi sollevò la mano e strofinò delicatamente le labbra sui miei polpastrelli. «Anch'io voglio stare con te, piccola».

In quel momento mi sentii come se fossimo stati insieme e ci fossimo conosciuti da molto più tempo. Gli avevo mostrato una parte di me, e lui mi voleva nonostante tutto. Centimetro per centimetro, mi accarezzava, reclamando ogni punto scoperto della mia pelle con una dolcezza pacata che non avevo mai conosciuto; mi stava guarendo con le mani e le labbra. Il dolore e l'intorpidimento lasciarono posto al sollievo, e poi a un calore familiare sotto la superficie.

Mandai indietro la testa, una richiesta silenziosa di un bacio. In qualche modo aveva abbattuto i muri che avevo costruito intorno a me, travolgendo i miei sensi con la prepotente necessità di essere posseduta. Il suo profumo, il suo sapore e la sua fame primordiale – li desideravo tutti intensamente. Le sue labbra trovarono le mie. Tentennanti all'inizio, poi più sicure. Esplorai la profondità della sua bocca, giocherellando con le nostre lingue, affamata di lui. Lui rispose con la stessa intensità. Mi spostò così da mettermi a cavalcioni, i nostri corpi erano premuti l'uno contro l'altro fino a combaciare perfettamente. Un urlo soffocato mi sfuggì dalle labbra per l'improvviso contatto e per la foga dei suoi movimenti. Allora si fermò, scostando le mani per tenerle chiuse a pugno lungo i fianchi.

«Che succede?»

«Sono troppo energico, Erica». Indietreggiò, appoggiando la testa contro il divano, e deglutì.

Avrei voluto baciarlo sul pomo d'Adamo, ma prima dovevo capire a cosa stesse pensando. «Quindi?».

Chiuse gli occhi, il suo corpo si tese appena lo toccai.

«Toccami», lo pregai. Iniziai ad armeggiare con i bottoni della sua camicia, incapace di aspettare ancora per sentire la sua pelle sulla mia. Mentre gli percorrevo il petto con le dita, mi chinai per baciargli il collo, godendo del suo profumo e del sapore salato della sua pelle.

«Aspetta», disse a denti stretti.

Mi tirai indietro obbediente. «Perché?».

Il mio cuore sprofondò e la tristezza si insinuò mentre il silenzio tra noi cresceva. Dopo quello che avevo condiviso con lui quella sera, ero stata sciocca a pensare che tutto sarebbe andato avanti come se nulla fosse.

Cercai il suo sguardo. Un guizzo di emozione gli attraversò il viso prima che lui distogliesse gli occhi. Era paura?

«Ti voglio, Blake». Dio, l'avevo sempre voluto. Mi mossi, non riuscendo a ignorare il fastidio che provavo tra le gambe.

«Ti voglio anch'io. Credo che impazzirei se non riuscissi a entrare dentro di te stanotte». Sospirò fremente. «Soltanto, non voglio... spaventarti».

«Non sono una bambola di porcellana. Ti garantisco che non mi farai del male».

Chiuse di nuovo gli occhi, le mani erano immobili lungo i fianchi, come se stesse cercando di resistere alla tentazione di toccarmi.

Godendo di ogni sporgenza e insenatura dei suoi addominali, feci scorrere le dita sul suo petto e seguii i soffici peli che scomparivano nella cintura dei pantaloni. Ero quasi arrivata ad afferrare l'orlo, ma prima che riuscissi a sbottonarli, Blake mi prese per i polsi e li tenne fermi mentre respirava in modo affannoso.

«Voglio sentirti perdere il controllo, Blake». Il mio corpo pulsava, il mio autocontrollo era ormai appeso a un filo. Non desideravo altro che mi facesse sua nel modo che più gli piacesse, come più avevo bisogno.

Mi afferrò per la vita e si alzò in piedi, sollevandomi senza fatica. Gli misi le gambe intorno al busto e ci dirigemmo verso la sua camera da letto. La stanza era appena illuminata da due applique, la semioscurità mi avvolgeva come il calore del suo corpo.

Chiuse la porta dietro di noi e mi ci appoggiò contro, con un lamento roco. Appena sbattei la schiena contro il legno massiccio gemetti. Mi morsi il labbro e mi strinsi ancora di più a lui, desiderosa di ricevere tutto quello che potesse darmi. Le bretelle sottili del vestito mi scesero dalle spalle, come un invito per lui a liberarmi i seni, uno alla volta, per poi far scorrere la lingua e i denti intorno ai capezzoli. Il piacere mi percorreva tutto il corpo. Sospirai il suo nome, pregandolo di non fermarsi.

Mi mise giù e mi tolse il vestito, lasciandomi nuda ed esposta mentre si inginocchiava davanti a me e posava baci lascivi dalla caviglia alle pieghe del mio sesso bagnato che si contraeva dal desiderio. Mi fece allargare le gambe e se le posò sulle spalle, così che potessi aprirmi per lui. La frizione provocata dalla barba sul mio interno coscia quasi si riverberava lì in mezzo.

Gli infilai una mano tra i capelli e lo spinsi mentre si avvicinava con la bocca. Mi si accese un fuoco nella pancia dopo appena poche carezze con la lingua: Dio, con quella bocca ci sapeva fare davvero. Poi si concentrò sul piccolo fascio di nervi che mi mandava in tensione tutto il corpo, portandomi al limite. Le sue carezze si fecero più decise e iniziò a succhiarmi il clitoride con una tale foga da togliermi il respiro.

Quando raggiunsi l'apice del piacere mi si annebbiò la vista: una caduta libera in preda ai brividi che quasi mi fecero collassare tra le sue braccia.

Prima che mi cedessero le ginocchia, Blake mi afferrò. Il mio corpo era morbido e senza forze contro il suo scolpito. Mi baciò, baci profondi e lenti che smorzavano i tremori del mio recente orgasmo. Le mie mani si distesero sui suoi addominali scoperti e gli sfilai la camicia, con il forte desiderio di poterlo toccare senza barriere come avrei voluto fare da giorni. La sua pelle era bollente, ogni muscolo contratto sembrava lottare con notevole autocontrollo. Volevo averlo completamente, con tutte le mie forze. Senza freni. Nudo e crudo.

«Blake, se non mi scopi al più presto, non ce la farò, giuro».

Accennò un sorriso sotto le mie labbra e mi portò a letto. Si spogliò in fretta, con i muscoli che si flettevano a ogni movimento; tutti i gesti lasciavano pregustare il potere che era in grado di esercitare. Restai in attesa, non molto paziente, mentre estraeva un preservativo dalla tasca dei pantaloni e lo srotolava sulla sua invidiabile lunghezza. Mi maledissi per aver aspettato così tanto, per averci tenuti lontani da quel luogo in cui entrambi ardevamo dal desiderio di stare.

Proprio mentre aspettavo che si avvicinasse, mi afferrò le cosce e mi tirò sulla sponda del letto facendomi allargare le gambe intorno alla sua vita e spingendosi nella mia carne umida. Aveva gli occhi come offuscati. Pronunciò un lamento appena affondò dentro di me in un unico, deciso movimento, premendomi le dita contro i fianchi.

Rimasi senza fiato quando mi penetrò in profondità, mentre il mio corpo si abituava a essere posseduto così intensamente dal suo. Chiusi gli occhi per un attimo, così da assorbire tutte le sensazioni, la perfezione di lui dentro di me.

Quando non lo sentii più muoversi, aprii gli occhi. Aveva un'espressione tesa, la linea delle mascelle rigida. Le sue mani scivolarono dai miei fianchi alle ginocchia e si tirò leggermente fuori.

Feci un lamento flebile di protesta. Incrociai le caviglie e lo tirai più vicino, più dentro. «Ti voglio così».

«Erica...».

«Non voglio che mi resisti. Ti voglio completamente, Blake».

Disperata, mi inarcai contro di lui. Il bisogno di sentirlo muovere dentro di me, con forza, era implacabile. Quello che pensava che non potessi avere era esattamente ciò di cui avevo bisogno. «Ti prego», lo implorai.

Fece un respiro tremante e ricominciò a spingere con movimenti lenti. Poi mi penetrò di nuovo completamente, forte e profondo. Urlai. Inarcai la schiena sul letto.

Così.

Venni incontro alle sue spinte veloci, ormai feroci e impenitenti, mentre la mia figa si stringeva intorno a lui. Tutto il mio corpo iniziò a fibrillare come per prepararsi a un orgasmo perpetuo. Mi distendevo mentre lui spingeva sempre di più fino a colpire un punto morbido dentro di me che io non sapevo neanche esistesse fino a quando non era arrivato lui e lo aveva creato.

Mi aggrappai ai bordi del letto, così da amplificare gli effetti dei suoi movimenti. Soltanto quando si rese conto che non riuscivo più a resistere, mi sollevò i fianchi dal letto, portando il contatto a un nuovo stadio. Strinsi le lenzuola tra i pugni.

«Blake. Oddio, sì».

Scoppiai in lacrime per qualche reazione incomprensibile mentre mi scioglievo intorno a lui, il piacere ribolliva dal profondo.

Blake si tese. Ogni centimetro del suo corpo diventò di pietra, il suo respiro si fece affannoso mentre veniva con foga.

«Erica, cazzo». Tirò indietro la schiena e con le dita premeva sulla mia pelle.

Si liberò dentro di me mentre io ancora mi contraevo aggrappandomi forte alle lenzuola per le sensazioni che era stato in grado di darmi.

Devastata e rilassata, rimasi distesa, appagata. Un attimo dopo, Blake salì sul letto e mi tirò sopra di lui. Mi abbracciò e si rannicchiò contro il mio collo.

«Erica?».

Mugugnai, premuta sul suo petto.

«Stai bene?», mormorò.

Sollevai la testa per guardarlo negli occhi: aveva le pupille dilatate dalla passione ma un'espressione carica di preoccupazione. Il mio cuore si contraeva mentre cercavo di riprendere fiato.

«Sto più che bene». Mandai giù il groppo che sentivo in gola. «Non sono mai stata con uno come te, Blake. Io…».

Non riuscivo a pronunciare le parole successive. Mi toccò le labbra con le dita e mi baciò delicatamente, rubandomi le frasi non dette. Mi stavo innamorando di Blake, più intensamente e velocemente di quanto mi fossi mai innamorata di qualcuno.

Mi baciò su una mascella per poi trovare la mia bocca e accarezzarmi con lunghi e profondi tocchi della lingua. Sebbene fossero movimenti gentili, riuscirono ad attizzare di nuovo il fuoco dentro di me. Le mie mani iniziarono a vagare sul suo corpo, godendo di ogni curva che toglieva il fiato. Non ne avevo mai abbastanza di lui, che mi stesse guardando o che stesse semplicemente dormendo accanto a me. Il bisogno di farlo di nuovo prese il sopravvento. Le mie carezze diventarono più pressanti. Lo avvicinai e lui si mise sopra di me, portando il peso del suo corpo sul mio.

«Sei insaziabile», mormorò tra i baci, mordicchiandomi il labbro inferiore.

«Perdonami. Non capisco cosa ci sia in me che non va». Mi inarcai contro di lui. Più mi dava, più ne volevo.

«Perché diavolo dovrei perdonarti?»

«È troppo presto», risposi. Lo sentivo eccitarsi sempre più, mentre io restavo a corto di parole.

«Posso continuare per tutta la notte, se tu resisti». Mi fece allungare le braccia sopra la testa e intrecciò le dita con le mie. Mi teneva prigioniera, una condizione che mi acuiva i sensi e mi provocava di nuovo un formicolio dalla testa ai piedi.

La presenza di Blake mi ubriacava in ogni maniera, e la mia dipendenza da lui cresceva dopo ogni orgasmo che mi provocava. Strinsi le gambe intorno al suo busto, le mie braccia non avevano più forza, e lo spinsi contro di me.

«È una sfida?», chiesi, scherzando, tentata di metterlo alla prova.

«Sì», rispose. Aveva la voce roca dal desiderio, poi le sue labbra si appoggiarono con passione sulle mie.

Capitolo undici

Mi svegliai il mattino seguente, avvolta nel soffice piumone di Blake e nei ricordi della notte trascorsa. Mi stiracchiai sul letto, dal lato, vuoto, di Blake. Il sole illuminava la stanza e sentivo odore di caffè. Mi alzai e presi una maglietta bianca da uno dei suoi armadi. In bagno, Blake aveva lasciato degli articoli da toletta per me. Sorrisi. La maggior parte delle ragazze ci mette molto tempo prima di guadagnarsi una cosa del genere.

Appena finito di lavarmi e rimettere in ordine, mi feci strada per l'appartamento seguendo i rumori che provenivano dalla cucina. Trovai Blake che rompeva delle uova in una terrina. Era senza maglietta, indossava soltanto un paio di pantaloni del pigiama che si stringeva sui fianchi. Aveva ancora i capelli spettinati e aveva messo un paio di occhiali con una montatura scura che esaltavano la sua sensualità del suo look mattutino; lo facevano sembrare più grande e in qualche maniera più umano, un po' come Clark Kent.

Mi appoggiai all'isola della cucina di granito mentre studiavo con piacere i suoi progressi: aveva tagliato un po' di frutta e messo la pancetta in una padella, e nel frattempo cercava di preparare le uova. Sentii le farfalle nello stomaco al pensiero che stesse facendo tutto quello per me.

Smise di armeggiare con le stoviglie per lavarsi le mani e voltarsi verso di me. Sorrise e fece scorrere le dita lungo l'orlo della maglietta.

«Mi piace».

«Non era mia intenzione inventare un nuovo look, ma sono contenta che ti piaccia». Mi appoggiai al ripiano della cucina e girai la testa da un lato. «Non sapevo che portassi gli occhiali».

«Di solito non li metto, ma stanotte mi hai tenuto impegnato, quindi ho dimenticato di preparare le lenti».

«Mi dispiace».

«Non dispiacerti. A me non dispiace».

Mi sollevò per farmi sedere sul ripiano e si mise tra le mie gambe. Con le mani si fece strada su per le cosce fin sotto la maglietta, lungo la schiena, e iniziò ad accarezzarmi, lasciando una scia calda sulla mia pelle ovunque mi avesse toccata. Mugugnai appena raggiunse i miei seni e i pollici si posarono sui capezzoli, che si sollevarono sotto le sue dita. Mentre mi baciava, le spinte delicate della sua lingua mi ricordavano il dolore dolce e sordo tra le gambe durante la maratona della notte appena trascorsa.

«Mi stai trasformando in una sgualdrina sfrenata», dissi, sentendo il mio corpo che prendeva vita per risvegliarsi in una maniera a me nuova.

«Mmh, mi piace l'idea».

Ringhiò contro il punto del collo che aveva baciato e succhiato, e quelle vibrazioni risuonarono dentro di me. Con una mano mi prese una caviglia e si portò la mia gamba intorno alla vita, e con l'altra mano iniziò a massaggiare la carne morbida tra le mie gambe.

«Dio, sei già così bagnata».

«Non riesco a fermarmi, Blake. Mi fai quest'effetto». Mi spinsi contro le carezze della sua mano.

«Ho appena cominciato, piccola».

Mi baciò con passione sulla bocca, mentre spingeva due dita dentro di me e ne imitava i movimenti con la lingua, riducendomi a un ammasso tremolante. Mi aggrappai a lui disperatamente, con le unghie che gli scavavano le spalle. Il mio respiro divenne affannoso e il cuore iniziò a battermi all'impazzata, mentre trattenevo l'orgasmo che si faceva strada attraverso di me. Le sue dita scivolarono fuori, quindi premette contro di me l'erezione che spingeva sui suoi pantaloni. «Devo andare a prendere un preservativo. Non avevo programmato di scoparti a colazione».

Ridacchiai alla sua esternazione, frustrata e vogliosa di averlo in quell'istante, completamente. «Non sei obbligato, se non vuoi».

«Fidati, voglio scoparti a colazione».

«No, il preservativo, intendevo. Prendo la pillola».

Il suo silenzio raffreddò l'atmosfera all'istante. Cercai di aggiustare il tiro. «Scusami, va bene, ho appena iniziato a prenderla». *Merda, il modo migliore di rovinare tutto.*

Scosse il capo. «No, non è per quello. Mi fido di te. È soltanto che non l'ho *mai* fatto senza».

«Non ci pensare, scusa».

A molti ragazzi non piace farlo con il preservativo, ma mi sentii meglio al pensiero che lui l'avesse sempre usato.

«Smettila di chiedermi scusa, Erica», disse con tono brusco.

Mi morsi il labbro, ansiosa di vedere a cosa avrebbe portato tutto quello.

«Brava ragazza», sussurrò con un tono di voce basso, da predatore.

Mi sfilò la maglietta, lasciandomi a petto nudo. I suoi occhi si fecero più scuri. Prima che me ne rendessi conto, mi portò in soggiorno e mi fece sedere sulle sue gambe in modo che lo cavalcassi sul grande divano color crema. Gli diedi un bacio lento e pigro, e gli tosi gli occhiali per metterli al sicuro sul tavolino dietro di noi.

Si abbassò i pantaloni sotto i fianchi, liberando la sua erezione che, con la luce che inondava il soggiorno, sembrava più imponente che mai, grossa e virile; aspettava soltanto me.

Desiderosa di assaggiarlo, mi misi in ginocchio e strinsi le labbra intorno alla sua estremità. Iniziai a leccargli delicatamente la punta prima di prenderlo in bocca più in profondità. Lo succhiavo con avidità, dimenticandomi di me mentre lo veneravo, finché la presa di Blake sui miei capelli si fece più aggressiva e mi fece fermare.

«Mettiti su di me», mi ordinò.

Rabbrividii e la mia pelle divenne bollente. La reazione fisica al suo comando era inequivocabile. Già bagnata, obbedii e mi misi su di lui.

«Ora fammi scivolare dentro. Piano e delicatamente».

Già in fiamme, mi abbassai su di lui con dolorosa lentezza, pronta a godere della nuova situazione. Senza nessuna barriera tra i nostri corpi, si fece strada un centimetro alla volta dentro di me, fino in fondo.

Chiusi gli occhi mentre un gemito delicato mi uscì dalle labbra.

«Guardami», mi sussurrò.

Aprii gli occhi per vedere la fame primordiale nei suoi. Mi prese il viso tra le mani e mi baciò forte. Gemetti, sostenendomi con le mani sulle sue spalle. Si lasciò andare e il suo respiro si fece affannoso. Il suo dito scivolò sulla guancia e giù sulle clavicole, per poi sfiorarmi un capezzolo supersensibile e infine riposare sul fianco per tenermi con possessività. Alzò lo sguardo e mi fissò.

«Sei bellissima».

L'intensità dei suoi occhi mi atterriva. Mi si strinse il petto. Mi sentivo pericolosamente presa da Blake, ma non mi importava, non quando era dentro di me, non quando mi toccava e mi guardava in quel modo. Non potevo fuggire da ciò che provavo per lui.

Risposi con un movimento leggero dei fianchi. Mi teneva con un braccio intorno alla vita, abbracciandomi stretta mentre spingeva in su, muovendosi con forza e dandomi tutto quello che poteva. Trattenni l'aria quando sentii un dolore acuto provocato da una spinta troppo profonda.

La sensazione di fastidio lasciò subito spazio al piacere non appena iniziò a massaggiarmi con movimenti circolari il clitoride.

Un velo di sudore mi imperlava la pelle mentre spingeva dentro di me – spinte costanti e decise che per un attimo mi fecero scordare di quanto potessi dominarlo in quella posizione. Mi accordai con i suoi movimenti, e iniziai a oscillare finché Blake non mollò la presa, cedendomi poco a poco il controllo. Le sue mani si piegarono ansiosamente sui miei fianchi.

«Fidati di me», sussurrai. Stringendomi intorno a lui,

feci scorrere le unghie lungo il suo petto e lo baciai con passione, condividendo ogni respiro che ci avrebbe portato al culmine del piacere, per poi crollare, insieme, senza mai distogliere lo sguardo l'uno dall'altra.

Caddi addormentata sul divano appena dopo aver fatto colazione. Tra la ginnastica della notte passata e quella della mattina ero esausta. Quando mi svegliai, diverse ore dopo, Blake era seduto sull'altro divano, con il laptop dalla superficie lucida sulle cosce. Era un Blake diverso da quello di prima, completamente vestito e concentrato sullo schermo, mentre digitava con dita abili e veloci.

«Credevo non lavorassi a casa», dissi, stiracchiandomi.

«Sto soltanto facendo qualche ricerca». Non sollevò lo sguardo dallo schermo.

«Che tipo di ricerca?».

Chiuse il laptop e lo mise accanto a lui. La sua espressione si fece più dolce quando incrociammo gli sguardi. «Credo di averlo trovato», rispose con voce pacata.

«Chi?».

Si mise le mani lungo i fianchi.

Oddio. Mi si rivoltò lo stomaco, facendomi risalire la colazione. Avevo ancora la mente annebbiata dal sonno e ci misi un po' per rendermi conto di quello che Blake mi aveva appena detto. «Come?». Mi alzai a sedere e cercai di schiarirmi le idee.

«Ho tracciato le transazioni del ristorante. In particolare quelle del bar. Ho selezionato quella giusta basandomi sulla fascia d'età e sull'università frequentata».

«Non voglio neanche sapere come hai fatto». Era troppo. Si era spinto troppo oltre.

«Be', non avevo intenzione di dirtelo comunque. In che modo ho trovato l'informazione è davvero poco rilevante rispetto alla vera informazione, non credi?»

«Perché l'hai fatto? Non me ne importa nulla».

«Credi che identificare l'uomo che ti ha stuprata non sia importante?». Sgranò gli occhi.

«In questo momento della mia vita, no. Perché dovrei aver bisogno di collegare un nome a un volto che preferirei dimenticare?»

«Puoi ancora sporgere denuncia contro di lui. Sei ancora entro i termini di prescrizione».

«E cosa dovrei dire? "Salve, agente, avevo diciotto anni ed ero ubriaca, mi trovavo in una confraternita quando questo stronzo si è approfittato di me". Scommetto che non avranno mai sentito una cosa del genere prima d'ora».

«E se lo rifacesse?».

Mi venne un groppo in gola al solo pensiero. E se non fossi stata l'unica? Per quanto mi fossi rimproverata per essermi cacciata in una situazione tanto rischiosa, sapevo bene che nessuna si sarebbe mai meritata di vivere un'esperienza così orribile.

Non c'era nulla che potessi fare per cancellare quel ricordo doloroso del mio passato.

Eppure, non ero pronta per affrontarlo. Né quei ricordi, né lui. L'uomo che mi aveva fatto soffrire. E Blake mi costringeva a ricordare, stava puntando un riflettore su dettagli che avevo smesso perfino di sperare di conoscere. In quel momento non volevo sapere. Non volevo più avere niente a che fare con tutto quello.

Mi alzai di colpo, ma il movimento brusco mi fece girare la testa, e persi quasi l'equilibrio mentre mi dirigevo verso la camera da letto.

«Dove stai andando?».

Lo ignorai, mi eclissai in camera. Sul letto era appoggiato un prendisole verde che Blake aveva preso nel mio appartamento mentre dormivo. Sopra c'erano le mutandine di pizzo bianco che avevo perso nella suite di Blake a Las Vegas.

Maledizione. Chiusi gli occhi sopraffatta da tutto. Le giornate trascorse con Blake erano state fantastiche e intense. Stare con lui significava evocare sensazioni delle quali ancora non sapevo cosa farmene. Non volevo ferirlo, ma in quel momento non riuscivo a pensare.

Mi vestii in fretta e presi tutte le mie cose. Lo trovai davanti alla porta d'ingresso che mi bloccava l'uscita.

«Erica, non andartene».

«Non avevi il diritto».

Si accigliò, togliendo le mani dalla porta. «Mi stai dicendo che non avevo il diritto di trovare l'uomo che ti ha fatto del male?»

«Non voglio sapere chi è. Non capisci?». Serrai le mascelle, cercando di ricacciare le lacrime che mi bruciavano ai lati degli occhi. Speravo di essere capace di arrabbiarmi con lui. Quando lo guardai negli occhi, tutto quello che vedevo era smarrimento, ma non mi aspettavo che capisse.

Con mani tremanti, lo scansai. Mi precipitai fuori e scesi le scale. Mi fermai davanti alla porta sperando di sentire i suoi passi, ma non fu così. Entrai nel mio appartamento e chiusi con la catenella. Serrai gli occhi e deglutii, ma niente riusciva a placare le lacrime e i ricordi che affioravano. Scivolai sul pavimento e cominciai a singhiozzare, finché tutto non iniziò a farmi male, maledettamente male.

Arrivai a New York alcuni giorni dopo, quella stessa settimana. In qualche maniera ero riuscita a evitare Blake, e gli ero grata per non avermi cercata. A casa, soltanto saperlo così vicino mi distraeva abbastanza, e io avevo bisogno di tempo per pensare. I giorni passati erano stati intensi. Decisi che era giunta l'ora di andare a trovare Alli e fare chiarezza nella mia mente.

Dall'aeroporto JFK presi un taxi che mi portò all'indirizzo sulle colline di Brooklyn che mi aveva dato Alli. Il conducente mi lasciò davanti a un edificio in pietra riccamente ornato. Entrai nell'ingresso enorme e salutai il portiere che mi sorrise educatamente.

«Mi chiamo Erica Hathaway. Sono qui per fare visita a Alli Malloy».

«Certo, la sta aspettando. Si trova nella suite del signor Landon, al numero quarantadue».

«Grazie», risposi cercando di nascondere lo stupore. Alla faccia dei miei tentativi di rimanere fuori dai radar per qualche giorno andando a New York.

Bussai una volta e aspettai qualche secondo. Bussai di nuovo, più forte – ancora niente. Provai a tirare la maniglia della porta. Proprio mentre appoggiavo la mano, Alli venne ad aprire, con gli occhi che le brillavano e la pelle arrossata, come se... Be', conoscevo quello sguardo. Si avvicinò e mi abbracciò forte.

«Sei arrivata!».

La abbracciai anch'io. Mi era mancata davvero molto.

La sentivo piccola e calda tra le mie braccia. Era dimagrita? Prima che potessi dire qualcosa, si tirò indietro e mi guardò. A New York faceva davvero caldo quel giorno, quindi avevo indossato degli shorts di jeans e un top, il tutto arricchito da un cappello di feltro bianco, così per divertimento.

«Stai benissimo», mi disse.

«Sì, ehm, anche tu». Speravo tanto di credere a quello che avevo detto.

«Oddio, no, io mi sento un macello. Mi sono appena svegliata da un pisolino».

«Sì, un pisolino», dissi, notando come cercava di sistemare la ciocca di capelli mentre camminavamo nell'enorme salone con ampie vetrate sul panorama di Manhattan.

Scoppiò a ridere e arrossì. Mi guardai intorno, aspettando di veder spuntare Heath da dietro l'angolo, ma non sembrava essere nei paraggi.

«Bel posto», dissi.

«Vero?».

L'appartamento era a dir poco imponente, proprio come mi aspettavo che fosse quello di qualunque membro della famiglia Landon. I soffitti erano alti, con travi di un legno scuro uguale al pavimento. I mobili e gli accessori erano vivacizzati con punte di colore qua e là. L'arredamento mi ricordava la casa di Blake a Boston.

«Posso offrirti qualcosa da bere?», chiese Alli.

«Sicuro, qualcosa con un bel po' di ghiaccio».

Entrò in cucina con aria indaffarata mentre io mi accomodavo su uno degli sgabelli dell'isola.

«Allora, quando avevi intenzione di dirmi che saresti andata a vivere da Heath?».

Si affacciò dalla cucina. «Scusami, Erica. Ho soltanto pensato che sarebbe stato più facile parlartene di persona».

«Puoi vivere dove vuoi, Alli. Ma mi avrebbe fatto piacere saperlo. Blake non sa che sono qui».

Si accigliò, poi sentii una porta che si apriva. Arrivò Heath, fresco di doccia e vestito, con un sorriso soddisfatto sul viso. Somigliava molto più a Blake di quanto mi ricordassi. Eppure non riuscivo a scrollarmi di dosso la sensazione che nascondesse qualcosa dietro il suo fascino. Certo, Blake aveva diverse sfaccettature. Molte, in realtà, ma non sembrava mascherarle quanto lui.

«Erica, da quanto tempo». Mi abbracciò velocemente prima di raggiungere Alli in cucina. La baciò e distolse lo sguardo.

Heath e Alli erano davvero una bella coppia, e l'energia che irradiavano sapeva di complicità. Ero lì soltanto da pochi minuti e già mi sentivo di troppo.

Mi si strinse il cuore pensando a Blake. Quanto tempo ci sarebbe voluto prima che lui mi baciasse in quel modo? Eppure, una cosa era certa. Che fosse stato d'accordo o no, avevo bisogno di tempo per elaborare quello che era successo. Il modo in cui Blake aveva curiosato nella mia vita era del tutto inaccettabile, e illegale. Quella violazione mi aveva lasciata nuda e vulnerabile.

Mi rigirai sullo sgabello, mi alzai e camminai verso le grandi vetrate che davano sul parco sottostante. Mi domandavo quanto di tutto quello fosse scaturito dall'aiuto di Blake, oppure se Heath avesse davvero contribuito in qualche modo al suo tenore di vita. Magari ero troppo dura con lui. Aveva fatto innamorare pazzamente Alli, e non l'avevo mai vista così negli ultimi tre anni, vale a dire da quando l'avevo conosciuta. Speravo tanto che non fosse troppo bello per essere vero, per il suo bene.

«Hai fame? Stavo pensando che potremmo pranzare insieme», disse Alli.

«Sarebbe fantastico».

«Ma prima ti faccio vedere la tua stanza». Alli prese la mia valigia.

Heath si prodigò subito a toglierla dalle mani di Alli e ci accompagnò verso un'altra porta, opposta a quella da cui era comparso lui.

Entrammo in una stanza da letto di discrete dimensioni, con gli stessi toni tenui e biancastri e un copriletto rosso. Mi dispiaceva non poter condividere quella camera con Blake. La visione di lui disteso sotto di me, o viceversa, era più che allettante. Il ricordo dell'ultima volta che eravamo stati insieme si riversò su di me, mi salirono le lacrime agli occhi. Scossi il capo. Dovevo scacciare Blake dai miei pensieri.

Capitolo dodici

Io e Alli divoravamo l'antipasto tra un sorso di prosecco e l'altro mentre aspettavamo la portata principale, che per me consisteva in una montagna di carboidrati. Allontanarmi da Blake mi aveva provocato una grande inappetenza, ma stare con Alli mi aveva fatto sentire di nuovo rilassata e tranquilla così da farmi tornare una fame da lupi.

«Come ti trovi con il nuovo lavoro?», domandai.

«Benissimo, la maggior parte delle volte almeno. Ti fa impazzire, è veloce, e può essere stressante correre sempre dietro a tutti, ma credo che sia un buon trampolino di lancio per raggiungere la mia meta».

Sorrisi. «È emozionante».

«Sì, lo è. E sto acquisendo molte buone conoscenze per te, a proposito. Heath mi ha fatto conoscere un tizio che ci porterà a un'esibizione domani sera».

«Un'esibizione?», domandai chiedendomi cosa potesse avere a che fare un'esibizione d'arte con me e la moda.

«Sì. Sarà una serata molto elegante e ci saranno persone importanti».

«Elegante, eh? Immagino». Adocchiai il piatto di pasta fumante che il cameriere mi aveva messo davanti. Ne presi una prima forchettata. *Il paradiso*, pensai. Potrei anche rimpiazzare il sesso con il cibo, sicuro.

«Come va con Blake?».

Un'inaspettata ondata di emozione si svegliò dentro di me. Le avevo parlato dell'ultima volta che ero stata con Blake. Di quel giorno in cui avevo incontrato Max per poi finire per essere scopata da Blake contro la porta. Il buono, il brutto e il cattivo.

«Lo ami?», mi domandò.

«Stai scherzando?». La mia voce era stridula, soltanto sentir pronunciare quella parola con la A mi faceva cadere nel panico e nella paura.

«Ti sembra una domanda tanto bizzarra?»

«Tu sei innamorata di Heath?», sbottai sperando disperatamente di cambiare argomento, anche se ero spaventata per la risposta che avrebbe potuto darmi.

Lei si girò a guardare il piatto senza dire nulla.

«Ecco», ribattei soddisfatta della vendetta.

«Lo sono», sussurrò così piano che riuscii a malapena a sentirla.

Mangiammo in silenzio per un po'. Non sapevo perché, ma la notizia mi rattristava. Avevo avuto Alli tutta per me per tre anni. Avevamo condiviso ogni cosa, ci prendevamo cura l'una dell'altra e ci eravamo impegnate per creare l'attività che era la mia ragione di vita. Nel giro di poche settimane aveva iniziato a non avere occhi che per Heath. La mia gelosia era irrazionale, perché al di là di tutto volevo vederla felice, anche a scapito della nostra amicizia.

«È quello giusto per te?», domandai.

«Stiamo bene insieme», disse semplicemente. «Le cose non vanno sempre alla grande, ma in qualche modo vanno sempre nel modo giusto. Insieme ce la caviamo».

«Be', sono contenta per te. Voglio che lo sappia».

Il suo viso assunse un'espressione più rilassata e allungò il braccio sul tavolo per prendermi la mano.

«Grazie».

Sapevo che era rimasta ad aspettare la mia approvazione per tutto quel tempo.

«Sono così felice che tu sia qui. Mi manchi», disse.

«Mi manchi anche tu. A volte mi sembra che siamo lontane migliaia di chilometri».

«Eppure non siamo molto lontane. Ci sarò sempre per te».

Sorrisi e annuii, non volevo farle notare che era stata irraggiungibile da quando si era trasferita a New York. Ma ero felice di sentire quelle parole. Con Blake fuori dalla mia vita in quel momento, ravvivare l'amicizia con Alli mi faceva stare meglio, anche se dovevo dividerla con Heath.

Mentre Alli era al lavoro, dedicai tutto il tempo a me stessa. Decisi di prendermi una pausa e andare a passeggiare al parco per schiarirmi le idee e guardare la gente, decine di piccole sagome che attraversavano il ponte verso Manhattan. Cercavo di immaginare come potesse essere la vita da newyorkese.

Probabilmente era arrivato il momento di cambiare. Alli appariva così stordita, forse perché Heath la faceva scatenare molto e di frequente, da quanto avevo potuto sentire la notte appena trascorsa senza riuscire a prendere sonno. Ma forse anch'io sarei potuta essere felice in quella città.

Selezionai la conversazione con Blake sul telefono più

di una volta, con la tentazione di scrivergli un messaggio. Mi mancava, ma dopo giorni di silenzio, forse avevo perso la mia occasione. Ovviamente stare con me non era una cosa facile. L'avevo lasciato in un momento d'impeto, perché non avevo saputo come reagire alla bomba che aveva gettato su di me, e non gli avevo dato la possibilità di spiegarsi o di parlarne. Sbuffai; avevo più di un motivo per sentirmi frustrata. *Cazzo*, forse lo amavo, anche se non avevo idea di come ci si sentisse a essere innamorati.

Amavo Marie. Amavo Alli. Quando ero piccola, prima che imparassi qualunque cosa, amavo profondamente mia madre, con ogni atomo. Eppure non sapevo come amare qualcuno con cui passavo la notte. Con tutti i ragazzi con cui ero uscita prima, mantenere una certa distanza era stato semplice. La cosa ideale, davvero. Ogni volta che finivano per voler voltare pagina, mi sentivo quasi sollevata dal fatto che non avrei dovuto impegnarmi di più in una relazione che tanto non mi avrebbe comunque appagata.

Nessuno degli uomini con cui ero uscita mi aveva conosciuta davvero. Nessuno aveva saputo del mio passato, comunque.

Blake non soltanto mi faceva impazzire a letto, ma stava sistematicamente abbattendo tutte le barriere che mi ero costruita con cura negli anni. Non riuscivo più a nascondermi dietro una facciata, a quel punto.

Mi ero sempre vantata di mostrare un'immagine impenetrabile di successo, di avere la situazione sotto controllo, ma lui aveva buttato giù tutto con qualche carezza delle sue dita e con la sua perseveranza. La sua maledetta perseveranza – ecco perché mi ero trovata in quella situazione.

Mi manchi.

Digitai quel breve messaggio, pentendomi nel momento esatto in cui lo avevo inviato.

Ogni attimo che passava, mi domandavo se lo avesse ricevuto.

Senza aver avuto risposta da Blake, mi diedi da fare per prepararmi all'apertura della galleria. Già mi immaginavo in mezzo a uomini e donne snob in dolcevita che esprimevano con tranquillità il loro apprezzamento per una collezione d'arte che, per me, avrebbe potuto non essere degna di alcuna ammirazione. Mi rimproverai per i pensieri tanto negativi, e attribuii la colpa del mio pessimismo al messaggio inviato a Blake.

Diedi un'occhiata al guardaroba di Alli, e adorai alcuni dei suoi nuovi acquisti. Alla fine optai per un paio di pantaloncini neri e una maglietta di pizzo nero e fucsia, e mi pettinai con uno chignon ben tirato. Appena arrivata, mi resi conto che, sfortunatamente, il codice della serata era il bianco e nero, che richiamava le fotografie a contrasti decisi dell'artista.

Vidi Alli che parlava con un'altra donna al lato opposto della galleria. Mi feci strada tra la folla, procedendo adagio e cercando di attirare l'attenzione.

Mi sforzai di non pensare troppo. Se ero lì per ampliare i miei contatti, non dovevo assolutamente passare inosservata.

Mi unii alle due donne, facendo un cenno a Alli prima di presentarmi alla sua amica dalle gambe lunghe. Aveva un aspetto alquanto familiare. Forse era una modella. Era alta e incredibilmente bella, i suoi capelli castano scuri erano lunghissimi.

«Erica, lei è Sophia Devereaux. È un'amica di Blake, be', è anche amica di Heath, in realtà».

Il nome di Blake accostato a quell'amazzone mi fece venire un groppo in gola. Quindi *quella* era Sophia.

Alli continuò la conversazione parlando di Clozpin e del nostro ruolo nell'impresa, salvandomi così dal gravoso compito delle spiegazioni. Sophia sembrava poco interessata, ma Alli non si fermò.

«Sophia gestisce la sua agenzia di modelle qui a New York». Sgranò gli occhi verso di me. «Lavora con molte case di moda con i suoi servizi fotografici», continuava a spiegare, e io finalmente iniziavo a trovare un collegamento.

«Notevole», commentai con sincerità, anche se trovavo difficile allontanare il pensiero di cosa significasse lei per Blake. C'era soltanto un modo per scoprirlo. Chiunque ama parlare di sé, e nel giro di qualche minuto, venni a conoscenza di quanti buoni contatti avesse Sophia. Aveva lavorato con tutte le case di moda più importanti che conoscevo e con altre decine che mi erano sconosciute, e cominciò a parlarmene in confidenza e in maniera del tutto disinvolta. Mi sembrava davvero insolito che una ragazza così giovane gestisse un'agenzia di moda, piuttosto che lavorare lei stessa come modella. Era l'immagine della perfezione, quanto meno della perfezione richiesta dall'alta moda.

Nel bel mezzo della conversazione, Alli si scusò e ci lasciò sole, comunicandomi con un'occhiolino che sarebbe tornata subito.

Almeno speravo che il significato fosse quello.

«Ma dimmi, come hai conosciuto Blake?», mi domandò Sophia a bassa voce, decisa e con una vena di malignità del tutto assente finora.

La fissai, cercando di capire dove volesse arrivare, con l'adrenalina che saliva a mille. «Ci stiamo frequentando», risposi senza mostrare emozione. Certo, avevamo passato gli ultimi giorni in quella che, almeno per me, era una separazione straziante, ma non era necessario che lei lo sapesse.

Inclinò la testa. «Interessante».

«E tu, invece, come lo hai conosciuto?», domandai arsa dalla curiosità.

Sorrise e prese qualche ciocca dei suoi capelli splendenti tra le dita. «Ci sentiamo ogni tanto».

«Interessante», risposi imitando la sua espressione e sperando che stesse bluffando. A giudicare dal tono di voce, non avevo dubbi che "sentirsi" in quel caso significasse "scopare". E il pensiero di Blake che scopava con lei mi faceva scoppiare di gelosia. Cercai di raccogliere tutto l'autocontrollo possibile per non darlo a vedere.

«Ti do un piccolo avvertimento, da donna a donna. Se cerchi i suoi soldi, o i suoi contatti, comunque sia, non resterà con te a lungo. Ci tiene molto a ciò che è suo».

«E tu lo sai bene, immagino?». Strinsi leggermente i denti. Quella donna aveva un lato oscuro, quasi ambiguo.

L'avevo appena riconosciuto quando Alli ci aveva lasciate sole e, ancora una volta, con la stessa velocità, la sua espressione cambiò nel momento in cui un giovane con due bicchieri di vino rosso venne verso di noi.

«Voi due sembrate decisamente troppo sobrie per questo evento», disse con uno sguardo divertito.

«Caro», disse Sophia sorniona, prendendo il bicchiere dalla mano di lui mentre gli dava due baci sulle guance, senza sfiorarlo.

Afferrai il bicchiere di vino che mi offrì senza interessarmi dell'origine o dell'invecchiamento. Quella sgualdrina mi stava provocando.

«Isaac. Lei è Erica Hathaway. Gestisce un sito di moda. Non so altro», disse Sophia con aria noncurante. «Potete perdonarmi? Sono in ritardo per un altro appuntamento. È stato un piacere conoscerti, Erica. Teniamoci in contatto, ti va?».

Mi sforzai di sorridere e le porsi la mano. Decisi di andarci pesante con la stretta. Lei trasalì. Per essere tanto alta, sembrava uno spaghetto scotto quando si trattava di stringere le mani.

«Io sono Isaac Perry», disse l'uomo appena Sophia se ne andò.

«Cosa ti porta qui stasera, Isaac?», domandai con vivo interesse.

«L'arte, credo. Certamente non gli avventori, anche se devo ammettere di essere alquanto interessato a te». Sorrise.

Isaac non soltanto era gioviale, ma aveva un aspetto niente male. Alto e snello, con occhi azzurro chiaro e capelli biondo cenere, portava un paio di pantaloni neri e un maglione con scollo a V. Aveva l'aria casual, e appariva meno pretenzioso di tutte le altre persone intorno a noi.

«E cosa ne pensi dell'arte esposta in questa galleria?»,

domandai cercando di non abboccare all'esca che mi aveva lanciato per parlare di me. Ero già troppo tesa per la mancanza di Blake. Non potevo affrontare un approccio che non avrebbe portato a nulla.

Isaac sospirò rumorosamente e si mise a fissare l'opera davanti a noi. «Credo che mi piaccia, e questo è un bene, considerando il fatto che dovrò scriverci un pezzo».

«Sei uno scrittore?»

«Un editorialista. Sono il direttore della Perry Media Group».

Riconobbi il nome che aveva in qualche modo penetrato la mia bolla tecnologica durante i miei studi. Il pezzo di cui stava parlando poteva appartenere a qualunque numero di una qualsiasi pubblicazione internazionale di qualità.

Un sorso di vino mi andò quasi di traverso quando lo vidi sorridere mentre si guardava intorno.

«Raccontami di più di quello che fai nella vita. Devo ammettere di non conoscere i social dei nostri tempi come dovrei, ma immagino sia affascinante, vero?»

«Lo è», confermai. «Non esiste niente di simile. Sono certa che il giornalismo tradizionale sia al passo coi tempi, ma la tecnologia corre molto più di noi a volte. È una sfida, quella di stare al passo, ma è la cosa che amo di più in questo campo».

«Sei molto giovane per aver messo su un'impresa del genere».

Mi stava lusingando, ma almeno mi faceva dimenticare il brutto momento passato con Sophia; non potevo che sentirmi grata per le sue frasi di apprezzamento sincero.

«Credo di sì».

«Oltretutto sei una donna, e penso che questo sia ancora più raro».

«È vero. Credo di essere una sorta di esemplare in via di estinzione nel campo dell'alta tecnologia». Mi sarebbe piaciuto lavorare in una squadra più equilibrata nel genere, ma ho sempre creduto che prima o poi le cose sarebbero cambiate. Ogni cosa a suo tempo.

«A me è successo l'opposto. Nel giornalismo sono circondato da donne. Sono maledettamente brave in questo campo».

Mi rivolse un sorriso disarmante. Era davvero un ragazzo incantevole, anche se non riuscivo a capire perché diamine avesse baciato, pur sfiorandola appena, la diabolica Sophia.

«E così lavori nella moda, eh? Sarai circondata dai fashion blogger di tutta la città allora», disse.

«Non proprio, no».

«Oh, accidenti, invece dovresti. Sono come l'erba che cresce tra le crepe del cemento. Se riesci a entrare nelle loro grazie, arriverai ovunque».

«Ci proverò senz'altro. Grazie per il suggerimento», risposi facendo un brindisi con i nostri bicchieri di plastica; iniziavo a entrare in sintonia con il suo umore gioviale. Non riuscivo a capire se fosse il vino o semplicemente la forza della sua energia positiva, ma mi sentivo meglio di quanto non fossi stata per tutta la giornata.

«Che ne dici di una cena, sabato?», mi domandò. La sua voce si era fatta più profonda.

Quel tono allusivo mi fece rabbrividire. Non ero sulla piazza, ma lui ancora non lo sapeva. «Mi dispiace, non posso».

«Allora un brunch domenica. Mi piacerebbe sapere di più sulla tua impresa. Magari potremmo trovare un modo per collaborare».

Esitai. L'editorialista del Perry Media Group voleva parlare di lavoro con me. Non potevo rifiutare un'opportunità simile, a prescindere dall'interesse che provava per me. Una cena sarebbe stata troppo impegnativa, avrebbe potuto comportare altri risvolti, ma un brunch era un'altra cosa.

«Per me si può fare», dissi.

Ci scambiammo i nostri contatti. Alli venne verso di noi poco dopo e si scusò perché dovevamo andare a cena con Heath. Decidemmo di raggiungere il ristorante a piedi, e la mia amica non perse tempo per farmi l'interrogatorio.

«Chi era?»

«Isaac Perry».

«Merda, bel colpo, Erica. Non riusciva a staccarti gli occhi di dosso».

«Poco importa». Feci spallucce. «Credo che lo conosca anche Sophia», aggiunsi sperando di avere qualche informazione da Alli. Volevo assolutamente sapere di più su di lei, anche se mi aveva già messa di cattivo umore.

Arrivammo a destinazione, un ristorante asiatico fusion che emanava profumi squisiti.

Alli riconobbe Heath e cambiò immediatamente espressione. Il volto, il linguaggio del corpo, tutte le sue energie si concentrarono su di lui.

Mugugnai, sicura che nessuno mi avrebbe sentita. Ci accomodammo al tavolo e ordinammo. «Alli dice che conosci Sophia», dissi interrompendo la loro complicità.

Heath si mise composto sulla sedia come se fossimo in una riunione di lavoro. «Sì. Abbiamo investito nella sua agenzia, in realtà».

«Anche Blake?»

«Sì, la conosce anche Blake».

Guardai Alli, che sembrava distratta ad arte da qualcosa che stava succedendo nella parte opposta del ristorante.

«A me è parso che ci fosse qualcosa di più di una semplice conoscenza». Bevvi un sorso d'acqua.

Heath guardò Alli mentre tamburellava con le dita sul tavolo. Come Blake, era sempre calmo e disinvolto, con una vena in più di fascino che lo differenziava dal fratello. Perché parlare di Sophia lo metteva in difficoltà? Doveva significare qualcosa per Blake. Era l'unica spiegazione possibile, considerando il fatto che probabilmente sapeva della mia relazione con Blake più di quanto volessi.

«Pare che siano usciti insieme ogni tanto, quando era in città, sai cosa intendo. Ma sono anni che sono soltanto amici».

Quella notizia fu come un pugno allo stomaco. La gelosia mi trafisse mentre sentivo quelle parole. Aveva messo l'accento su *anni*, ma niente avrebbe mai potuto sminuire la scoperta devastante che loro due fossero legati.

La domanda era se avevano una storia in quel momento, o se l'avrebbero avuta anche in futuro. Controllai il telefono. Ancora niente. Il rifiuto implicito nel suo silenzio mi lasciò un buco nel cuore, e presto iniziarono a farsi vive le lacrime. *Fatti forza*, dissi tra me e me.

Il telefono di Heath squillò e i suoi occhi si spalancarono, guizzando velocemente tra me e lo schermo. «Scusatemi, devo rispondere», disse mentre si allontanava dal tavolo.

«Be', è imbarazzante», dissi.

«Cosa?»

«Odio dovertelo dire, ma hai combinato un disastro totale da quando ti sei trasferita qui. Prima sei andata a vivere con Heath e non mi hai detto nulla, e ora mi hai presentato l'ex fidanzata di Blake senza avvertirmi? Avresti potuto dirmi qualcosa, sai».

«Mi dispiace. Non credevo sarebbe venuta. Come ha detto lui, sono soltanto amici».

«Non era un motivo per non dirmelo, e tu lo sai. Mi rendo conto che hai perso la testa per Heath, ma che diavolo, Alli? Questa non sei tu».

«Sono la stessa persona che ero qualche settimana fa. È solo che... le cose sono molto più complicate di quanto pensi».

«Senza dubbio, perché tu non mi racconti nulla».

Sospirò e si sistemò i capelli. «Ti ho detto che mi dispiace, va bene? Lo ammetto. Avrei dovuto dirti di Sophia. Se mi avessi presentato una donna con cui Heath aveva avuto una storia, avrei voluto saperlo».

Mi rilassai leggermente. Alli che mi nascondeva la verità non mi faceva bene. Mi stavo innamorando di Blake, e dovevo sapere se stavo solo sprecando le mie forze. Lei era devota a Heath, ma proteggere lui, e Blake, a mio discapito non la reputavo una scelta giusta.

Capitolo tredici

Dormii profondamente fino al mattino successivo; mi sentivo svuotata e confusa e l'ultima cosa che ricordavo era di aver appoggiato la testa sul cuscino la notte appena trascorsa. Guardai l'orologio e mi sforzai di alzarmi. A quanto pareva Alli era al lavoro. Lei e Heath erano andati a bere qualcosa dopo cena, mentre io ero tornata a casa. Avevamo deciso che avremmo fatto un giro per la città la sera successiva, e probabilmente avevano bisogno di stare un po' da soli. Mi ero rigirata nel letto senza trovare pace per un tempo che sembrava corrispondere a ore, ma alla fine mi ero addormentata e non li avevo sentiti rientrare. Come faceva ad andare avanti così non riuscivo proprio a capirlo.

Mi muovevo per la cucina come se fossi a casa mia; feci il caffè e cucinai un'omelette. Dallo smartphone cercai una palestra che facesse lezioni di yoga nelle vicinanze e ne trovai una che potevo raggiungere a piedi prima di pranzo. Appena divorata la colazione, comparve Heath dalla camera da letto adiacente, con un'aria più che stanca. La lunga notte trascorsa gli aveva lasciato delle occhiaie vistose, e per la prima volta mi accorsi che sembrava davvero più vecchio di Blake, anche per via delle zampe di gallina che gli segnavano gli occhi color nocciola.

Aveva gli stessi pettorali tonici e lo stesso sguardo intenso di Blake, ma, sebbene riuscissi ad apprezzare il suo aspetto, non provavo alcuna attrazione per lui. Blake mi aveva attratto fin dalla prima volta che lo avevo visto, e quella fiamma restava più viva che mai. Gli altri uomini erano diventati tutti invisibili ai miei occhi.

Senza maglietta, Heath si diresse verso la macchina del caffè. Riempì una tazza molto grande fino all'orlo e ne bevve metà prima di accorgersi di me e salutarmi con un cenno del capo.

«'Giorno», mi disse guardando nella tazza.

«Notte lunga?»

«Sì». Si strofinò il viso e sospirò.

«Come stava Alli stamattina?»

«Ehm, bene. Lei...». Restò un attimo in silenzio. «È tornata a casa prima di me».

C'era qualcosa che non andava.

«Va tutto bene?», domandai con delicatezza, come in punta di piedi perché stavo entrando nella sua vita, anche se tutti gli altri pensavano che non ci fosse alcun problema a entrare nella mia.

«Sì, certo. Sai come vanno certe cose». Fece spallucce. Un sorriso stanco e usato troppe volte, che iniziavo a percepire come una maschera, gli comparve sul viso. Era chiaro che stesse cercando di nascondere qualcosa.

«La ami?», dissi di getto e rimanendo io stessa di stucco per averlo chiesto.

Era una domanda alquanto audace, senza considerare il fatto che l'avevo rivolta a una persona che non era in uno dei suoi giorni migliori.

Mi guardò con gli occhi sbarrati, mostrando un'emozione che non riuscivo a decifrare, qualunque traccia di quel sorriso di circostanza era svanito. «Ovviamente».

Sbatté la tazza sul bancone della cucina. Appariva amareggiato. Come se fosse stato colpito da quella realtà. Il suo atteggiamento stimolò il mio istinto protettivo.

«Lo spero. Perché lei è completamente pazza di te. Non l'avevo mai vista così».

Serrò le mascelle, la stessa cosa che faceva Blake quando era sotto pressione.

«Se le farai del male, Heath...». Alzai il viso, pronta a essere determinata, ma la mia minaccia vuota svanì non appena la pronunciai. Come avrei potuto vendicarmi di lui? Protetto da suo fratello miliardario e dallo stile di vita che conduceva, era in una botte di ferro. Minacciare lui era fuori questione.

«Non lo farò», rispose con voce piccata, stanco e irritato.

Quando i nostri sguardi si incrociarono per un istante, notai un lampo di dolore, prima che si voltasse di nuovo. Finii la colazione e mi ritirai in camera da letto per cambiarmi, mentre Heath tornò a dormire per cercare di curare le sue ferite.

Alcune ore dopo, la sala di yoga si stava riempiendo velocemente. L'istruttore non perse tempo e iniziò a farci riscaldare, mentalmente e fisicamente. Mi serviva proprio. Avevo bisogno di bruciare tutto il cibo poco sano che avevo ingurgitato a New York, ma soprattutto di un po' di chiarezza, per potermi concentrare. Sembrava proprio che non riuscissi a liberarmi del caos che Blake aveva creato nella mia mente.

Dopo mezz'ora, cercavo di raggiungere la perfezione nella posizione della ruota, con il busto ben flesso verso il soffitto. Respiravo e provavo dolore: ero decisamente fuori allenamento. I movimenti difficili riuscirono a farmi scaricare, e allo stesso tempo mi svegliarono, come se ogni muscolo si stesse mettendo all'opera per farmi stare bene. Con un pubblico di decine di persone, mi rifiutavo di vacillare.

La lezione finì esattamente quando mi stava venendo voglia di smettere. Al momento del rilassamento tutti i miei pensieri andarono a trovare Blake. Meno male che dovevo liberarmi la mente. Durante la meditazione, gli mandai amore e luce. Mi mancava davvero molto. Poco dopo, stavo riavvolgendo il tappetino quando il telefono, che avevo appoggiato vicino a me, iniziò a vibrare, un'intrusione silenziosa nel mio tanto faticosamente guadagnato stato di calma. Cominciai ad armeggiare con l'apparecchio, in preda alla curiosità. Mi precipitai nel corridoio per avere un po' di privacy.

«Erica, sono Max».

«Salve, come stai?»

«Alla grande», rispose.

«Va tutto bene? Voglio dire, con l'accordo?»

«Assolutamente sì. È per questo che ho chiamato, in realtà. Volevo farti sapere che per gli incartamenti ci vorrà un po' più del previsto, ma sta andando tutto per il verso giusto».

Feci un sospiro di sollievo e mi accorsi che avevo trattenuto il fiato per tutto il tempo. «È magnifico. Grazie per avermi avvertita».

«Di nulla. Come va con il sito?»

«Benissimo. Adesso sono a New York per trovare altri contatti. E sta andando molto bene».

«Eccellente, mi fa piacere». Qualcuno stava parlando con lui in sottofondo. «Devo andare, Erica, ma ti terrò aggiornata, va bene?»

«Ottimo, grazie ancora».

«Ci vediamo presto». E riagganciò.

Eravamo davvero vicini a raggiungere il traguardo, già sentivo il profumo della vittoria, ma anche con le sue rassicurazioni, mi sarei sentita in ansia finché non avrei visto la fine del percorso. Cercai di ignorare tutti i possibili risvolti di fallimento, ma essere a conoscenza della rivalità tra Blake e Max aveva aggiunto un altro elemento alla lista.

Quella sera stessa, mentre ero affacciata sul terrazzo del club, una brezza calda soffiava sulla mia pelle nuda. Alli si era occupata di me fin quasi al ridicolo prima di uscire. Avevamo deciso di indossare un vestito che sembrava aver fatto economia di stoffa, ma le serate erano calde e l'atmosfera del club era ancora più calda.

Le luci della città illuminavano un cielo che si andava rabbuiando, e mi ricordai dell'ultima volta in cui avevo ammirato un panorama simile. Chiusi gli occhi e Blake era dietro quella visione. Un sorriso che non lasciava dubbi sul fatto che aveva sempre saputo ciò che voleva da me. Quel corpo che mi faceva impazzire ogni volta che si concentrava su di me.

Dietro di me, Alli e Heath ridacchiavano, con i loro arti aggrovigliati l'uno con l'altro su un rifinito divano nell'angolo vip della discoteca. Sospirai e sorseggiai il mio terzo martini, sperando che fosse quello buono per farmi dimenticare del silenzio di Blake di quel giorno.

Forse il mio messaggio era arrivato troppo tardi. Forse non mi aveva risposto perché era stato impegnato. Forse aveva ragione. Non avevo mai preteso una relazione, ma al pensiero che lo stavo perdendo non riuscivo a reprimere la sensazione che stessi perdendo qualcuno di importante. Non avevo mai conosciuto uno come Blake, e nessuno mi aveva fatta sentire come mi aveva fatta sentire lui.

Le pulsazioni intense della musica house andavano e venivano quando le porte si aprivano e si chiudevano dietro di me. Mi sporsi dalla ringhiera per guardare il traffico della strada sotto di noi. I clacson riecheggiavano in lontananza, mescolandosi con i rumori ovattati che si diffondevano intorno a me.

Dovevo togliermi Blake dalla testa e fare di tutto per divertirmi lì, anche se ero stata in pena quei giorni. Vuotai il bicchiere e decisi di raggiungere Alli. Magari sarebbe riuscita a staccarsi da Heath per un po' e a scendere in pista con me.

Mi girai e restai di stucco, incapace di fare ancora un passo avanti. Strizzando gli occhi, cercai di accertarmi che la persona che avevo visto di fronte a me fosse Blake e non l'ombra del ricordo dell'uomo che avevo cercato di togliermi dalla testa per tutto quel tempo.

«Erica».

La voce di Blake scivolò su di me, determinata e sicura di sé. L'intensità dei suoi occhi mi aveva paralizzata. Mi mossi verso di lui lentamente, con le dita ben ancorate alla ringhiera, come se potessero tenermi a terra quando il mio desiderio era quello di volare verso di lui.

Usai tutta la mia forza di volontà per non corrergli incontro. Soltanto vederlo mi faceva battere forte il cuore. Una vampata mi percorse lentamente la pelle, infiammandomi i sensi mentre lo squadravo. Aveva un completo total black e una camicia nera con il bottone sul collo aperto. Dio, perché non poteva indossare una stupida maglietta quando mi capitava di incontrarlo? Era una fetta bollente di paradiso, e per quanto mi piacesse vederlo con quei vestiti, non riuscivo a pensare ad altro che a spogliarlo.

«Cosa ci fai qui?». Avevo il fiatone e una voce tremante, mentre cercavo di ricacciare dentro di me le emozioni che ribollivano. Forse Alli o Heath lo avevano avvertito che ero a New York. Per quanto avessi voglia di domandarlo, non lo feci. Il mio corpo riprese vita nella consapevolezza che lui era tanto vicino da potermi toccare, da mandarmi in estasi come non era riuscito a fare nessun altro.

Accennò un sorriso appena inclinò la testa. «Pensavo ti fossi mancato».

«Io… Sì», ammisi. Non c'era modo di negarlo in quel momento. «Non mi aspettavo di vederti qui».

Fece un passo avanti, accorciando la distanza tra noi. Tirò fuori le mani dalle tasche e le posò ai miei fianchi sulla ringhiera.

«Sei fortunata ad avermi trovato qui. Se avessi scoperto che indossavi questo vestito in pubblico senza di me, avrei dovuto punirti».

Con una mano cominciò ad accarezzare la pelle che il vestito lasciava scoperta. Mi strinsi ancora di più alla ringhiera e iniziai a respirare affannosamente. Avvertii il calore nello stomaco provocato dalla sua minaccia.

«Ti piace?», chiesi.

Il suo sorriso svanì appena si chinò per baciarmi la mascella. «Se avessimo un po' di privacy, ti mostrerei quanto lo apprezzo», mormorò leccandomi il bordo dell'orecchio prima di mordermi con delicatezza il lobo.

Sospirai, cercando di trattenere un gemito mentre avvertivo un dolore piacevole all'altezza dell'inguine.

«Ho passato un brutto momento finché non ti ho visto qui davanti a me».

Sospirai di nuovo e mi appoggiai a lui, sentivo la prova del suo desiderio che spingeva contro la pancia. Adoravo fargli quell'effetto. Mi sentivo sollevata al pensiero che lui mi volesse ancora quanto lo volessi io.

«Blake... mi dispiace», sussurrai.

Lui si appoggiò contro di me in silenzio, con lo sguardo fisso nei miei occhi.

«Mi dispiace per l'altro giorno. Non sarei dovuta andarmene così». Feci un respiro profondo, con il forte desiderio che si potesse cancellare quella parte di passato, e tuttavia consapevole del fatto che avrei dovuto affrontare la situazione e cercare di fare del mio meglio perché lui capisse. «Avevo... paura».

Lui si accigliò. «Di me?»

«No. Di lui... che esistesse davvero. E che tu lo avessi trovato così facilmente. Non riesco a spiegarmelo. Una parte di me avrebbe preferito che me lo avessi chiesto, prima».

«Una parte di me avrebbe voluto chiedertelo, ma il mio lato più protettivo doveva sapere, non importava cosa avresti detto». Mi accarezzò una guancia con un dito. «Non potevo restare seduto senza far nulla. Non riesco a sopportare l'idea che qualcuno ti abbia fatto tanto male».

«Conoscere la sua identità non cancella l'accaduto».

«Forse no. Ma come deciderai di usare quest'informazione dipende da te ora. Non vuoi sapere chi...».

«No», sbottai. «Ti prego, non voglio. Non puoi capire, Blake».

«Va bene». Mi zittì posandomi leggermente le dita sulla bocca. «Non l'ho fatto per metterti in agitazione».

Lo baciai e lo abbracciai, con la voglia di sentirlo più vicino. «Sono contenta che tu sia venuto».

Mi strofinò le labbra sulla pelle sensibile del collo.

«Sarei tornata da te, lo sai. Non c'era bisogno che venissi a New York», dissi, grata che lo avesse fatto.

«Sapevo che saresti tornata. Ma ho del lavoro da svolgere anche qui, a volte, e allora ho pensato di venirti a trovare. Dammi pure del matto, ma mi sei mancata anche tu».

Un po' mi ammorbidii, ma c'era un altro pensiero poco piacevole che mi assillava. *Sophia.* Era lei la ragione dei suoi affari a New York? Mi raggelò l'immagine di loro due insieme, il pensiero che andasse da lei per qualunque ragione, che fosse platonica o di altra natura. Era una persona pericolosa e carica di astio.

«Ho conosciuto Sophia», dissi cercando di apparire disinvolta. Alzai lo sguardo per osservare la sua reazione, lo fissai. Cosa significava quella donna per lui? Se avesse avuto in programma di andare da lei o, non voglia il cielo, se l'avesse già incontrata, non avrei potuto sopportarlo. Doveva essere venuto qui per me. «Che persona cara», dissi incapace di celare la mia antipatia nei suoi confronti.

Mi domandai se Blake riuscisse a guardare oltre le sue fattezze fisiche perfette. Lui serrò le mascelle e rimase a fissare l'orizzonte senza dire nulla.

Le mie viscere si contorcevano dalla gelosia da quando avevo conosciuto Sophia. Il modo in cui aveva accennato alla sua relazione con Blake davanti a me e quel sorriso sprezzante. Volevo credere alla versione della storia che mi aveva raccontato Heath, ma non riuscivo a scrollarmi la preoccupazione che per lui significasse qualcosa di più di quanto desse a vedere.

Mi girai leggermente, sentendomi intrappolata tra lui e la ringhiera, alla mercé delle sue mani e delle circostanze che erano ben al di là del mio controllo. Prima che potessi divincolarmi, mi prese il polso.

«Dove vai?». Il suo tono di voce brusco mi fece venire un brivido.

Deglutii. Per quanto lo desiderassi, non sapevo se sarei stata in grado di condividerlo con qualcun'altra. Chiusi gli occhi, mentre sentivo che l'alcol iniziava ad annebbiarmi la mente.

Non mi importava. Non stasera. Lo avevo desiderato per ore e finalmente era lì. Avremmo affrontato i problemi in un altro momento.

«Balliamo», dissi aprendo gli occhi per cercare il suo sguardo carico di preoccupazione.

Basta parlare. Volevo credere che fosse mio prima di scoprire che in realtà non lo era.

La sua espressione si addolcì per un istante, insieme alla sua presa. Intrecciò le dita con le mie e mi portò di sotto.

Capitolo quattordici

Scendemmo nell'oscurità fumosa del piano inferiore della discoteca. Cercai di farmi avvolgere dal rumore, sperando di scacciare i pensieri che mi tormentavano.

Mi portai, con Blake, al centro della pista, nel bel mezzo di una folla che si dimenava al ritmo di un remix molto famoso di Rihanna. Mi fermai e mi girai verso di lui, ma lui mi bloccò. La sua mano forte mi prese per un fianco e mi tirò a sé finché i nostri corpi non si trovarono l'uno attaccato all'altro in modo perfetto. Il movimento fu così fluido e naturale, come se stessimo tornando nella posizione che doveva essere nostra per tutta la notte. Insieme.

In un attimo, il mio corpo era fuso con il suo. Tra le sue braccia ogni cosa sembrava al posto giusto. La base musicale martellante guidava i miei movimenti e iniziai a dondolare seguendo il ritmo che si riverberava nel mio corpo. I miei muscoli si rilassarono, e mi persi in quell'attimo, in Blake.

La folla era soffocante, ma non mi importava. Riuscivo a sentire soltanto le mani di Blake su di me. In sincronia con la canzone, mi strinsi forte a lui, avvertendo una frenesia selvaggia per quel contatto fisico che desideravo da giorni. Il pezzo andò sfumando verso la fine e ne iniziò un altro, che ci fece cambiare ritmo e avvicinare ancora. La sua erezione diventava sempre più imponente, e mi premeva sul sedere, chiedendo in silenzio ciò che entrambi volevamo. L'eccitazione si fece strada sulla mia pelle e tirai indietro la testa. Lui mi mise un braccio intorno alla vita e mi baciò il collo. Un bacio caldo, con la bocca socchiusa che mi fece girare la testa. Forse era l'effetto dell'alcol, ma più probabilmente di quella droga di nome Blake che stava prendendo il sopravvento.

Mi girò per farsi guardare negli occhi. Prima che iniziasse a parlare, lo presi per la giacca e lo tirai verso di me. Stampai le mie labbra sulle sue e lo baciai con una fame selvaggia. Lui ricambiò con tutta la passione possibile. Le nostre lingue giocherellavano mentre lo avvicinavo sempre più a me. Lui fece scivolare una mano sotto la stoffa attillata del mio vestito, strizzandomi il sedere e sfiorando delicatamente l'orlo delle mutandine. Gemetti nella sua bocca, dimenticandomi di me stessa e di tutto quello che c'era intorno a noi. Volevo saltargli addosso proprio lì, tra le centinaia di persone altrettanto accaldate, sudate ed eccitate.

Lui grugnì e poi si allontanò. La mancanza di contatto fisico fu brusca e mi lasciò come privata di qualcosa di fondamentale, ma il disagio di non essere attaccata a lui fu subito sostituito dalla consapevolezza di essere guidata fuori dalla pista da ballo, fino al piano di sotto, lontano dal caos che ci circondava.

Ci incamminammo finché il corridoio non si biforcò. A sinistra, un uomo alto e robusto controllava una porta. Blake si avvicinò e gli diede qualche bigliettone, così il buttafuori lo fece passare. Entrammo in quella che sembrava essere un'altra area vip privata. Una luce ambient illuminava la stanza, alquanto grande e deserta. Divani di pelle rosso scuro erano disposti lungo due pareti, su un'altra c'era un bar ricco di qualunque cosa potesse servire per fare festa.

«Dove siamo?».

Blake chiuse la porta dietro di noi e non perse tempo a spingermi contro di essa.

«Dove ti scoperò senza tregua».

Mi tirò su la gamba per appoggiarsela sull'anca e premette il suo corpo contro di me. Rimasi senza fiato appena me lo sentii sopra, mentre iniziava a toccarmi il clitoride sotto la stoffa delle mutandine, proprio come mi faceva impazzire.

Gli infilai una mano tra i capelli e gli feci abbassare la testa per baciarlo con passione. Le sue mani erano dappertutto, mi massaggiavano il seno sotto il tessuto attillato e fino, prima di liberarmelo dal top senza spalline. Tolsi di mezzo il vestito e lui mi prese un capezzolo in bocca, toccandomi l'altro seno con il palmo della mano. Un desiderio violento si risvegliò dentro di me, così potente che avrei fatto qualunque cosa con lui in quel momento, se non mi avesse frenato un dubbio fastidioso.

Un'ultima volta, pensai. *Ma…*

«Aspetta. Non possiamo farlo».

Blake appoggiò violentemente la mano contro la porta vicino a me. «Cristo, Erica. Cosa dobbiamo aspettare?».

Mi coprii con le mani, sentendomi improvvisamente nuda. La fame mescolata alla carica sessuale che irradiava mi spaventava. Lo avevo già visto eccitato prima, ma non così tanto.

«Ti voglio, Blake. Più di ogni altra cosa possa desiderare, ora e sempre. Ma non posso condividerti con qualcun'altra».

«Cosa?». Si passò le mani tra i capelli e si allontanò.

«Non so cosa ci sia tra te e Sophia, e non ho intenzione di dirti come devi vivere la tua vita. So che devi avere molte donne che ti girano intorno. Lo capisco, ma quello che io provo per te… Credo proprio che non possa farcela». Un colpo al cuore mi fece quasi trasalire.

Blake non era come gli altri uomini con cui ero stata. In realtà non era neanche lontanamente come loro, e stare con lui aveva stravolto del tutto la mia filosofia sul sesso e le relazioni sentimentali. Mi stavo innamorando davvero di lui, e l'idea di vederlo con Sophia, allora o in qualunque altro momento, era più di quanto potessi sopportare. L'infedeltà da parte di Blake mi avrebbe ridotta in frantumi.

«Credi che scopi con Sophia?».

Lo fissai. «Lei mi ha fatto capire di sì… e allora ho dato per scontato…».

Fece una smorfia, come se avesse assaggiato qualcosa di disgustoso. «Allora le parlerò. Ma devi sapere che non c'è assolutamente *niente* tra noi. Da anni ormai».

«Sì, Heath mi ha già raccontato questa storia», risposi per farlo tacere.

«Non è una storia. È la verità. Cosa diavolo devo fare perché tu mi creda?»

«Non lo so», risposi appoggiandomi alla porta e sperando che la mia coscienza potesse finalmente tacere e lasciare che le cose tra noi accadessero.

Blake si avvicinò, mi mise le mani sulle spalle e iniziò

ad accarezzarmi le braccia con i pollici, facendomi rilassare.

«Erica…». Appoggiò la fronte sulla mia.

I nostri sguardi si incrociarono e il mio cuore si bloccò.

«Sono qui solo per te».

Mi baciò con passione e lentamente, esplorandomi a fondo con la lingua, finché non sentii le ginocchia cedere. Si allontanò e ci guardammo.

«Solo per te».

«Sei mio». Gli risposi con un filo di voce, inebriata dal suo profumo e dal suo sapore.

«Se smettessi di scappare da me per cinque maledettissimi minuti, te lo direi anch'io».

Sollevai il viso e lo baciai ancora, leccando e giocando con le sue labbra. Lui mi rispose con un brontolio, poi mi prese le gambe e le strinse intorno ai suoi fianchi.

«Adesso fammi vedere».

Annuii. Non sapevo dire se sarebbe stato fino a quel giorno, se sarebbe continuato l'indomani o un altro giorno ancora, ma nulla si sarebbe messo tra noi stanotte. Fece scivolare le sue mani sotto la gonna e, con un unico strattone, strappò il tessuto delicato delle mutandine. Le gettò da una parte, mi portò su uno dei lunghi divani di pelle e mi fece sdraiare. Si mise sopra di me, intrappolandomi con le braccia. Mi inarcai per avvicinarmi a lui, consapevole del fatto che tra non molto sarebbe entrato dentro di me, come avevo tanto desiderato da quando mi ero allontanata da lui alcuni giorni prima. Si spinse contro di me e iniziò a muoversi, a promessa di ciò che stava per accadere. Gli sbottonai velocemente la camicia e i miei capezzoli sfiorarono i soffici peli del suo petto.

Con le dita iniziò a toccare delicatamente le pieghe bagnate della mia carne, incurvandole per raggiungere il punto più sensibile dentro di me, mentre con il palmo della mano mi stimolava il clitoride duro dall'eccitazione. Ormai ero vicina al culmine del piacere. Allora rallentò e cominciò a scendere più in basso, baciandomi sull'interno coscia.

Cercai freneticamente di riportarlo su, ma senza riuscirci. «Per favore, Blake, non farmi aspettare».

«Voglio assaggiarti, piccola», mi rispose mentre si muoveva dentro e fuori con le dita.

Urlai, quasi fuori di testa per il desiderio. «Ti voglio dentro di me. Adesso!».

Avevo i nervi scoperti, e la promessa di una performance di sesso spietato spingeva al limite il mio desiderio. A quel punto, le sue dita mi lasciarono per sbottonarsi i pantaloni e abbassarli quanto bastava per liberare la sua erezione. Glielo presi, duro e lungo, tra le mani, esercitando movimenti leggeri e circolari sulla pelle calda e pregustando quello che avrebbe potuto fare per me; me lo portai sulle parti intime e lo guidai dentro di me. Lentamente e fino in fondo, mi penetrò completamente. La sensazione era lancinante e intensa.

Totalizzante.

Lottai contro un'ondata di emozioni che mi travolse al momento del contatto. Sentivo il petto pesante, il cuore sul punto di scoppiare. Cercando con tutte le forze di scacciare il pensiero di cosa significasse tutto quello, lo baciai freneticamente, le nostre lingue si aggrovigliarono in un concentrato di passione. *Ne avevo bisogno. Avevo bisogno di te.*

Mi spostai inquieta sotto di lui, presa dalla sensazione che mi provocava mentre sfregava dentro di me. Volevo possedere ed essere posseduta, e quello era l'unico modo che conoscevo per assicurarmi che non pensasse a nessun'altra, soltanto a me. «Scopami, Blake».

«Con piacere».

Spingeva dentro di me, forte e in profondità, ancora e ancora. Io raggiunsi subito il piacere con il suo nome che mi uscì dalle labbra e le lacrime che mi scendevano sul viso, mentre le vibrazioni si riverberavano contro il mio corpo. Cercai di scacciare quelle lacrime prima che potesse vederle, ma lui le intercettò con la bocca. Le tirò via con i suoi baci, un balsamo che curava il dolore della separazione dei giorni passati. Rallentò per qualche istante prima di cambiare posizione e aumentare la potenza delle sue spinte punitive. Mi aggrappai al precipizio di un altro orgasmo.

«Ancora», piagnucolai mandando la testa indietro, sopraffatta dalla sensazione spasmodica di volerne di più.

«Ancora?»

«Più forte».

All'improvviso si fermò facendomi trattenere il respiro. Mi rigirò sulla pancia e mi sollevò sulle ginocchia, dandomi delle sculacciate così forti da farmi urlare, lo stordimento del dolore mi riportò di nuovo alla realtà. Prima che riuscissi a protestare, spinse di nuovo dentro di me con una forza che mi tolse il fiato.

Poi si allontanò e si piegò su di me, lasciandomi vuota e dolorante. «Non scapperai più da me, Erica. Dico davvero». Aveva la voce roca e sentivo il suo respiro caldo sul collo.

«Blake, ti prego», mugugnai spingendo contro di lui.

«Promettimelo».

«Sì. Te lo prometto».

Si raddrizzò e mi sculacciò ancora sullo stesso punto, la sensazione della sua erezione che spingeva dentro di me senza pietà era potente. Si allontanò di nuovo, e di nuovo io mi spinsi contro di lui, la voglia di raggiungere l'orgasmo con lui dentro di me distruggeva le mie inibizioni. Lui ascoltò la mia preghiera e continuò a spingere forte, e quando mi sculacciò ancora, mi strinsi intorno a lui in maniera incontrollabile, mentre affondava tra le pareti della mia figa.

«Ancora», urlai.

Accelerò i movimenti, senza mai allontanarsi e mandandomi in frantumi a ogni sculacciata. Il mio corpo rabbrividiva, ogni muscolo si faceva teso contro la mia volontà mentre lui mi spingeva al limite. Mugugnai contro il divano, mi aggrappai con le unghie al tessuto costoso e venni urlando così forte da farmi sentire, probabilmente, anche dal buttafuori. Poi venne anche Blake, svuotandosi dentro di me con un brivido e sospirando. Il suo respiro mi accarezzava il collo mentre si accasciava su di me. Poi si rilassò, mi abbracciò all'altezza della vita e mi girò affinché potessimo guardarci, dandomi quindi un bacio delicato e sospirato.

«È stato diverso», mormorai senza forze e ubriaca delle sue sculacciate.

«Ti è piaciuto», commentò.

Io mugugnai e intrecciai le gambe intorno a lui.

Sorrise. «Per essere una ragazzina prepotente, sei una buona sottomessa».

Spalancai gli occhi. «Non mi descriverei proprio come una *sottomessa*».

Scoppiò a ridere. «Lo dici come se fosse una parolaccia».

«Per me lo è. Io non…».

«Aspetta, prima che inizi a parlare, permettimi soltanto una domanda. Vuoi che lo rifaccia ancora in futuro?».

Sbattei le palpebre, improvvisamente imbarazzata all'idea che stesse per farmelo ammettere. Essere sculacciata durante un impeto di eccitazione era ben diverso da un accordo preso in modo esplicito. «Non so. Forse».

«Bene, perché io voglio rifarlo». La sua espressione non lasciava dubbi sulla sua sincerità a tal proposito, considerando anche il tono di voce più forte che aveva usato. La mia pelle formicolava, di nuovo calda e in preda al desiderio.

Volevo litigare, volevo dirgli di andare a farsi fottere e sparire dalla circolazione, ma soltanto l'idea mi faceva eccitare.

«Mi stai facendo desiderare cose che non sono sicura di volere».

«A letto si possono avere fantasie diverse rispetto a quelle che si hanno nella vita di tutti i giorni. E ti prometto che non ti sculaccerò in pubblico». La sua espressione si fece più gentile e sorrise mentre si avvicinava di nuovo a me. «A meno che tu non sia proprio una ragazza cattiva». Mi prese un capezzolo turgido in bocca per poi stringerlo tra i denti.

Oh, lo adoravo. Mi contrassi alla sensazione e iniziai ad ansimare debolmente. «Sarò brava», gli promisi in preda al delirio.

Ridacchiò a bassa voce. «Ne dubito fortemente».

«Sono così cattiva?».

I suoi occhi si offuscarono, la linea delle labbra si fece più morbida su un viso che altrimenti incuteva timore. «Potresti abituarti all'idea che la punizione ti piaccia».

Blake mi succhiò forte il capezzolo ancora una volta e massaggiò l'altro con i polpastrelli, stuzzicando la pelle quanto bastava per darmi un dolore piacevole.

Rimasi senza fiato, ma lui non si fermò. «Come faccio a sapere se questa non è nient'altro che la prossima fase per dominare ogni aspetto della mia vita? Prima l'appartamento, adesso questo...». Respirai profondamente, capace appena di tenere insieme i miei pensieri.

«È un'ipotesi interessante, ma non credo proprio che lasceresti che la facessi franca, in tal caso». Si spostò più su, strofinando le labbra sulle mie clavicole. Mentre mi succhiava il collo continuava a massaggiarmi i capezzoli.

Mi chinai per posare un seno nel palmo della sua mano, e un sorriso carico di soddisfazione gli comparve sul viso mentre si allontanava e si alzava in piedi. Era ancora eccitato, era sorprendente quanto riuscisse a durare. Mi accigliai quando si infilò i pantaloni.

«Non mettere il muso. Voglio riportarti a casa», mi disse con la promessa di un secondo round negli occhi.

Meno di venti minuti dopo, stavamo entrando nel condominio. E in pochi secondi Blake era disteso sul copriletto rosso acceso della camera degli ospiti, esattamente dove l'avevo desiderato per giorni. Dopo la punizione che mi aveva inflitto poco prima, e dopo la breve conversazione sulla possibilità che diventassi la sua sottomessa, ancora bruciavo di desiderio per lui. Presa dalla frenesia, gli tolsi la camicia, quindi iniziai a leccare e mordicchiare la sua pelle fin verso i pantaloni, per poi sfilarglieli. Lui si mise a sedere e mi tolse il vestito. Nuda e carica di desiderio, feci scorrere le mani sul suo corpo bollente mentre lui ricopriva il mio torace di baci, venerandomi un centimetro alla volta. Il suo respiro delicato riscaldava la mia pelle supersensibile e mi ravvivava il desiderio.

«Erica, Dio, hai un corpo stupendo», sussurrò.

Potevo quasi gustare la sua brama, la determinazione a possedermi in qualunque modo. Le sue dita scivolarono dalle spalle ai polsi, tenendomeli uniti dietro la schiena con una mano.

Mi morsi il labbro e gemetti, godendo dei piccoli movimenti che mi permetteva di fare sfiorando la sua erezione, avanti e indietro sul clitoride, finché non iniziai a impazzire dal desiderio.

Lui aumentò la stretta sui miei polsi, e una paura irrazionale iniziò a farsi strada dentro di me. Ero ferma, con il seno che puntava spudoratamente su di lui. Il cuore mi batteva all'impazzata mentre combattevo contro un istinto che non mi avrebbe mai permesso di lasciar esercitare così tanto controllo da un uomo.

«Blake, non sono sicura», dissi con una voce mista di paura e desiderio mentre mi teneva legata.

Mi fece stare zitta con un bacio delicato. «Mi prenderò cura di te, piccola».

La sua voce non lasciava dubbi, e la sua espressione era calma e rassicurante, più controllata di quanto avessi potuto sperare in determinate circostanze. Lo guardai negli occhi e sentii una fitta al cuore al pensiero dei sentimenti che provavo verso di lui.

«Non ti farò mai del male». Mi accarezzò le labbra con il pollice.

Il mio corpo si fidava di Blake, con lui mi sentivo più sicura che mai, o più vulnerabile che mai.

La tensione dei muscoli, pronti a lottare, si sciolse.

Mi preparai ad affrontare qualunque cosa avesse intenzione di fare e lo baciai in risposta. Il mio cuore batteva forte, il desiderio prese il sopravvento sulla paura. Blake mi mise un braccio intorno ai fianchi, sollevandoli leggermente prima di unirci, e io scivolai delicatamente sulla sua erezione bollente. Mi prese un capezzolo indurito in bocca, titillando la punta con la lingua e i denti, come aveva fatto in discoteca. La doppia sensazione mi travolgeva, ma mi faceva anche sentire prigioniera. Non riuscivo a liberare l'energia che scorreva dentro di me toccandolo o accompagnando i movimenti. Al contrario, lui indugiava dentro di me, tenendomi prigioniera come una palla di fuoco che si spegne per mancanza di ossigeno, mentre aspetta di esplodere e infiammare tutto quello che la circonda.

Inarcò il bacino, spingendo dentro di me ancora e ancora, rendendo i miei movimenti superflui. Con un pollice mi disegnava dei cerchi sul clitoride, controllando ogni movimento con grande abilità, finché non mi avvicinai al limite. I miei muscoli si tendevano al tocco delle sue mani calde che mi piegavano alla sua volontà.

«Adesso riesci a sentire tutto, vero piccola?».

Appena pronunciò quelle parole, fui attraversata da un lampo di consapevolezza dei nostri corpi avvinghiati. La sua imponente erezione che roteava dentro di me, le sue dita che suonavano le note del mio desiderio come una canzone che conoscevano alla perfezione. Rabbrividii e iniziai a perdere il controllo.

«Sì… sento tutto in maniera fantastica».

«Avevi ragione, Erica. Sto per farti desiderare cose che non avresti mai immaginato di volere».

Lasciò il clitoride per afferrare di nuovo i fianchi, penetrandomi più in profondità. Mi sfuggì un grido sommesso mentre mi sentivo incollata a lui.

«Finirai per volere che ti tenga sotto per scoparti forte. Per esercitare un totale controllo sul tuo corpo».

«Blake, ti prego… oddio».

«Lo vuoi adesso, vero?»

«Sì. Adesso. Ti voglio completamente». Mi dimenavo con foga intorno a lui, le sue parole stimolavano la mia fame ancora di più.

Quindi mi liberò e mi rigirò sulla schiena, mettendosi su di me. Si avventò sul mio corpo con spinte potenti che ci fecero spostare sul letto e mi portarono dritta a un orgasmo da infarto che mi attraversò come un fulmine, come un lampo bianco e accecante. Pronunciai il suo nome singhiozzando e mi aggrappai con le dita alla sua schiena, tenendomi alle sue spalle mentre intorno a noi esplodeva il fuoco.

«Blake!».

«Sono tuo, Erica», disse con voce carica di desiderio mentre mi spingeva i fianchi contro il letto con la forza della sua ultima spinta ansimante.

Restammo sdraiati per parecchi minuti, avvinghiati l'uno all'altro, legati dall'esperienza appena vissuta, mentre le ondate di sollievo e beatitudine mi percorrevano il corpo.

Infilai le dita tra le ciocche bagnate dei suoi capelli mentre lui mi accarezzava il viso con i polpastrelli. I suoi occhi rimanevano ben piantati su di me, trafitti da una rovente intensità.

Non mi ero mai sentita tanto legata a un'altra persona, fisicamente ed emotivamente. Nessuno era mai riuscito a farmi sentire così. Così nuda, senza maschere.

Il vortice dei pensieri nella mia mente cominciò a rallentare appena iniziò a posarmi baci delicati sulle labbra gonfie e a sussurrarmi parole di adorazione all'orecchio finché non caddi addormentata tra le sue braccia.

Mi svegliai qualche ora dopo. Stava albeggiando e le braccia di Blake ancora mi tenevano stretta a lui, in previsione di un mio qualunque pensiero remoto di scappare da lui. Mi girai lentamente per guardarlo, ma appena mi mossi mi strinse un braccio alla vita. Aveva il viso rilassato e pacioso. Sorrisi. Mi trovavo esattamente dove volevo essere. Misi un braccio sul suo, tenendolo stretto a me mentre cercavo di riaddormentarmi.

All'improvviso, il telefono di Blake squillò dai suoi pantaloni appoggiati per terra. Dopo qualche squillo lui si rigirò e si alzò dal letto per rispondere.

«Cosa c'è che non va?», disse.

Strano modo per iniziare una conversazione.

«Dove sei?», aggiunse mentre reggeva il telefono con una spalla per raccogliere i vestiti dal pavimento. «Va bene, sarò lì tra dieci minuti».

Attaccò e finì di vestirsi, a quanto pare dimenticandosi della mia presenza.

«Che succede?», domandai.

Restò zitto per un istante e mi guardò con aria preoccupata. Cosa potrebbe mai essere successo per costringerlo a uscire così all'improvviso?

«Perdonami. Devo sistemare una faccenda. Non ci vorrà molto».

«Posso venire con te?»

«No, fai le valigie. Ti riaccompagnerò a Boston appena sarò di ritorno».

«Non posso andarmene. Ho un incontro di lavoro domani», dissi guardando l'orologio. «Oggi, in realtà».

«Con chi?»

«Ho un brunch con Isaac Perry».

«Rimandalo», mi ordinò senza esitazione. «Ti porterò via di qui».

«Blake, che diavolo succede?». Mi misi a braccia conserte con aria risoluta, anche se mi sentivo in imbarazzo a stare nuda davanti a lui quando lui non lo era.

Sospirò in preda allo sfinimento. «Non posso spiegarti adesso».

«Scordatelo. Io resto qui. Ci rivediamo a Boston quando sarà finito l'incontro di oggi». Mi misi alla ricerca della borsa, finita da qualche parte tra le lenzuola.

«Fidati di me, dobbiamo andare via di qui», disse lui. Le mascelle serrate gli davano un'espressione risoluta che conoscevo bene. «Ti spiegherò tutto al mio ritorno, promesso».

Cercai di valutare la sua espressione, sperando di riuscire a credergli. Accorciò le distanze tra noi e mi costrinse ad accettare la sua decisione dandomi un bacio che mi fece sperare di avere altri dieci minuti insieme.

«Torno subito», disse, poi uscì dalla porta.

Feci una doccia e preparai le valigie con cura; mi rimproverai per aver lasciato decidere a Blake di farmi rinviare l'incontro. Forse mi addormentai di nuovo mentre ero lì ad aspettarlo. Alcune ore dopo, era seduto vicino a me sul letto e mi smuoveva per farmi svegliare.

«È ora di andare, piccola», disse con voce calma e affabile.

«Va tutto bene?», domandai cercando di riprendere conoscenza.

«Andiamo, ne parliamo in macchina». Si alzò e prese le mie valigie. Io feci un inventario veloce di tutte le mie cose e lo seguii fuori dall'appartamento.

Dissi addio in silenzio alla città mentre ci allontanavamo verso nord, accorgendomi che non avevo avuto neanche occasione di salutare Alli.

L'avrei chiamata più tardi, dal momento che, data l'ora in cui erano rincasati, per loro doveva essere ancora notte fonda.

«Hai intenzione di farmi capire qualcosa?», gli chiesi finalmente.

Blake strinse le mani sul volante.

«Chi ti ha chiamato prima?»

«Alli».

Mi accigliai, domandandomi perché avesse il numero di Blake. La mia mente iniziò a considerare le diverse possibilità, ma non riuscii a trovarne una plausibile.

«E perché mai avrebbe chiamato te?»

«Sono sicuro che Alli non te ne abbia parlato, per ovvi motivi, ma Heath ha qualche problema di droga. Credevo fosse pulito, ma ci è ricaduto».

Mi si bloccò il respiro mentre assimilavo lo shock di una tale notizia. La mia mente iniziò a pensare velocemente e a collegare tutti i puntini. I conti iniziavano a tornare. Il suo aspetto stralunato dell'altra mattina, le notti sveglio fino a tardi e una diffidenza di sottofondo che non riuscivo a ignorare quando ero vicino a lui.

«Che genere di droghe?»

«Cocaina, soprattutto».

«Alli…», sussurrai coprendomi la bocca con mano tremante. Come faceva a stare con lui considerando la situazione? Era una faccenda seria. E se anche Alli avesse avuto a che fare con la droga, per colpa sua? Avrebbe spiegato la sua recente latitanza e la perdita di peso che, anche se minima, ero riuscita a notare.

«Alli non fa uso di droghe con lui», disse come se mi stesse leggendo nella mente.

Mi accigliai. «Come lo sai?»

«Le credo. Dopo aver avuto a che fare per tanti anni con Heath, il mio metro di valutazione delle bugie è diventato molto affidabile. Lei è pulita».

Annuii, sollevata e improvvisamente dispiaciuta per Blake.

Da quanto tempo si stava facendo carico di quella situazione, di risolvere i problemi di Heath?

«Cosa è successo stanotte?»

«È stato coinvolto in una rissa in discoteca. Hanno chiamato la polizia, e gli hanno trovato della droga. La solita vecchia storia».

«E adesso?»

«L'hanno trattenuto per la notte. Ho già sistemato tutto per la pratica della cauzione, poi devo portarlo in clinica così che possa evitare di nuovo il carcere».

Di nuovo? «Dove andrà?»

«Stavo pensando di portarlo fuori da New York. Cocaina, modelle e discoteche. A quanto pare non puoi avere l'una se non hai anche le altre due, e lui non riesce a stare lontano dalle discoteche».

Cercai di digerire tutte quelle informazioni, mettendo insieme i pezzi come se fosse un puzzle. Detestavo il fatto di essere stata tenuta all'oscuro per tanto tempo. Da quanto Alli era a conoscenza di tutto e me lo aveva nascosto? Prima Sophia, poi quello. In poche settimane c'erano già così tanti segreti tra noi. Magari non mi stava proprio mentendo, ma mi stava comunque nascondendo alcune verità, che era quasi la stessa cosa.

«È così che hai conosciuto Sophia?», domandai, esitando all'idea di tirarla in ballo, ma non potevo resistere.

Rimase zitto per un bel po'. «Me l'ha presentata Heath, sì».

Continuai a fissarlo mentre rifletteva se raccontarmi di più.

«Credo si possa dire che facesse parte del suo entourage, o che comunque lui faceva parte dell'entourage di lei. Non lo so. Abbiamo iniziato a vederci ogni tanto, finché lei non ha cominciato a frequentare Heath quando io ero fuori».

«È andata a letto con lui?»

«Nessuno dei due lo rivelerebbe mai. Non mi ero neanche accorto che entrambi avessero un problema, finché non mi è capitato di partecipare a una delle feste che organizzavano a casa. Erano tutti e due su di giri. Io ho deciso di non fare domande e presupporre il peggio».

«E allora cosa hai fatto?»

«Li ho mandati in clinica di riabilitazione. Li ho minacciati di togliergli tutto, finché non si sarebbero disintossicati. Quando Sophia ha finito il programma riabilitativo, ho rotto con lei. Non l'ha presa bene, ma siamo arrivati al compromesso che l'avrei aiutata a ricominciare».

«È per quello che hai deciso di investire nella sua agenzia?».

Assunse un'espressione sorpresa. Probabilmente avrebbe fatto di tutto per non farla ricadere nella droga, consapevole del fatto che la rottura della loro relazione l'avrebbe mandata in tilt. La amava?

«Sì, ma la nostra relazione finisce lì». Si distrasse un attimo dalla strada per osservarmi.

«Ti credo», commentai. Per quanto mi piacesse guardarlo negli occhi, in quel momento volevo che rimanesse concentrato sulla guida.

«Bene».

«Adesso Alli cosa farà?»

«Lei potrà rimanere in quella casa per tutto il tempo che le occorre, ovviamente».

«Ma la loro relazione? Voglio dire…». Non avevo mai visto Alli in quello stato, così innamorata. Ma potevo davvero appoggiare una relazione con Heath, se aveva tanti problemi? E anche seri. Fratello miliardario o no, aveva dei problemi, e il pensiero di vederla legata a lui era comunque sconcertante.

«Deve decidere lei, ma non voglio che tu venga coinvolta», disse Blake con tono risoluto.

Mi accigliai. «Cosa significa questo, esattamente?»

«Significa che non ti voglio vedere con Heath o con il suo gruppo di amici, finché non sarà pulito per un bel po' di tempo. Lo stesso discorso vale per te e Alli».

«Mi stai dicendo che non posso vederla?». Al solo pensiero mi venne la pelle d'oca.

«Se Alli deciderà di restare con lui, è una sua scelta, ma non permetterò che stia vicina a te in alcun modo».

La rabbia gorgogliò fino alla superficie del mio ego; volevo esplodere, cercando una maniera di avere la meglio in quella discussione. Avevo bisogno di un caffè.

Mi spostai su un lato del sedile, allontanandomi il più possibile da lui.

«Colazione?», domandò.

Io mi misi a guardare fuori dal finestrino, rifiutandomi di rispondergli.

Dopo qualche minuto di tensione, uscì dall'autostrada e parcheggiò di fronte a una tavola calda. Spense l'auto, scese e venne verso il lato passeggero ad aprirmi la portiera.

Non appena uscii dall'abitacolo, mi imprigionò tra le sue braccia, facendomi appoggiare contro la macchina e portando i nostri corpi troppo vicini rispetto alla rabbia che provavo nei suoi confronti.

«Voglio che tu capisca», mi disse.

«Capire cosa? Che sei così malato da avere la necessità di controllare tutto e tutti intorno a te?»

«Hai mai conosciuto qualcuno che soffre di una dipendenza?».

Mi misi con le braccia conserte e guardai l'orizzonte con l'autostrada e le macchine che passavano veloci. Stava cercando di convincermi che controllare la mia vita fosse in qualche modo qualcosa di accettabile, lo sapevo. «No», ammisi.

«Bene. Non voglio che lo faccia adesso».

«Non puoi dirmi con chi vivere la mia vita. Avevi detto di non avere intenzione di dominarmi in questo senso».

«Non ho mai detto questo, e poi, qui la faccenda è diversa».

«Grandioso». Rabbrividii, raggelata all'idea che Blake, in fondo, volesse proprio quello, forse ne aveva addirittura bisogno. Controllarmi – un'aspettativa che sembrava radicarsi sempre più profondamente nella nostra relazione, ogni secondo di più.

«Erica, smettila».

«Di fare cosa? Non ho mai dovuto rendere conto a nessuno, e sono sicura che non lo farò con te. Quindi ficcati le tue idee di dominio in una pipa e fumale».

Cercai di allontanarmi da lui, però mi aveva intrappolata.

«Erica...».

«Piantala di ripetere "Erica"...».

Brontolò e si infilò una mano tra i capelli, concedendomi appena un minimo di spazio.

Lo fulminai con lo sguardo, ma quando incrociai i suoi occhi li vidi stanchi, carichi di emozione, che mi imploravano senza parole.

«Ci tengo a te. Mi sto innamorando di te, e farò qualunque cosa per proteggerti. Lo capisci?».

Sentii un tonfo al cuore. *Merda. Merda. Merda.* Le sue parole non avrebbero potuto colpirmi più forte. I palmi delle mani iniziarono a formicolare e a sudare. Me li strofinai nervosamente sui jeans mentre il silenzio tra noi si faceva tangibile.

«Heath ha distrutto la nostra famiglia con il suo problema. I miei genitori si domandano ogni giorno cosa possano aver sbagliato e io cerco di fare il possibile perché si rimetta in sesto, pregando che qualcosa funzioni prima che un giorno si uccida».

Riuscii a rilassarmi, grata che mi avesse parlato. Non ero in grado di interpretare le emozioni che stavo provando.

Avevo bisogno di un caffè, o di un sonnellino. Soprattutto avevo bisogno di essere da qualche altra parte, lontano dalla bolla di sesso scatenato e intensità emotiva di Blake.

Ne avevo davvero abbastanza di tutto quello. Scossi il capo, cercando di concentrarmi sulla discussione nella quale volevo avere la meglio. Mi aveva lanciato una palla a effetto, ma in qualche maniera dovevamo trovare un compromesso, anche se temevo che Blake non fosse abituato a negoziare molto quando non era con me. Feci un respiro profondo e gli appoggiai le mani sul petto. Il suo battito era accelerato, in sintonia con il mio.

«Blake, Alli è la mia migliore amica. Se deciderà di restare con Heath, io dovrò essere lì ad aiutarla, come ho intenzione di aiutare te».

Per una frazione di secondo assunse un'espressione confusa.

Poi cambiò e riprese un'aria più risoluta. «Non ho bisogno di aiuto, Erica. Sono abituato a far fronte a queste cose. Voglio soltanto che non ti venga fatto del male. Non riuscirei a sopportarlo».

La mia rabbia svanì per lasciare spazio a un desiderio di guarire quel dolore, di aiutarlo ad aggiustare le cose. «Ascoltami. Non puoi fare il padrone dell'universo e rifiutare l'aiuto delle persone che ti vogliono bene».

Blake mi prese le mani tra le sue e le strinse delicatamente.

«È stata una notte lunga. Parliamone più tardi… quando ci saremo ripresi un po'».

Sospirai e annuii, accettando il fatto che, per il momento, non eravamo riusciti a trovare un accordo.

Capitolo quindici

Il ronzio nella mia mente non si fermava. Mi nascosi sotto le coperte per cercare di prendere sonno, sperando che Alli andasse ad aprire quella maledetta porta.

Oh, merda. Spalancai gli occhi e mi tirai su. Ero di nuovo nel mio appartamento. Saltai in piedi per rispondere al citofono, non c'era traccia di Sid.

«Chi è?»

«Ehi, piccola», disse una voce all'altoparlante.

Sorrisi. «Sali, Marie». Schiacciai il pulsante e aprii la porta. Misi a fare il caffè e guardai l'orologio sulla stufa. Mi ero persa il pranzo e gran parte del pomeriggio. Mi brontolava lo stomaco. *Prima il caffè*. Marie arrivò qualche minuto dopo; aveva un aspetto fresco e un vestitino dalla fantasia floreale, i colori vivaci contrastavano con la sua invidiabile carnagione.

«Accidenti, bella casa». Si guardò intorno nel soggiorno, che sembrava un po' meno vuoto da quando erano arrivati i mobili. Sid aveva montato tutto mentre ero fuori, ancora non avevo avuto modo di ringraziarlo. Lo avrei fatto presto. Per una volta avevamo avuto gli stessi orari da nottambuli.

«Grazie, a me piace moltissimo», risposi. «Caffè?»

«Un po' d'acqua va bene». Si mise a sedere su uno sgabello vicino al ripiano della cucina e gettò la borsa e una busta sul pavimento.

Sembrò osservarmi con attenzione per un istante, poi aggrottò la fronte. «Hai un brutto aspetto, Erica. Va tutto bene?».

Sospirai, mi sentivo tanto sfinita quanto probabilmente dava a vedere il mio aspetto. «Lunga notte e lunga storia. Ti risparmierò i dettagli», risposi, sperando che il caffè uscisse in fretta. Avevo bisogno di qualche altro minuto per svegliarmi e rendermi conto del mondo che mi circondava prima di riuscire anche soltanto a parlarne. «Novità? Qualcosa da raccontarmi su Richard?»

«Oh, non lo so». Fece spallucce mentre mi prese il bicchiere dalle mani. «Lui ha la sua vita, io ho la mia. Vedremo come andrà, credo».

«Non sento profumo di fiori d'arancio». Mi sporsi contro il ripiano della cucina per guardarla negli occhi. Marie aveva avuto diverse storie nel corso degli anni, ed ero abituata a sentir parlare di un potenziale marito per ogni nuovo fidanzato.

Aveva un gran cuore, ma a quanto pareva non riusciva a trovare l'uomo giusto. Solo il cielo sapeva quanto fosse un'inguaribile romantica e meritasse una buona relazione, più di chiunque altro.

«Ne dubito. Siamo entrambi abituati ad avere la nostra libertà. Immagino che quando diventi più grande sia difficile cambiare la propria vita per qualcuno». Sospirò mentre rigirava il bicchiere sul ripiano. «A volte mi mancano quei giorni in cui riuscivo a perdere completamente la testa per qualcuno, e l'altro riusciva a fare lo stesso».

«Non mi sembra una cosa buona».

«Magari non sempre, ma è una sensazione meravigliosa. Dovresti provarci qualche volta». Mi fece l'occhiolino.

«Purtroppo, credo di sentirmi completamente persa in questo momento».

«L'uomo misterioso?».

Feci un respiro profondo mentre mi rendevo conto che lei non era quasi per niente a conoscenza della mia storia con Blake. «Sì. L'uomo misterioso. Si chiama Blake. Vive al piano di sopra, in realtà».

Sollevò un sopracciglio. «Mi sono persa qualcosa?»

«È difficile da spiegare, ma a quanto pare vuole stare con me. Anch'io lo voglio, credo». Mi interruppi perché non sapevo come dire a parole quello che provavo per Blake.

«Allora dov'è il problema?».

Presi una tazza da caffè americano, la riempii prima che la macchinetta smettesse di sbuffare completamente e bevvi un sorso, facendo attenzione a non scottarmi. La sua opinione era inappuntabile. Anch'io avevo molti dubbi sul perché continuassi a ostacolare i miei sentimenti nei confronti di Blake.

«Fa... paura», dissi. «Per cominciare, lui è molto passionale, e poi non ho mai avuto bisogno di nessuno, ma più tempo passiamo insieme... È come se non riuscissi a pensare a nient'altro. Mi distrae in maniera esagerata».

Chiusi gli occhi, cercando di fare chiarezza nei sentimenti che provavo per lui, missione impossibile. Era ovunque, anche quando non eravamo vicini. E se non eravamo insieme, desideravo con tutte le mie forze di stargli accanto. Ovviamente il sesso con lui non era passibile di paragoni, ma quando non ci stavamo sfiancando l'uno nell'altra, stare con lui mi faceva sempre sentire bene. Non potevo confrontarlo con nessuno, se non con una serie di ragazzi poco brillanti che avevano passato il loro tempo con me prima che i genitori li costringessero a sposare la figlia di qualche senatore o cose del genere. Non c'era paragone.

«Sei cotta, ragazzina», disse Marie.

«Lo so. Ma non voglio perdere la testa, Marie. Ho fatto molta strada, ed ecco che sono diventata quella che sono. Mi piace la mia vita e la mia indipendenza, proprio come te. Perché dovrei desiderare di cambiare tutto e perdermi per qualcuno che conosco appena?»

«Ti perderai, Erica, perché con la persona giusta quello che diventerai sarà qualcosa di molto più bello e grande, più di quanto possa anche soltanto immaginare adesso».

Le sue parole mi risuonavano dentro, mi rimbombavano nel profondo. Mi tremavano un po' le labbra, e tirai via le lacrime che mi erano scese dagli occhi.

«Credo di amarlo», sussurrai. «E la cosa mi spaventa davvero».

Marie saltò giù dallo sgabello e venne ad abbracciarmi forte. Ricambiai l'abbraccio, grata di averla nella mia vita. Ma come potevo arrendermi a qualcuno come Blake? Aveva così tanti segreti, per non parlare delle sue gravi manie di controllo. Non riuscivo a immaginare come saremmo potuti andare avanti nel lungo periodo con tutti quegli ostacoli. Se non ce l'avremmo fatta, come sarei riuscita a sopravvivere considerando tutto quello che avevo passato?

«Ho una cosa per te». Interruppe i miei pensieri tormentati e si allontanò per prendere la busta che aveva lasciato sul pavimento.

Tirò fuori una vecchia scatola da scarpe e me la porse. La portai sul ripiano della cucina e la aprii. Dentro c'erano pile di foto di mia madre ai tempi dell'università, quando Marie aveva appena iniziato a dedicarsi alla fotografia professionale.

«Stavo sistemando delle cose e le ho trovate. Dovevi assolutamente averle tu».

Frugai tra i mucchi ed esaminai ogni foto. Il viso di mia madre e il suo sorriso mi riscaldarono. In momenti come quelli, mi mancava più che mai. Cercai in tutti i modi di ricordare la sua voce, la sua intonazione e le sue risate. Era passato tanto tempo, ma il ricordo del suo amore riecheggiava in me, una melodia senza parole che cullava il mio cuore attraverso anni e distanze.

Marie fece capolino da dietro le spalle, come se vedesse quelle foto per la prima volta dopo tanto tempo, facendo commenti sui luoghi in cui erano state scattate, alcune di esse in giro per il campus. Mi soffermai su un'immagine che ritraeva un gruppo di cinque amici abbracciati, vestiti con giacche leggere in una giornata fresca d'autunno, a giudicare dalle foglie cadute dietro di loro. Qualcosa in quella foto mi fece indugiare. Mia madre rideva, i suoi lunghi capelli biondi le erano finiti davanti al viso. Era girata verso l'uomo vicino a lei. A differenza degli altri, le loro espressioni rivelavano più della leggerezza del momento: uno sguardo fugace di adorazione che soltanto di recente avevo imparato a capire.

«Chi è questo?». Indicai l'uomo con i capelli corti castano chiaro e gli occhi azzurri che sembravano familiari.

Quando Marie rimase in silenzio, mi girai e la vidi scuotere il capo. «Un vecchio amico, credo. Non mi ricordo».

«Qui sembra che mia madre lo conoscesse bene, però».

«Patty aveva molti amici. Era molto carismatica. Mezzo campus era innamorato di lei, giuro».

«Marie…».

«Erica, non so chi sia quell'uomo. Mi piacerebbe tanto potertelo dire». Raccolse la borsa e si ritoccò il trucco nello specchietto da borsetta.

Marie era una persona spensierata e piena di energia, perfino un po' immatura a volte, ma non sapeva mentire. Mi stava nascondendo qualcosa. Avevo un vago sospetto sul perché, ma non la forzai.

«Tesoro, devo andare. Tienimi aggiornata sul Misterioso Blake, va bene?». Mi sorrise come se negli ultimi cinque minuti non fosse successo nulla.

«Lo farò. E buona fortuna con Richard».

Mi rispose con una debole risata che non lasciava molte speranze sulla sua relazione con il fidanzato. Aprì la porta e urlò quando incrociò Blake sull'uscio. Sembrava davvero meravigliata.

Scoppiai a ridere e li raggiunsi sulla soglia. «Marie, lui è Blake. Blake, lei è la mia amica, Marie».

«Molto lieto, Marie», disse lui, salutandola con un sorriso da far fermare il cuore.

Lei mormorò qualcosa di incomprensibile prima di andare via, salutandomi con un cenno della mano e un'espressione di complicità.

Blake si appoggiò alla porta, fresco di doccia e a piedi nudi, con le mani lungo i fianchi e indosso un paio di pantaloncini da surf abbinati a una maglietta bianca. Soltanto lui riusciva a rendere un abbigliamento così semplice qualcosa di incredibilmente sexy.

«Ti andrebbe di ordinare qualcosa da mangiare?», mi chiese.

«In effetti per me andrebbe benissimo. Mi sento ancora un po' stanca».

«Anch'io. Tailandese?»

«Perfetto. Ci vediamo su. Devo cambiarmi». Feci un gesto con le mani per indicargli il pigiama.

«Non serve. I vestiti sono un optional, sai».

Sorrise, io alzai lo sguardo al soffitto e gli diedi una pacca sulle spalle, cercando di nascondere un sorriso prima di tornare in camera.

«Oh, mio Dio», mugugnai. «Non credo che cucinerò più».

«Non posso permettertelo», disse Blake mentre mangiava gli spaghetti da un contenitore di latta.

Pensava che stessi scherzando, ma quello era il cibo tailandese migliore che avessi mai provato. Ci appoggiammo allo schienale del divano, esausti e sazi.

«Ti va di vedere un film?», mi domandò.

«Vuoi dire al cinema?»

«No, possiamo restare qui, a meno che tu non voglia uscire».

«E che mi dici della tua regola "fuori la roba elettronica da casa mia"?»

«Più che altro si tratta di una linea guida». Aprì un cassetto del tavolino da caffè davanti a noi e prese una serie di telecomandi. Il tasto che premette fece apparire un grande schermo piatto da una rientranza nella parete.

«Mi sembra una buona idea. Scegli un film, intanto vado a pulire in cucina». Raccolsi tutti i cartoni della cena e li portai in cucina. I miei occhi caddero su una scatola di velluto nero, se non altro perché era posata lì da sola sul ripiano. Cercai di fare finta di nulla e di concentrarmi sul mettere via gli avanzi.

«Quella è per te», disse Blake, appoggiandosi su un ripiano dall'altra parte della cucina.

I miei occhi si spalancarono per la sorpresa. «Quella?». Indicai la scatola.

«Volevo dartela a New York, ma siamo dovuti partire prima che ne avessi avuto occasione».

Oh.

«Aprila», disse a bassa voce, con quel tono roco che mi faceva dimenticare tutto il resto.

Un po' esitante, presi la scatola mentre lui si avvicinava a me. La tenevo tra le mani, incapace di aprirla. Dopo qualche istante di imbarazzo, Blake alzò il coperchio per me. Allora vidi due braccialetti di diamanti, ognuno con un piccolo ciondolo appeso alla chiusura. Ne presi uno e mi accorsi che era una roulette in miniatura di platino massiccio.

«Per essere stata il mio portafortuna al gioco», mormorò.

Sorrisi a quel ricordo. Era stato molto fortunato, dovevo ammetterlo.

Poi presi il secondo braccialetto. Il ciondolo era un cuoricino intessuto. Il mio cuore iniziò a battere forte, fremevo.

«Ogni ciondolo ha un significato», disse con dolcezza, posando la scatola da una parte per mettermi i braccialetti al polso sinistro prima di darmi un bacio delicato sul palmo della mano.

«Grazie». La mia voce vacillava. Restai ad ammirarli. Erano semplici ed eleganti. Conoscendo Blake, erano sicuramente costati un occhio della testa, ma il significato che si nascondeva dietro quel regalo mi tolse il respiro. Avevo ripensato alle sue parole per tutto il tempo, chiedendomi se avesse detto di amarmi per capriccio, oppure semplicemente per vincere la discussione con me. Ma quel regalo era una dimostrazione dei suoi sentimenti. Mi aveva detto cosa provava davvero.

Mi si bloccarono le parole in gola. Avrei voluto dire qualcosa. Anch'io amavo Blake. Cercare di convincermi che non fosse così era semplicemente ridicolo. Le parole, e il loro significato, mi stavano facendo impazzire. Volevo che anche lui sapesse, ma qualcosa mi impediva di parlare.

Accarezzai i bracciali – il metallo freddo sulla pelle e quel debole tintinnio dei ciondoli mi avrebbero sempre ricordato di lui, anche quando non saremmo stati insieme. Prima che provassi a dire qualcosa, mi prese il viso tra le mani e si chinò per baciarmi. Gli passai una mano tra i capelli e lo baciai anch'io con tutta la passione che sentivo, per dirgli quello che provavo nell'unico modo che mi era possibile in quel momento. Lui rispose con la stessa intensità, abbracciandomi stretta e sollevandomi con le sue braccia forti.

«Erica...».

«Shh». Gli misi un dito sulle labbra prima che potesse dire altro. Non ce l'avrei fatta ad ascoltare ancora una volta quelle parole, consapevole del fatto che non avrei avuto la forza di digliele anch'io. Invece lo baciai delicatamente, chiudendo gli occhi per evitare il suo sguardo.

Si fece indietro prima che andassimo oltre, tenendomi la mano per riportarmi in soggiorno. Sollevata, mi adagiai tra le sue braccia mentre iniziava il film. Ci sistemammo sul divano e ci godemmo il momento. Non riuscivo a ricordare di essere mai stata tanto felice con qualcuno. Senza parole, senza aspettative. Passammo le successive due ore a rilassarci insieme, a dimenticare il dramma che avevamo vissuto negli ultimi giorni, finché non mi addormentai tra le sue braccia.

L'appartamento era silenzioso e buio quando mi svegliai. Blake mi portò in camera da letto come se non pesassi affatto. Mi adagiò sul letto e mi aiutò a svestirmi. Riposata dal recente sonnellino, mi sentivo ricaricata. La mia pelle si ravvivò sotto il suo tocco.

«Pensavo fossi stanca».

«Non più», mormorai. Mi tolsi maglietta e reggiseno, continuando a spogliarmi da dove lui aveva smesso. Mi stesi sul letto e lo aspettai.

Lui si sfilò la maglietta, mostrando il petto nudo. «Immagino che mi terrai occupato».

Sorrisi. «Eri tu quello che aveva detto che le relazioni sono un motivo di distrazione».

«Stavo solo sperando di diventare io quella distrazione».

Appena si tirò giù i pantaloncini rivelò la sua eccitazione. Nella luce soffusa della stanza, aveva un aspetto meraviglioso. Le ombre giocavano in modo perfetto sugli angoli del suo corpo scolpito. Mi morsi forte il labbro mentre lo guardavo.

«Allora, in qualche modo, vedi di distrarmi».

Salì sul letto, il materasso affondava man mano che si avvicinava a me.

«Distenditi, farò ben più che distrarti».

Mi sdraiai. Mi sfilò le mutandine e andò dritto verso la carne morbida tra le mie gambe, leccando con una leggerezza esperta. Gemette, mentre titillava i tessuti sensibili con tocchi delicati della lingua.

«Mi piaci da impazzire qui giù», disse; il suo respiro mi colpiva la carne umida. «Potrei leccare la tua figa dolce per tutto il giorno».

Le sue parole mi fecero eccitare. Il mio respiro divenne più affannoso, sentivo il piacere sempre più vicino che mi assaliva come una tempesta dentro di me. Lui mi affondò le dita nei fianchi per tenermi ferma mentre mi dimenavo contro di lui. Mi aggrappai alle lenzuola sotto di me, e l'orgasmo si fece sempre più imminente. Urlai, il mio corpo reagiva fuori controllo, ma prima che riuscissi a godere dell'ultimo brivido, infilò il suo corpo tra le mie gambe e si spinse dentro di me, spostandomi i fianchi così da riuscire a penetrarmi fino in fondo dalla prima spinta.

Appena cercai di tendermi per agevolarlo mi si bloccò il respiro, sentivo il corpo deliziosamente contratto.

«Che bello», dissi ansimando.

Si muoveva lentamente, facilitando un movimento che condividevo in modo avido. Lento e intenso. Non poteva esistere nulla di più perfetto. Come tornare a casa. Era il luogo in cui volevo tornare ogni sera, tra le sue braccia, dove potevo assaporare la pressione del suo corpo su di me, intorno a me, dentro di me, che mi riempiva completamente e che mi scopava senza tregua finché non scomparivamo l'uno nell'altro – finché non sentivamo insieme quella magia.

«Dio, Erica. Sei così stretta», mi mormorò contro il collo. «Perfetta».

Feci un respiro profondo, e un amore accecante fuoriuscì insieme al mio fiato. Mi vennero i brividi. Ero matta a pensare di poter stare senza di lui, senza tutto quello. Io ero lui, in ogni maniera possibile. Non lo avevo mai desiderato così tanto, e volevo che quel momento non finisse mai.

Facemmo l'amore lentamente, anche se l'assenza di impeto non lo rese meno profondo. Avvolta nel suo odore e nelle sue persistenti carezze, mi aggrappai alle curve rigide del suo corpo muscoloso, alla promessa che avremmo soddisfatto la fame che ci consumava ogni volta che i nostri corpi si incontravano. Mi abbracciò forte mentre un altro orgasmo si faceva strada dentro di me, lento e costante, il piacere che prendeva il sopravvento. Sopraffatta dalle emozioni, chiusi gli occhi, ma Blake si fermò.

«Guardami», sussurrò.

Il mio corpo rispondeva anche al più piccolo dei suoi ordini. Aprii gli occhi per incontrare i suoi, e la passione e l'amore che vi lessi mi procurarono una fitta al petto. Non c'era dubbio che amassi quell'uomo.

Capitolo sedici

Quando mi svegliai splendeva già il sole. Blake se n'era andato, ma aveva lasciato un biglietto.

Buongiorno, capo,
ti ho preparato una macedonia per colazione, è in frigo. Ci vediamo stasera.

Con amore, B

Il mio stomaco sobbalzò, come in una di quelle discese ripide sulle montagne russe. Andai in cucina e trovai una coppetta di macedonia in frigo. Sorrisi e me la portai al piano di sotto, nel mio appartamento, insieme al biglietto che attaccai sulla tavoletta di sughero in camera mia. Feci una doccia e mi vestii, cercando di concentrarmi sul mucchio di lavoro che avevo da fare.

Dopo alcune ore, ero riuscita finalmente a fare qualche progresso, quando Sid rincasò in maniera inaspettata. Appena mi vide si fermò.

«Sei tornata».

«Sì. Tu dove sei stato?». Sollevai lo sguardo dallo schermo del laptop.

Aveva i capelli spettinati e gli occhi stanchi. «C'è quella ragazza, Cady. Abita al piano di sotto».

«Non mi dire!».

«Ah, okay», rispose accigliato.

«Perdonami, è la mia maniera per dire "per favore, continua"».

«Ha comprato la nuova versione di Call of Duty, e siamo rimasti a giocarci fino a tardi. Mi sono addormentato lì».

«Lei ti piace?», domandai incurante della possibilità che mi stessi spingendo troppo oltre. Era un bel passo avanti, e Cady era una ragazza abbastanza insolita e nerd per poter stare con lui.

«È carina, sì», rispose muovendo le mani nelle tasche con fare agitato.

«Bene». Cercai di contenere la mia emozione. «Ehi, grazie per aver montato i mobili».

«Di nulla. In realtà mi sono divertito».

Sorrisi. «Soltanto tu potevi dire una cosa del genere».

Fece spallucce. «Forse. Come è andato il viaggio?».

Esitai per un istante. Come potevo censurare la sequenza di eventi che avevano caratterizzato il mio breve soggiorno fuori? L'ex ragazza di Blake mi aveva minacciata, l'incontro inaspettato con Blake e il crescendo di scoperte sui problemi di Heath con la droga, che potevano avere conseguenze su Alli. Ancora non aveva risposto alle mie telefonate o ai miei messaggi.

«Ho trovato alcuni contatti», risposi troncando la conversazione. Alli e Sid non avevano mai avuto un rapporto molto ravvicinato, e lui spendeva più volentieri le proprie energie sul lavoro piuttosto che a rimuginare o ascoltare i drammi personali di lei.

«Mi pare una buona notizia». Poi mi fece capire che si stava ritirando in camera con un cenno del capo.

Lo bloccai. «Ehi, potrei aver bisogno del tuo aiuto con una faccenda».

Si girò verso di me. «Di cosa si tratta?»

«Aspetta qui».

Andai in camera da letto e recuperai la foto dalla scatola delle scarpe. Quando tornai, la posai sul ripiano della cucina, davanti a lui.

«Chi sono?»

«Lei è mia madre. E *quello*», dissi, puntando il dito sull'uomo vicino a lei, «potrebbe essere mio padre».

Spalancò gli occhi, spostando lo sguardo dalla foto a me più di una volta. «Cosa ha a che fare questo con me?»

«Ho bisogno che mi aiuti a scoprire chi sia».

«Da questa foto?»

«Frequentava l'università di Harvard con mia madre e si è laureato nel 1991. Questo, più la foto, è tutto quello che so».

Prese l'immagine. Si accigliò e arricciò le labbra, con la solita espressione di quando faceva i suoi calcoli; era un buon segno perché significava che poteva aiutarmi.

«Come hai intenzione di procedere?», chiesi esitante.

«A meno che Harvard non tenga una sorta di database digitale pubblico di ex studenti, e dubito che ce l'abbia, ho bisogno di trovare un modo per accedere a quello privato. Quindi cercherò di creare un software per il riconoscimento facciale e partirò da quello».

«Puoi farlo?». Ciò che gli stavo chiedendo richiedeva probabilmente di effettuare un accesso illegale. Il senso di colpa mi stava già consumando. Avrei potuto sempre andare a cercare negli annuari in biblioteca, ma il metodo di Sid era senza dubbio più veloce e accurato.

Annuì. «Quest'uomo è veramente tuo padre?»

«Mi piacerebbe saperlo».

«Va bene, ti farò sapere cosa avrò scoperto», mi disse. Tornò nella sua stanza portando la foto con sé.

Tornai a guardare lo schermo. Avevo ancora un centinaio di cose da fare, tra cui leggere i curriculum che avevo lasciato accumulare dai tempi dell'annuncio per il sostituto di Alli prima del viaggio. Ormai non riuscivo più a concentrarmi. Quanto avrebbe impiegato Sid per quella ricerca? E se fosse riuscito a scoprire qualcosa nel giro di qualche ora? E se invece non riuscisse a trovarlo? Mi mordicchiai un'unghia.

Il telefono squillò, facendomi sobbalzare dalla sedia. Era un numero che avevo memorizzato tra i contatti, quindi seppi subito chi era.

Feci un respiro profondo e risposi con un tono cortese: «Salve, Isaac». Ero davvero felice che qualcuno mi avesse distratta in quel momento.

«Cosa fai stasera a cena?», mi domandò con una voce suadente che mi ricordò quanto fosse affascinante.

Esitai. «Ancora non lo so. Perché?»

«Sono in aereo verso Boston questo pomeriggio. Ho pensato che potremmo vederci, dato che sono in città».

«Oh, certo». Mi sentivo ancora in colpa per aver cancellato il nostro incontro all'ultimo momento senza una scusa veramente credibile. Per quanto ne sapesse, era successo qualcosa al lavoro che mi aveva costretta a partire domenica di prima mattina.

«Grandioso, che ne dici se ci vediamo a Park Plaza, verso le sei?»

«Perfetto, ci vediamo lì allora».

Attaccai. Qualunque possibile entusiasmo per l'incontro con Isaac svanì al pensiero che avrei perso l'opportunità di trascorrere una serata tranquilla a cena da Blake. Già mi mancava troppo. Mi stavo innamorando perdutamente di Blake. *E allora?* Stavo finalmente mettendo fine ai rimproveri che mi rivolgevo ogni volta che la nostra relazione faceva un passo avanti. Se mi stavo innamorando perdutamente, lo avrei fatto con tutto il cuore e senza rimpianti.

Guardai l'orologio, pensandoci soltanto un istante prima di inviare un messaggio a Blake.

E: *Posso venire da te in ufficio?*

B: *Sì, ti prego.*

Indossai una gonna a tubo beige e una camicia bianca abbottonata, lasciai i capelli sciolti e lisci. Mi guardai allo specchio, soddisfatta del mio aspetto professionale per andare a cena con Isaac, ma anche alquanto sexy per lasciare a Blake un ricordo eccitante una volta che me ne fossi andata.

Non vidi Blake quando arrivai, e dal momento che nessuno sembrò notarmi, andai nel suo ufficio. Era davanti al triplo monitor. Dall'altra parte della stanza, i televisori trasmettevano, senza audio, le tabelle azionarie e i telegiornali, ricordandomi perché si fosse imposto la regola di non avere apparecchi digitali in casa.

Chiusi la porta dietro di me.

Si girò sulla sedia con le rotelle. «A cosa devo questo enorme piacere?». Si appoggiò allo schienale con un sorriso affascinante sul viso.

«Ho una cena di lavoro stasera». Mi avvicinai alla scrivania dove lavorava con umili carta e penna, e mi ci se-

detti. «E allora volevo venire a trovarti per stare un po' insieme prima di andare».
«Con chi è l'incontro?»
«Perry».
Fece una smorfia. «Quel maledetto ragazzo non trova pace».
«Lo conosci?»
«Lo conosco abbastanza bene per sapere che è attratto da te».
Scoppiai a ridere davanti alla sua affermazione clamorosa. Sebbene i suoi sospetti non fossero del tutto infondati, non poteva esserne certo. «Ti rendi conto di quanto sembri fuori di testa in questo momento?».
Mi ignorò e si agganciò con le mani dietro alle mie ginocchia, avvicinandosi a me sulla sedia con le rotelle. «Perché non mi fai venire con te? Potremmo dire che sono il tuo socio».
Il mio sorriso svanì. «Non credo sia una buona idea, Blake».
«Perché? Così potrà concentrarsi sul lavoro, e io non dovrò preoccuparmi».
«Prima di tutto, non sei un mio socio, e poi non credo proprio che tu abbia qualcosa di cui preoccuparti. Ha un'aria alquanto professionale, e io avrei modo di parlare più liberamente. Voglio dire, a quattrocchi».
Restò a fissarmi determinato. «Hai deciso così?».
Mi tolsi le scarpe coi tacchi e saltai giù dalla scrivania per atterrare a cavalcioni su Blake. «Stai esagerando», sussurrai. Gli baciai il collo, già inebriata dal suo profumo. Odorava di pulito e di Blake. Gli presi un lobo tra i denti e lo mordicchiai delicatamente.

Lui reagì con un respiro affannoso.

Lo presi per la cintura e lo tirai più vicino a me, facendogli scivolare una mano sotto la camicia. I suoi muscoli erano tesi e spietati, proprio come il suo umore in quel momento.

«Cosa possiamo fare per metterci d'accordo, Blake?», domandai armeggiando con il bottone dei pantaloni.

Mi prese la mano prima che potessi andare oltre.

«Niente di tutto questo».

Incrociai il suo sguardo. Aveva un'espressione seria, ma avevo come la sensazione che sarei riuscita a vincere quella battaglia.

«Oh, dimenticavo, hai una reputazione da mantenere. Niente scappatelle in ufficio, altrimenti i tuoi servitori si ammutineranno, giusto?». Cercai di prenderlo in giro per migliorare il suo stato d'animo attraverso la mia allegria.

Sul viso gli comparve l'ombra di un sorriso. «Cosa farò con la tua bocca intelligente?».

Gli percorsi la mascella con baci delicati. «Avrei qualche idea in mente».

Strofinai le mie labbra sulle sue mentre mi sollevava la gonna sulle cosce. Iniziai ad ansimare, il mio desiderio di lui era già alle stelle. Mi fece scivolare una mano tra le gambe e iniziò a giocherellare nelle mutandine.

Gemetti, spingendo contro la sua mano, il mio clitoride era già turgido al tocco delle sue dita. Spostò il tessuto da un lato, aprendomi e scivolando tra le mie pieghe.

«Sei pronta per me», mormorò.

«Sempre». Iniziai a roteare lentamente il bacino, accompagnando i suoi movimenti.

La sua mano trovò il mio centro e due dita strinsero il clitoride, per poi scivolare dentro in profondità e stimolare di nuovo il clitoride con il pollice. Percorse quel tratto più e più volte, finché tutto il mio corpo non diventò teso per la pressione accumulata, barcollando pericolosamente verso il precipizio della liberazione.

«Vieni, Erica. Adesso. Voglio sentire la tua figa avida godere e stringersi forte».

Affondai il viso contro le sue spalle. Soffocai un grido e mi contorsi contro il suo corpo, il mio sesso si strinse quasi dolorosamente senza averlo dentro di me. Con mani tremanti, armeggiai con la patta dei suoi pantaloni, decisa a porre rimedio. La sua erezione spingeva contro la stoffa dei jeans, unica barriera tra noi. Mi prese ancora una volta per i polsi, girandomi i palmi delle mani per appoggiare un bacio in ognuno di loro.

«Blake», dissi piagnucolando.

«Devi andare all'incontro di lavoro». Aveva una voce neutrale mentre mi lasciava le mani. Mi guardò negli occhi e si mise le dita in bocca, succhiando i polpastrelli bagnati che io avevo cavalcato alcuni istanti prima.

Scopami. Il mio cuore saltò un battito.

«Abbiamo tempo», dissi tornando ad armeggiare con la patta dei pantaloni. Dopotutto, avevo calcolato la mia visita tenendo conto di quello che sarebbe potuto succedere.

«Alzati», mi ordinò dandomi una sculacciata delicata.

A malincuore mi alzai e mi appoggiai contro la scrivania, mentre lui andò nel bagno comunicante con l'ufficio. Tornò con un asciugamano bagnato e mi pulì, un gesto tenero ed eccitante.

«Verrò punita?», domandai, confusa dalla sua espressione risoluta, soprattutto considerando il fatto che mi desiderava anche lui.

«No».

«Tu mi vuoi». Gli massaggiai l'erezione nei pantaloni.

Lui si allontanò. «Ti voglio. Dovrai soltanto sbrigarti a tornare dall'incontro per scoprire quanto». Se ne andò e tornò in bagno.

Rassegnata al fatto che era arrivata la fine del nostro rendez-vous, mi ricomposi. Cercai di stirare via le grinze che si erano formate sulla gonna per tornare a essere presentabile, fisicamente ed emotivamente. Uscii dalla maledetta modalità "Blake" per riprendere quella "lavoro" – non era una transizione facile quando tutto quello a cui riuscivo a pensare era quanto mi sarei sentita alla grande se mi avesse sbattuta sulla sua scrivania. Feci scorrere le dita sulla superficie con i ciondoli dei braccialetti che tintinnarono contro di essa.

Blake tornò da me e spinse il suo corpo caldo contro il mio. Mi baciò una spalla.

«Devo andare», dissi. La mia affermazione aveva un tono a metà tra la frustrazione e la disperazione.

«Sbrigati a tornare». La profondità della sua voce riverberava attraverso di me. «Più tempo mi farai aspettare, più forte ti scoperò».

Ansimai. Sentivo i seni gonfi e pesanti, desideravano essere toccati da lui. Schiacciai il mio corpo contro il suo e lui si lasciò sfuggire un lamento roco. Mi afferrò per i fianchi per poi lasciarmi andare velocemente. Poi se ne andò. Mi girai e lo vidi al minibar. Si versò uno scotch e guardò fuori dalla finestra.

Ero troppo orgogliosa per pregarlo, e non mi andava di psicoanalizzare il suo bisogno di torturarci. Avremmo finito più tardi ciò che avevamo iniziato, ma ormai mi sentivo come se stessi per prendere fuoco. Avrei passato il tempo a contare i minuti che mancavano alla fine dell'incontro. Ovviamente era proprio quello che desiderava Blake. Cos'altro potevo aspettarmi da un hacker maniaco del controllo? Giocava sporco.

Tra le antichità restaurate dell'hotel, i lampadari, le corone d'oro in basso rilievo e la musica di Frank Sinatra che si diffondeva all'ingresso, mi sembrava di essere finita in un film con Humphrey Bogart. Isaac si alzò da una poltrona nell'altra parte della sala. Gli andai incontro, le scarpe con i tacchi ticchettavano sul pavimento di marmo. Indossava un completo di sartoria, ma portava la camicia con il primo bottone aperto. Quel particolare, insieme al sorriso affascinante, gli conferiva un aspetto informale e accessibile.

Quando fummo vicini, si chinò per baciarmi una guancia, senza sfiorarmi, un gesto che mi ricordava molto Sophia.

«Dove andiamo?», domandai con ansia affinché potessimo arrivare subito al dunque.

«Andiamo da Maggiano. È proprio qui di fronte».

Attraversammo la strada ed entrammo nel tentacolare ristorante italiano. Ci accomodammo a un tavolo con separé, l'uno di fronte all'altra, e Isaac ordinò una bottiglia di vino alla cameriera che ci accolse.

«Com'è andata la giornata?», domandai prima che la cameriera se ne andasse.

«Bene, niente di eccezionale. A essere onesti, non avrei affrontato neanche il viaggio, se non avessi dovuto incontrare te».

«Oh. Immagino che il viaggio sia andato bene, comunque». Distesi il tovagliolo sulle gambe, passando ancora una volta le dita sulla gonna spiegazzata con atteggiamento neutrale.

«Allora, raccontami. Perché gestisci la tua attività qui a Boston?».

Sgranai gli occhi e cercai di dare la risposta giusta. «Da qualche anno questa è diventata la mia casa. Non voglio andarmene, a meno che non sia proprio necessario».

«Ci sono molte più opportunità per te a New York».

«Ma non abbastanza per andarmene via di qui, credo».

Inclinò la testa e fece un sorrisetto. «Allora deve esserci qualcuno che ti trattiene qui».

Mi misi dritta sulla sedia e iniziai a tamburellare con le dita sulla tovaglia a scacchi. Cercai di mostrare un'espressione impassibile. Perché insisteva tanto nel mantenere la conversazione sul piano personale? Le mie abilità di parlare del più e del meno non erano mai state buone. Forse avevo bisogno di fare una panoramica sulla logistica del nostro eventuale rapporto lavorativo.

«C'è qualcuno che mi trattiene qui, sì». Appena pronunciai quelle parole lo vidi rimuginare su qualcosa.

«E ti ha regalato questi». Allungò le dita verso l'avambraccio per sfiorare i braccialetti di diamanti che brillavano alla luce soffusa del ristorante. «Bellissimi».

Il contatto mi provocò un brivido, per nulla piacevole. Ritrassi il braccio e sistemai i capelli dietro le orecchie con fare nervoso. Iniziavo a sentire freddo e a desiderare di aver indossato un maglione, qualcosa che mi tenesse calda e che mi nascondesse dal suo atteggiamento provocante. Mi stavo pentendo di aver indossato la camicetta. Avevo slacciato un bottone per Blake, e la cosa mi imbarazzava.

«Grazie». Tenni gli occhi bassi e mi concentrai sul cibo appena arrivato.

«Chi è il fortunato?»

«Blake Landon. Credo che tu lo conosca». Blake era molto conosciuto nel suo ambiente, quindi quel nome lo avrebbe probabilmente scoraggiato.

Accennò una smorfia. «Non scherziamo. Suppongo che Sophia ti abbia avvertita riguardo a lui. È famoso per avere l'abitudine di sbarazzarsi dei suoi passatempi».

Mi lasciai scivolare addosso quel commento. La versione di Blake degli eventi con Sophia era in linea con quello che ci si poteva aspettare da quel tipo di relazione e situazione. Non sempre mi diceva tutta la verità, ma ancora non avevo mai scoperto che mi avesse raccontato una bugia. Inoltre, facevo fatica a immaginare che una tanto fredda e calcolatrice come Sophia potesse far innamorare qualcuno di lei.

«Come hai conosciuto Sophia?», domandai pensando di cogliere l'occasione di sapere qualcos'altro su di lei.

«Usiamo le sue modelle in diversi servizi fotografici per le pubblicazioni, e ovviamente è un'ottima donna d'affari, come te. Prenderai una decisione saggia se ti terrai in contatto con lei».

Strizzai gli occhi e per un attimo i colori della stanza divennero più vividi mentre nella mia mente si delineava la figura di Sophia. Se le fosse mai capitato di toccare in qualche modo Blake, dovevo tenermi assolutamente in contatto con lei.

Isaac mi stava facendo spazientire con tutte le sue domande personali. Dovevo tornare all'argomento principale.

Forse Blake aveva ragione. Se fosse venuto anche lui, Isaac non avrebbe iniziato a divagare, anche se la conversazione sarebbe potuta diventare incredibilmente imbarazzante.

Feci un respiro profondo e cercai di riportare il discorso sull'argomento lavoro. «Hai detto che avremmo potuto trovare una maniera per collaborare. Mi chiedevo cosa avessi in mente».

Sorrise. «Be', sei tu l'esperta in pubbliche relazioni. Cosa avevi in mente *tu*?».

La tensione si affievolì appena riuscimmo a concentrarci sul lavoro.

Gli feci qualche domanda sui meccanismi della sua strategia di marketing, dettagli di cui era poco a conoscenza, ma soprattutto mi feci un'idea più chiara di come le diverse sezioni della sua azienda fossero strutturate per ogni pubblicazione. Mi erano venute in mente già un paio di possibilità per collaborare.

Passammo l'ora successiva, più o meno, a discutere dei problemi logistici della promozione incrociata tra le sue pubblicazioni attraverso gli strumenti di Clozpin. Il piano sembrava promettere buoni risultati, e Isaac pareva ascoltare con interesse. Ci accordammo a stendere un progetto generale delle opzioni di cui avevamo discusso.

Dopo che la mia vita personale non fu più argomento di discussione, la conversazione fu produttiva, anche piacevole. Bevemmo tutta la bottiglia di Pinot grigio e gli consigliai altri locali a Boston in cui avremmo potuto incontrarci la prossima volta che sarebbe venuto in città. Durante l'attesa per l'arrivo del conto, piombò il silenzio. Controllai l'ora sul telefonino. Erano trascorse quasi tre ore. Blake con ogni probabilità era su tutte le furie.

Quando uscimmo dal ristorante il sole era già tramontato e io mi sentivo più rilassata per merito del vino. L'aria era mite mentre camminavamo per strada. Mi girai verso Isaac per domandargli da che parte fosse diretto, ma persi l'equilibrio e barcollai. Isaac mi prese e mi strinse forte al petto.

«Sono stato davvero bene con te stasera, Erica». Aveva una voce calda e suadente.

Quella voce avrebbe fatto sciogliere un'altra donna, ma a me faceva lo stesso effetto delle unghie sulla lavagna. Niente sembrava appropriato nel suo atteggiamento, nemmeno dopo aver concluso la cena con risultati assolutamente positivi.

«Grazie, Isaac, ma io...».

Smorzò le mie proteste dandomi un bacio sulle labbra. Appena mi fece scivolare la lingua in bocca e mi strizzò il sedere mi sentii congelare, mentre lui agitava i fianchi contro di me. Urlai nella sua bocca e cercai di dargli un calcio per allontanarlo, ma mi teneva troppo stretta a sé.

Tentai di divincolarmi, ma ogni segnale d'allarme del mio corpo sembrava essersi disattivato. Nel mio corpo salì di colpo l'adrenalina. Fremevo per ribellarmi, per allontanarlo più velocemente possibile. La mia mente mi dava degli ordini ma, contro ogni istinto, esitai, con l'unica speranza che mi lasciasse stare.

«Perché non torniamo in hotel?»

«Lasciami andare, Isaac». *Per favore, non può succedere un'altra volta. Per favore.*

Scoppiò a ridere, un suono malvagio che mi trafisse. «Credi davvero che a Blake importi qualcosa di te, eh?».

Ribollivo dalla rabbia e mi preparai a dargli un calcio nelle palle, ma poi si irrigidì.

«Perry».

Una voce profonda tuonò dietro di me. Isaac mi lasciò andare mettendosi immediatamente a debita distanza. Si appoggiò al muro di pietra dell'edificio accanto a noi. In un lampo, Blake fu su di lui e lo prese per la gola sbattendolo indietro.

Isaac farfugliò una serie di scuse. «Stava cadendo, io l'ho soltanto tenuta su. Non è successo niente, giuro».

«Non mi sembrava fosse niente».

Io mi guardai intorno per la strada. Era calata la notte ed eravamo soli.

Respiravo a fatica mentre i postumi del panico si facevano largo dentro di me, ma continuai a ripetermi che eravamo al sicuro. Blake era lì e, a giudicare dalla situazione, Isaac non aveva alcuna possibilità. Nel giro di pochi secondi, era ridotto a una patetica pozzanghera di scuse, mentre Blake lo teneva ben stretto, minacciandolo se avesse fatto una mossa sbagliata.

«Lei è mia, Perry. E se poserai ancora una volta un dito su di lei, ti ritroverai senza mani. È chiaro?»

«Sì, sì, assolutamente».

Blake mollò la presa quanto bastava per dargli una pacca violenta sullo sterno facendolo tossire, con la mano ancora attanagliata sulla sua gola.

Non lo avevo mai visto tanto arrabbiato, non fino a quel punto.

Finalmente lo lasciò. «Vattene», gli ordinò.

Isaac si dileguò per la strada verso il Plaza.

Blake si voltò verso di me con un'espressione fredda come la roccia.

Capitolo diciassette

Seguii Blake fino al parcheggio della sua elegante macchina sportiva. Da quanto tempo mi stava osservando? Come faceva a sapere dove ci saremmo incontrati? Era inquietante che fosse a conoscenza dei miei spostamenti, ma in quel momento non avevo intenzione di sollevare la questione.

Aprì la portiera per me, un semplice gesto dettato dall'abitudine, considerando il fatto che non mi rivolse una parola da quando salimmo in macchina fino all'arrivo a casa. Scendemmo dall'auto e lo fermai sulla soglia.

«Sei arrabbiato con me?»

«Non sono molto felice di averti vista baciare quel bastardo, se è questo che volevi sapere».

«Ma lui mi ha… io *non* volevo».

«Lo so, ma non ti saresti trovata in quella situazione se mi avessi ascoltato».

Mi vennero i brividi, mi dispiaceva dargli ragione. Quella situazione era molto imbarazzante per me. «Mi ha presa alla sprovvista. Sarei riuscita a reagire, se mi avessi lasciato fare».

«Avresti accettato che Max venisse con te, in veste di investitore?».

Puntai il piede sul pavimento. Era una domanda trabocchetto. «Blake, non puoi venire con me a ogni incontro di lavoro. Non è possibile».

«Rispondimi».

Esitai. «Può essere».

«Come immaginavo. Ti darò io i fondi per l'attività. Telefonerò a Max e gli dirò che non se ne fa nulla». Affondò le mani nelle tasche.

«No, fermati. Questo è il *mio* lavoro. Devo decidere io». Mi stavo appena riprendendo dallo shock delle avance da parte di Isaac. In quel momento la minaccia che Blake telefonasse a Max date le ultime circostanze drammatiche aveva portato il mio livello di panico a una soglia inesplorata. Nella mia mente iniziarono ad avvicendarsi velocemente tanti pensieri, mentre cercavo di venire a capo dei piani di Blake.

«Bene. Allora diciamo che hai bisogno di due milioni di dollari per mandare avanti l'attività e continuare a condurre uno stile di vita a te consono», disse.

Mi bloccai. «Mi stai minacciando con la questione dell'appartamento? Di' quella parola e farò le valigie in questo preciso istante. Sei stato tu che mi hai costretto a vivere qui».

Si infilò le mani tra i capelli già spettinati, respirava a denti stretti. «Pensa soltanto ad accettare il denaro e poi potremo dimenticare tutto questo».

«Blake, noi abbiamo una relazione, o almeno l'avevamo fino a venti minuti fa, e credo che converrai che la questione sia complicata già così. Non accetterò il tuo denaro».

Rimase zitto per un po', fissandomi con uno sguardo penetrante. «Non ti fidi di me».

Quelle parole mi trafissero nel profondo. Non perché pensava che non avessi fiducia in lui, ma perché quello che aveva detto era vero. Mi fidavo di Blake, sotto molti punti di vista, ma mandare avanti il mio lavoro alle mie condizioni era fondamentale.

Incapace di trovare una risposta convincente, aprii il portone e mi imbattei in Cady e Sid che entravano nell'appartamento di lei. Blake mi seguì.

Li salutai velocemente prima di salire le scale. Blake mi venne dietro fino in camera da letto. Io non protestai.

«Spogliati», ordinai con l'indice puntato contro di lui.

La mia mente galleggiava in un guazzabuglio epico. Non riuscivo a immaginare rimedio più efficace che scoparmi Blake fino all'oblio più totale. Sembrava che non avessi pensato ad altro per buona parte della giornata.

Sgranò gli occhi. «Non dovremmo parlarne?»

«Non mi sono spiegata bene? Togliti. I. Vestiti». Inclinai la testa, sfidandolo a discutere.

Restò fermo per un istante, poi si spogliò completamente. Appena l'ultimo indumento toccò il pavimento, rimasi in adorazione a fissare un uomo alla mia mercé, davanti a me. Ogni brandello di pelle si tendeva sui muscoli scolpiti sotto di essa. Le mie dita bramavano il contatto con quel corpo, desideravano sentirlo muoversi flessuoso sotto di me, sopra di me, dentro di me. La mia rabbia svanì, subito rimpiazzata da un desiderio che avevo allontanato per ore.

Più a lungo lo guardavo, più lui si irrigidiva. Sul viso aveva un'espressione calma, ma il desiderio che ribolliva dietro il suo sguardo rifletteva il mio. Mi avvicinai e lo spinsi dolcemente sul letto. Lui si allungò verso di me, ma io mi allontanai. Mentre mi spogliavo, mi presi più tempo del necessario per togliere il reggiseno di pizzo e le mutandine coordinate che avevo scelto soltanto per lui.

Mi misi su di lui, lentamente, baciandogli il collo e il petto, mordicchiando i capezzoli scuri che si irrigidivano al mio tocco. Infine rivolsi tutta la mia attenzione alla sua erezione, leccandolo e tirando via con la lingua il liquido sulla punta, assaporandolo per bene prima di prenderlo completamente in bocca, giù fino a toccare la gola.

«Cristo, Erica». Respirò affannosamente.

Godetti di quella piccola vittoria. Di solito sapeva controllarsi molto bene, non mi faceva mai capire di non riuscire a resistere ai miei giochi, ma in quell'occasione fu diverso. Le sue cosce erano leggermente tese quando allontanai a poco a poco la bocca.

«Come ti senti?», domandai.

«Vieni qui, ti faccio vedere». Aveva gli occhi socchiusi e oscurati dal desiderio.

Il mio corpo era in tensione. Mi posizionai sulla sua erezione e scivolai lentamente, un centimetro alla volta, dandomi il tempo di adattarmi alla sua lunghezza.

Un'ondata di calore mi colpì appena raggiunsi il massimo della penetrazione. Mi sollevai e lui mi afferrò i fianchi, spingendomi forte per ricordarmi che soltanto lui aveva il diritto di entrare dentro di me per farmi godere. Mandai la testa indietro e imprecai. Pensai a quanto stavamo bene insieme, a come nessun altro era mai riuscito a farmi sentire così.

Mi prese i fianchi e tentò di girarmi, ma io lo fermai.

«No», dissi determinata.

Lui si immobilizzò e mollò la presa. «Probabilmente dovremmo decidere delle parole di sicurezza».

«È quella la mia parola di sicurezza. Quando dico no, fidati, vuol dire no».

«Va bene», disse con gentilezza.

«Voglio scoparti finché non mi si saranno fiaccate le gambe e non riuscirò a ricordare il mio nome. A quel punto toccherà a te, va bene?»

«Come vuoi tu, capo». Deglutì a fatica e intrecciò le dita dietro la testa, a mo' di costrizione autoimposta.

Iniziai a muovere i fianchi, sollevando e affondando con spinte misurate, finché non trovai un ritmo. Sentivo i seni pesanti e sensibili. Mi accarezzai i capezzoli per alleviare il dolore profondo causato dal desiderio di essere toccata. Le mani di Blake non si spostarono di un millimetro e i suoi occhi erano fissi su di me. Sollevava i fianchi per venire incontro ai miei movimenti, colpendomi più in profondità ogni volta.

Il piacere iniziava a invadermi. Tremavo e mi mordevo il labbro finché non divenne insensibile e fui assalita da un orgasmo che cresceva sempre più forte.

«Voglio sentirti gridare», disse. «Adesso, Erica».

Un urlo improvviso e strozzato mi uscì dalla bocca appena venni impetuosa. Sudata e senza fiato caddi in avanti, intrecciai le dita con le sue e lo baciai.

Blake si tirò su insieme a me; mi prese un capezzolo con la bocca, poi l'altro, e si portò dentro di me, fino in fondo. Gemetti. Mi accarezzò il viso con una mano, mentre con l'altra mi cinse la vita, stringendomi a sé per baciarmi, un bacio profondo e penetrante che da solo spiegava tutto. Riuscivo ad assaporare il desiderio sulle sue labbra. Ero più che pronta a lasciargli prendere il controllo.

«Tocca a te», dissi.

Rigirò i nostri corpi con maestria, in modo che il suo coprisse il mio, prima di affondare con forza. Mi inarcai, accogliendo tutto ciò che mi stava offrendo. Spinta dopo spinta rivelavo il mio desiderio, le ore ad aspettare di raggiungere il piacere con lui, il momento fatidico in cui ero pronta a perdermi in lui.

Lo baciai in preda alla frenesia, alla rabbia, all'amore e alla passione. Le mie unghie scorrevano sulla sua schiena quando venimmo insieme, madidi di sudore.

Blake sprofondò con il viso contro il mio collo. «Sei mia», sussurrò.

Chiusi forte gli occhi e lo strinsi a me. Non aveva idea di quanto fosse vero quello che aveva detto.

Ci sistemammo sul letto, senza respiro e sazi, l'uno accanto all'altra.

Mi misi ad ammirare il corpo fantastico di Blake, disteso davanti a me. Le mie dita scivolarono sulla sua schiena, per poi affondare nella carne più forte di quanto avessi intenzione. «Ti ho fatto mio», sussurrai.

«Se continui a toccarmi così, sarò io a farti *mia*».

Ridacchiai e rotolai sulla schiena, inebriata dal momento e incapace di staccare gli occhi dall'uomo bellissimo che giaceva sul mio letto.

Poi si alzò e mi fissò. «È stato incredibile, a proposito», disse. Mi mise i capelli dietro le orecchie, disegnò il mio profilo, come se lo stesse imprimendo nei suoi ricordi. «Come fai a fidarti di me con il tuo corpo, dopo tutto quello che hai passato? E invece, anche se ho avuto successo con diverse imprese, a non fidarti di me per il tuo lavoro?».

Borbottai e chiusi gli occhi. Non aveva intenzione di arretrare un centimetro. Avrebbe approfittato anche di quella situazione per portare avanti il suo piano.

«Il lavoro è tutto per me». Mi vennero i brividi appena pronunciai quelle parole ma, sotto molti aspetti, era vero. «Voglio dire, quel lavoro è frutto di anni di sacrifici. Non soltanto c'è voluto molto tempo per mettere su l'attività, ma ho impiegato anni di studi all'università per diventare quella che sono».

«Sì, e...».

«Quando stiamo insieme significa molto per noi due. Mi fido di te, più di quanto mi sia mai fidata di chiunque altro. Ma cosa succederebbe se capitasse qualcosa tra noi, oppure se ti dovessi stancare di investire nella mia piccola attività? Cosa succederebbe se diventasse un peso per te, oppure se fallisse?»

«Il denaro di cui hai bisogno è una cifra insignificante per me», rispose. «È improbabile, se non impossibile, che possa mai diventare un peso. E poi, non permetterei mai che un'impresa nella quale ho investito fallisca».

«E allora perché non hai semplicemente deciso di investire quando ne hai avuto la possibilità? Cosa è cambiato ora, a parte il fatto che sei nei paraggi ogni qual volta mi trovi a dieci metri di distanza da un altro uomo?»

«Ero più interessato a te che a compilare un assegno. Sapevo già che se io non avessi investito, l'avrebbe comunque fatto Max. E avevo ragione. Adesso... le cose sono diverse. Mi importa di te, e voglio curare tutto quello a cui tieni».

La sua dichiarazione mi colpì, tanto che una piccola parte di me fu anche tentata di cedere. Avevo passato settimane intere a mettere in dubbio la validità del mio progetto, visto che non aveva mostrato il minimo interesse a investire. Venire a sapere che aveva giudicato buona la mia idea fin dall'inizio era rassicurante, ma non cambiava il fatto che mischiare il lavoro con il piacere, almeno in quel momento, fosse una pessima idea.

«Apprezzo molto, ma non è una valida ragione per investire. È già un bel problema che tu e Max abbiate delle questioni in sospeso, ma non posso mettere a rischio la mia impresa se io e te dovessimo avere degli screzi. È già difficile così».

Lui non parlava, ma avevo il presentimento che la conversazione non fosse affatto chiusa. Mi tirò a sé e mi spinse contro il petto sul quale mi addormentai, così caldo e rassicurante.

Al mattino controllai la posta, ancora annebbiata dalla notte appena trascorsa. Blake mi aveva già svegliata più di una volta, cercando ancora di convincermi ad arrendermi sulla questione degli investimenti. Non mi ero ribellata, ma neanche mi arresa, almeno riguardo al mio lavoro. Diedi una scorsa alle mail finché non vidi un messaggio da parte di Sid con oggetto "Risultati". Sentii un pugno allo stomaco appena lo lessi ancora una volta.

Erica,

non è stato tanto difficile quanto avevo pensato. Daniel Fitzgerald, classe 1992, master in Economia. Cerca su internet "Daniel Fitzgerald Boston".

Sid

Aprii una nuova scheda e digitai quelle parole sul motore di ricerca. Il primo risultato mostrava alcune biografie di procuratori distrettuali di un'agenzia legale in cui quel nome compariva tra i primi soci. Il secondo risultato era un sito ufficiale dedicato a Daniel Fitzgerald, gestito dal governo del Massachusetts, con uno logo rosso, bianco e blu e uno slogan accattivante. Sotto c'era un ritratto della versione invecchiata dell'uomo che avevo visto nella foto di Marie. *Oddio*. Cercai il telefono e chiamai Marie.

«Ehi, piccola», rispose con voce gioviale.

«Daniel Fitzgerald», dissi.

«Cosa?»

«Il nome dell'uomo nella foto».

«Oh». Aveva un tono di voce che sembrava più rassegnato che sorpreso.

«So che mia madre non me lo ha detto per qualche ragione, ma io ho bisogno di saperlo».

«Erica, io...».

«Marie, ho il *diritto* di sapere. Tu eri la sua migliore amica. Se esiste qualcuno che sa chi è mio padre, quella sei tu».

Rimase in silenzio per un bel po' prima di rispondere. «Sì».

«Sì cosa?»

«È lui tuo padre».

«Oddio». Mi misi una mano sul viso, mi girava la testa. Avevo qualche sospetto, certo, ma mi aspettavo che in qualche modo mi dicesse di no. Che mi mentisse, oppure che mi rispondesse che ero matta a pensare una cosa tanto inverosimile. In quel momento, di fronte alla verità, non sapevo come reagire.

Avevo passato tutta la vita ad accettare l'ombra della sua assenza, a ignorare chi fosse la metà di quella che ero. Ma l'avevo accettato davvero? Nel momento in cui ero diventata abbastanza grande da pretendere la verità, mia madre era già morta. Consapevole del fatto che nessuno avrebbe avuto la speranza di colmare quel vuoto che avevo nel cuore, non mi ero mai preoccupata seriamente di sapere chi potesse essere.

A quel punto avevo mille domande e nessuna risposta. Lui sapeva della mia esistenza? Amava mia madre? Che tipo era?

«Tesoro, stai bene?». Marie interruppe il turbinio di pensieri.

«Sapevi che si era candidato come governatore?». La sola cosa che sapevo di lui era proprio l'unica che poteva tenerci distanti. Non avevo idea di come avrei potuto farmi largo tra la folla di gente che lo circondava.

Lei sorrise a bassa voce. «No, ma non posso dire di essere sorpresa».

«Non sarà facile avvicinarmi a lui», dissi.

«Soltanto, fai attenzione, tesoro».

Strabuzzai gli occhi. «Cosa vuoi dire?»

«Non sai che tipo di persona ti troverai davanti».

«Devo preoccuparmi? Ovviamente tu sai molto più di me su di lui».

«Sei una ragazza intelligente. Fai soltanto attenzione a non abbassare la guardia», disse con voce tranquilla.

«Va bene». Rimasi un secondo in silenzio, cercando di raccogliere i pensieri. «Grazie».

«Per cosa?»

«Per avermi detto la verità. Anche se un po' in ritardo».

Sospirò. «Spero che non ti pentirai di averla saputa».

Scossi il capo, incapace di comprendere come potessi pentirmi per aver saputo la verità. «Non riesco a spiegare cosa si prova... nel sapere finalmente chi è lui. Ma dato che mamma è morta...».

«Lo so, piccola», disse con tono pacato. «Mi dispiace. Stavo solo tenendo fede a una sua preghiera».

Feci un respiro profondo, sperando che quella notizia portasse più sollievo di quanto avesse fatto finora. Non mi piaceva l'idea che Marie mi avesse tenuta nascosta l'identità di mio padre, o che mia madre avesse voluto così. Ma non ero più una bambina. Per quanto facesse paura, dovevo sapere di più su quell'uomo e su cosa significasse per mia madre.

«Devo andare. Devo riflettere un po' su tutta questa faccenda. Ma ci sentiamo presto».

«Questo è certo. Chiamami quando vuoi. E, Erica?».

Restai un secondo in silenzio. «Cosa c'è?»

«Fai attenzione, va bene?»

«Starò attenta. Promesso».

Riattaccai e mi misi a fissare la foto sul sito web. Mi sarebbe piaciuto tanto conoscere quell'uomo. Non l'avvocato, o il politico, ma l'uomo.

Cliccai sui diversi link e lessi tutto quello che riuscivo a trovare su di lui; ogni nuova informazione mi faceva capire quanto sarebbe stato difficile ottenere un incontro con lui. Non potevo semplicemente catapultarmi nel suo studio e presentarmi. L'idea che Blake potesse fare da aggancio mi balenò per la testa, ma la accantonai subito.

Non volevo coinvolgerlo in quella faccenda, per il mio e per il suo bene.

Cercai in rubrica il numero di Alli e la chiamai.

Non ci eravamo più sentite e rimasi sconvolta quando rispose.

«Ho cercato di contattarti», dissi, cercando di non apparire tanto preoccupata quanto ero in realtà.

«Lo so, mi dispiace molto. Sono stata impegnata con il lavoro, e avere a che fare con i casini di Heath non mi ha di certo aiutata».

«Tu stai bene?».

Per qualche istante rimase in silenzio. «Sì, credo di sì».

«Come sta Heath?»

«Sembra bene… meglio. È a Los Angeles, quindi non posso andarlo a trovare al momento, per via del lavoro».

«Capisco… Non riesco a immaginare cosa tu stia passando adesso».

Fece una risatina apatica. «Stavo pensando che avrei dovuto fare un master in Psicologia, perché stare con lui è come uscire con due persone diverse».

«A parte il fatto che tu sei innamorata soltanto di uno di loro».

Sospirò, all'altra parte del ricevitore. «Credimi, lo so bene».

«Alli, so di non essere stata sempre l'amica che ti ha dato manforte per quanto riguarda Heath, ma spero che tu sappia che ne puoi parlare con me. È stato uno shock anche per me, ma voglio starti vicina. Sei pur sempre la mia migliore amica. Non voglio che tutto questo ci divida».

«Grazie», rispose. «Per me significa molto. Ovviamente, non posso dire nulla ai miei genitori di tutto questo. Impazzirebbero letteralmente».

«Spero che Heath riesca a riprendersi completamente prima che tu sia costretta a parlarne con loro».

«Lo spero anch'io».

Tamburellai con le dita sul ripiano della cucina. «Dunque, ho interessanti novità».

«Dimmi».

«Credo di aver trovato mio padre».

«Cosa? Dici sul serio?»

«Ma ho bisogno del tuo aiuto. Lui è una sorta di principe del foro, e si è anche candidato a governatore, per cui non ho idea di come contattarlo, sai, in maniera discreta. Speravo che tu potessi darmi qualche idea».

«Accidenti, va bene. Lasciami pensare cosa potrei fare. Conosco alcune persone al "Review". Potrebbero riuscire a farsi concedere un'intervista».

L'umore di Alli era cambiato. Aveva riacquistato energia per la nuova missione. Quella ragazza era nata per fare marketing.

«Grazie».

«Di nulla. Ma tu come stai gestendo questa cosa?».

Mi morsi il labbro e fissai il vuoto. Come stavo gestendo l'intera faccenda?

«È difficile da spiegare a parole. Sono emozionata, credo. Ma sono anche nervosa. Non ho idea di che tipo di persona sia. Ma al di là di tutto devo incontrarlo. Non posso semplicemente restarmene qui, consapevole di chi sia senza sapere se anche lui voglia conoscermi oppure no».

«Sono sicura che lo voglia».

Feci spallucce. «Forse. Immagino che lo scopriremo».
«Vedremo come andrà con l'idea dell'intervista. Fammi sapere se viene fuori qualcos'altro».
«Lo farò. Grazie, Alli».
«Nessun problema. Ti chiamerò più tardi».

Capitolo diciotto

Mi misi a sfogliare nervosamente una rivista finché la bellissima e bionda receptionist di Daniel Fitzgerald non mi fece accomodare. Gli uffici della Fitzgerald & Quinn erano situati nel cuore finanziario di Boston, e la grande stanza ad angolo nella quale entrai lasciava pochi dubbi sul fatto che l'uomo di fronte a me fosse uno dei più importanti dirigenti del panorama delle multinazionali della città. Vestito con un maestoso completo a tre pezzi, studiava attentamente le carte appoggiate sull'imponente scrivania, gli occhiali da lettura sul dorso del naso. Non aveva più l'aspetto giovane e spensierato che avevo visto nella foto.

«Signor Fitzgerald». La mia voce vacillò già a quel semplice saluto.

Mi guardò, gli occhi di un blu freddo erano lo specchio dei miei. I suoi capelli erano quasi grigi e aveva il viso segnato da rughe, ma era ancora molto bello. L'essenza dell'uomo in quella foto era riconoscibile.

«Io sono Erica Hathaway». Mi avvicinai per porgergli la mano.

Lui si alzò per salutarmi e mi accompagnò verso le sedie davanti alla scrivania con un sorriso cordiale. «Erica, prego, si sieda».

Mi accomodai e respirai l'odore forte della pelle vissuta.

«Vediamo. Lei lavora per la "Harvard Review"?», chiese inarcando le sopracciglia.

«Be', qualcosa del genere…». Alli era riuscita a farmi concedere un'intervista spacciandomi per una giornalista della famosa rivista, e se il piano non fosse andato in porto, qualcuno dello staff sarebbe stato cacciato a causa del favore che lei aveva chiesto.

Mi guardò in attesa del passo successivo.

Deglutii e feci un respiro profondo. *Così non si va da nessuna parte.*

«Il nome Patricia Hathaway le dice qualcosa?», chiesi finalmente, guardandolo con attenzione mentre pronunciavo quelle parole.

Se quel nome significasse qualcosa per lui non lo diede a vedere; aveva un'espressione imperscrutabile, senza emozione. I suoi occhi blu mi osservavano senza far trasparire niente.

Guardò l'orologio con disinvoltura. «Non credo mi ricordi qualcosa. Cosa c'entra con l'intervista, signorina?». Anche la sua voce era incredibilmente impostata.

Deglutii di nuovo, resistendo alla necessità impellente di vomitare. Ero matta a comportarmi così? E se mi fossi sbagliata? E se Marie non mi avesse dato un'informazione giusta?

Scacciai il dubbio dalla mente e mi concentrai sul momento presente. Abbassai lo sguardo sulle mie mani, intrecciate nervosamente sul grembo. «Io sono la figlia di Patricia Hathaway. Speravo tanto di poterne parlare con lei».

Su di noi piombò un lungo silenzio e, con esso, la verità mi colpì forte. Il mio corpo si era intorpidito mentre mi rendevo conto della realtà dei fatti.

Si alzò di scatto, attraversò lo studio con movimenti fluidi e aggraziati, chiuse la porta, e tornò a sedersi. Si tolse gli occhiali e li gettò sulla scrivania, rivelando uno sguardo severo. «Dove vuole arrivare con questa storia?».

Oh, mio Dio. I miei dubbi lasciarono spazio alla certezza che quell'uomo fosse davvero mio padre. Lo sentivo. Mi aggrappai ai bordi della sedia, i palmi delle mani iniziarono a sudare a dismisura. Pregai tra me e me affinché non mi cacciasse a calci dopo che avrei detto quello che avevo intenzione di dire.

«Io sono…». Cercai di immaginare me stessa nel momento in cui avrei pronunciato quelle parole, ma mi si bloccarono in gola. Sembravano folli e supponenti. Ma erano vere. Lo sapevo. E se non mi avesse creduto? Chiusi gli occhi e parlai prima di perdere la determinazione. «Signor Fitzgerald, credo di essere sua figlia».

Si tirò indietro contro lo schienale della sedia; aveva le mascelle serrate, i suoi occhi indagavano con sguardo penetrante dentro i miei. Restammo così per quella che sembrò un'eternità. Mi batteva forte il cuore, il presentimento di quello che avrebbe potuto dire o fare rimaneva in sospeso tra noi.

Respirò lentamente e si sporse verso la scrivania. «Parliamo chiaro. È una questione di soldi? Se è così, mi dica semplicemente di che cifra stiamo parlando».

Cercai di rispondere, ma le sue parole mi avevano stroncata. Credeva che stessi cercando di estorcergli del denaro? *No, no, no. Merda.* Scossi il capo in modo frenetico e mi portai due dita sul ponte del naso. Stava andando tutto storto. «Non è così. Volevo soltanto incontrarla. Ecco tutto». Non avevo bisogno di niente da lui. Almeno non di una cosa del genere.

Esitò un istante prima di sporgersi ancora una volta verso la scrivania, pizzicandosi la punta del naso con un sospiro. «Non posso dire davvero che mi sarei aspettato tutto questo».

«Neanch'io, per essere onesti. Non avrei mai creduto che un giorno l'avrei incontrata».

«Lo stesso vale per me. Ascolta, Erica». Si schiarì la voce e sistemò delle carte sulla scrivania. «Ho paura che non sia né il momento né il posto giusto per parlare di questa faccenda».

Annuii. «Me ne rendo conto. Mi dispiace».

«Sono in piena campagna elettorale. Quei signori mi organizzano gli appuntamenti, quindici minuti ognuno, quindi tra poco dovrò incontrare qualcun altro».

Lo ascoltai in silenzio. Se non ero una minaccia, non aveva tempo per me. Mi venne un groppo in gola e gli occhi mi bruciavano per le lacrime non versate. *Che perdita di tempo.* Quella parte di me che aveva riposto tanta speranza in quell'incontro era piena di doloroso pentimento. Avrei dovuto immaginarlo. Era stato stupido da parte mia, un comportamento da sciocchi. Se soltanto Marie non mi avesse mostrato quella maledetta foto…

«Capisco». Ripresi la mia borsetta, sperando di non apparire tanto ferita quanto lo ero in realtà. «È stato comunque un piacere incontrarla. Buona fortuna per la campagna».

Mi alzai per porgergli la mano mentre tenevo gli occhi bassi per evitare di incrociare il suo sguardo. Non gli avrei dato la soddisfazione di fargli vedere che soffrivo. Lui mi strinse la mano un po' più a lungo del necessario.

«Porgi a Patty i miei saluti, va bene?»

«È morta». Avevo la voce piatta, senza emozione. Ovviamente aveva dato per assodato che fosse ancora viva. Mi aveva lasciata troppo presto.

Lui sospirò forte, e mi lasciò la mano. Vidi un'ombra di emozione attraversargli lo sguardo. Si portò la mano sul petto e sussultò. «Non lo sapevo».

Annuii. «È morta quando avevo dodici anni. Cancro al pancreas. Ma non ha sofferto per molto tempo». Avevo una voce tranquilla, costante e obiettiva. Come se stessi parlando di qualcuno che conoscevo appena, mi allontanavo dalle emozioni appena cercavano di farsi vive. Non era il giorno adatto per rivisitare il mio dolore. Prendevo le emozioni per quello che erano.

«Mi dispiace davvero molto».

«Grazie. Non poteva saperlo». *Giusto?*

Mi voltai per andare via e lui mi fermò, posandomi una mano pesante sulla spalla. «Erica, aspetta».

Sgranai gli occhi e il cuore iniziò a battere forte per via del turbinio di emozioni che mi aveva attraversato nelle ultime ore.

«Io e la mia famiglia passeremo un po' di tempo a Cape Cod questo weekend. Magari potremmo... vederci? Parlarne un po' meglio?»

«Certo», risposi velocemente. Feci un respiro profondo, sentendomi un poco sollevata dalla sua proposta. *Ne aveva davvero intenzione?*

«Fantastico». Il suo sorriso incontrò quello che accennavano le mie labbra.

«Signor Fitzgerald…».

«Per favore, chiamami Daniel… credo». Si strinse nelle spalle nervosamente. Aveva un aspetto più umano, meno temibile di prima.

Mi rilassai, dentro di me nasceva un germe di speranza. «Daniel, sono spiacente per il mio approccio brusco. Non credo esista il modo giusto per affrontare una faccenda del genere».

«Probabilmente no». Tornò alla sua scrivania, scrisse un indirizzo su un blocco con il suo monogramma, e mi porse il foglio. «Questo è l'indirizzo della casa. Restiamo per venerdì a cena, allora. Potrai rimanere tutto il tempo che vorrai».

«Non vedo l'ora».

Mi accompagnò all'uscita. «Anch'io».

Lo salutai con un timido cenno della mano. Non eravamo decisamente nella condizione di abbracciarci.

Quando tornai a casa, mi immersi nella vasca da bagno che si trovava al centro del bagno con un bicchiere di vino in mano. Certo, era mezzogiorno, ma quella non era una giornata come tutte le altre. Quel giorno era con ogni probabilità il più carico di emozioni della mia vita da adulta, e sicuramente sarebbe potuta andare molto peggio.

Il telefono vicino a me squillò, distraendomi dal mio momento di relax.

«Pronto?»

«Erica, sono Max».

«Oh, salve». Mi tirai su nella vasca e cercai qualunque cosa per poter scrivere, nel caso ne avessi avuto bisogno.

«Ti ho preso in un buon momento?»

«Certo», dissi mentendo, imbarazzata perché stavo per intavolare una conversazione di lavoro nella vasca da bagno.

«Ti porto buone notizie. Il piano di investimenti è pronto. Lo sto rileggendo per eventuali correzioni in questo momento, e dovrebbe essere tutto pronto da firmare domani».

«Perfetto. Posso essere lì domani mattina, se per te va bene». I miei nervi avrebbero potuto andare in tilt, se avessimo rimandato l'incontro.

«Va benissimo. Non vedo l'ora di lavorare con te, Erica».

«Non potrò mai ringraziarti abbastanza».

«In realtà puoi. Ringraziami con un ritorno positivo di investimento».

Sentii una leggera fitta di paura. «Farò del mio meglio», promisi.

«Oh, e una cena. Vorrei festeggiare con la mia nuova partner di lavoro».

Sorrisi, ma l'emozione venne affievolita dal fresco ricordo della mia ultima cena di lavoro, finita terribilmente male. Che possibilità avrei avuto di imbattermi in qualcun altro senza che Blake lo minacciasse di morte o esercitasse prese da soffocamento?

«Mi sembra una buona idea. Ci vediamo domani».

Riattaccammo e tornai a immergermi nell'acqua calda della vasca, rianimata dalla nuova consapevolezza che con quei fondi la mia intera esistenza sarebbe cambiata.

Avevo vissuto nella preoccupazione durante le ultime settimane, aspettando la grande svolta. Finalmente, nell'arco di poche ore, avremmo ottenuto i fondi e avremmo potuto iniziare la nostra attività su scala molto più ampia. Avrei avuto impiegati, buste paga, scartoffie d'ufficio e problemi che non riuscivo ancora a immaginare.

Il futuro era incerto e faceva molta paura, ma un fremito di emozione cresceva dentro di me. Non mi ero mai sentita così pronta ad affrontare una sfida. Indirizzai qualche preghiera all'universo affinché non andasse tutto all'aria.

Ero rilassata al massimo ed elettrizzata quando Blake rientrò.

«Giornata faticosa in ufficio?». Si mise seduto sul bordo della vasca, dove i miei piedi sporgevano dall'acqua piena di bolle di sapone.

«Ho bisogno di un giorno di relax prima che la mia vita diventi davvero impegnativa».

«Dopodomani lo diventerà di sicuro».

«Cosa intendi?», domandai con la speranza, vana, che non sapesse nulla dell'accordo che stavo per firmare con la sua compagnia.

«Sì, so che firmerai le carte con Max domani», disse. «Possiamo discutere delle possibili alternative?»

«No, non possiamo, Blake, perché ne abbiamo già parlato e la risposta è no». Cercai di apparire più risoluta possibile.

«Tu Max non lo conosci neanche, e gli stai affidando la proprietà della tua compagnia», continuò. Ero sicura che avrebbe sfoderato ogni argomento per vincere quella discussione.

Cazzo. «Avrei fatto la stessa cosa con te. Quale sarebbe stata la differenza?»

«Io non ho mai preteso la proprietà. Potresti affidarmi le azioni ordinarie, oppure potremmo accordarci per un prestito. Per me non fa differenza».

«Esatto».

Alzò lo sguardo al soffitto. «Non era quello che intendevo dire, Erica».

Mi alzai dalla vasca, bagnata e coperta di schiuma. «Puoi passarmi l'asciugamano?»

«Non finché non arriveremo a un accordo». Restava immobile. Mi fissava, con le mani conserte, apparentemente appena distratto dalla mia nudità. Per fortuna potevo sopravvivere anche senza asciugamano.

«Tu la devi smettere», sbottai.

«E tu devi fidarti di me», rispose con voce pacata.

Il modo in cui mi rispose mi fece fermare. Perché la questione era diventata improvvisamente importante per lui? Cosa era cambiato tra noi nel giro di poche settimane che aveva reso l'ipotesi di investire con Max tanto insopportabile per lui? Glielo avrei chiesto se ci fosse stata la possibilità che mi avrebbe dato una risposta sincera. In ogni caso, non avrebbe potuto dire nulla per farmi cambiare idea. Avevo preso la mia decisione. Avrebbe capito per sempre che non ero sotto il suo dominio assoluto.

Uscii dalla vasca e appoggiai i piedi sul pavimento di maioliche, rischiando quasi di scivolare sull'acqua insaponata che avevo fatto cadere. Si avvicinò per aiutarmi, ma io mi allontanai.

«Il discorso è chiuso», dissi. «Tu hai qualche problema di manie di controllo e ti consiglio di fare una visita da uno specialista per lavorarci su, perché io, a quanto pare, non posso aiutarti».

«Va bene, ho delle manie di controllo, e tu hai problemi a fidarti degli altri, Erica. Magari potremmo fare terapia insieme».

Lo fulminai con lo sguardo. Almeno i miei problemi di fiducia erano giustificati da validi motivi. La mania di controllo di Blake proveniva senza dubbio dal suo successo, che, per quanto ne sapevo, gli aveva causato qualche trauma. Al di là di quello, ho sempre odiato la psicoterapia. La sua insinuazione che ne avessi bisogno, rivoltandomi contro le mie parole, mi fece sentire piccola. Imperfetta.

Serrai le mascelle e mi coprii con un telo da bagno. «Vai all'inferno».

«Erica, io sono fatto così. E se cerco sempre di avere il controllo sulla situazione, ti prego, sforzati di capire che ho delle valide ragioni per comportarmi in questo modo».

Feci un respiro profondo, determinata a non combinare un disastro più grande. «È semplice, Blake. Ho bisogno di controllo ed equilibrio nella mia vita. Non riverserò tutto su di te, mente, corpo e lavoro; tu mi stai chiedendo di essere la tua bambola remissiva. Questo potrebbe crearmi problemi. Potrebbe creare problemi tra *noi*».

«Allora, hai preso la tua decisione?». La sua voce pacata mi provocò un inaspettato brivido di paura.

«È la mia decisione definitiva. Fattene una ragione». Mi ritirai in camera da letto per indossare i miei comodi pantaloni della tuta.

Blake rimase stranamente in silenzio e, quando uscii dall'armadio, se ne era andato. Sospirai sollevata finché un'ondata di tristezza mi assalì, facendomi sentire debole fin dentro le ossa. Se ne era andato. Mi buttai sul letto. La linea di separazione tra la solitudine e la rabbia si fece sempre meno marcata mentre fissavo il soffitto. Era soltanto un litigio. Le coppie litigano continuamente. L'avremmo superata.

Ma cosa avrebbe significato tutto quello per la nostra relazione? E se fossimo arrivati al capolinea? Fine della storia? Come avrei fatto a continuare a vivere senza di lui? Una piccola parte di me aveva voluto che se ne andasse, o almeno che si tirasse fuori dalla questione dell'investimento. Ma al pensiero che se ne era andato, non riuscivo a spiegarmi l'insolito senso di vuoto che provavo.

Chiusi gli occhi e cercai di convincermi che una volta concluso tutto l'indomani, avremmo trovato un modo per superare la questione. Speravo tanto che sarebbe andata così.

Mi rigirai nel letto per tutta la notte. Mi svegliai in un bagno di sudore freddo, disorientata quando mi resi conto che Blake non era con me. Stavo male per lui, volevo che tutte le cose che ci avevano sconvolto fossero superate.

Desideravo tanto intrufolarmi nel suo appartamento, con la chiave che mi aveva dato, e sedurlo. Volevo ammettere che lo amavo. Che tutto aveva senso quando lo sentivo dentro di me, quando faceva l'amore con me, quando andavamo in un luogo dove noi eravamo l'unica cosa che contava. In quel momento, niente aveva senso.

Feci scivolare le mie dita lungo la pelle sudata, desiderando che le sue mani fossero su di me. Se avessi potuto sentirlo con me, forse sarei riuscita a convincermi che non era finito tutto. Che mi amava ancora come lo amavo io, nonostante le sue imposizioni esasperanti.

Cercai di resistere alla tentazione di andare da lui mentre la notte lasciava il posto all'alba. Un moto di rabbia si fece largo dentro di me, rabbia per aver avergli permesso di ridurmi in quel modo. Mi aveva fatta sua come non era stato possibile per nessuno. Esausta e sconvolta, morivo dal desiderio, stavo letteralmente perdendo il sonno perché non potevo – non avrei mai potuto – dargli quello che voleva.

Volevo dargli quello che desiderava, ma a che prezzo?

Il mattino successivo entrai nella stanza di Sid, che stava russando rumorosamente. Non persi tempo a parlargli sussurrando, consapevole del fatto che non si sarebbe svegliato facilmente. «Sid, ho bisogno di un favore».

Si voltò brontolando. «Cosa?»

«Ho incontrato mio padre, ieri, e lui mi ha invitato a casa sua a Cape Cod per questo weekend. Non so se resterò a dormire, ma speravo tanto mi potessi prestare la macchina per andarci».

Si alzò, indossava ancora gli abiti del giorno prima. «Tieni», disse prendendo le chiavi sulla scrivania. «Ancora non lo conosci bene. Sei sicura che sia una buona idea?»

«Si è candidato alle elezioni. Sono sicura che non sia un pazzo assassino, Sid. Ma apprezzo il tuo interessamento».

Scosse il capo e tornò a letto, seppellendosi sotto il plaid.

Gettai una borsa da viaggio nell'Audi argentata e aggiustai il sedile per adattarlo alla mia altezza ridotta. Sid viveva a costo zero, ma non badava a spese quando acquistava le auto. Uscii con cautela dal parcheggio parallelo. Se avessi graffiato o ammaccato leggermente la carrozzeria, Sid mi avrebbe tenuto il muso per settimane.

Trovai un posto vicino all'ufficio di Max. Mi guardai allo specchio.

Chiudere l'affare non era più subordinato alla mia presentazione, ma volevo avere un aspetto impeccabile per l'occasione, per cui avevo indossato un tubino bianco aderente, decorato con una cintura sottile, e un paio di scarpe color carne con i tacchi.

Entrai nella reception della Angelcom, sentendomi come l'amministratore delegato che stavo per diventare. La segretaria mi accompagnò nella sala conferenze dove avevo tenuto la mia prima presentazione.

Mi ritrovai ancora una volta da sola in quella stanza, a ricordare come Blake mi avesse fatta impazzire fin dal primo giorno. Mi agitai al pensiero che quello che stava per succedere avrebbe potuto cambiarci per sempre.

Max entrò nella sala, e il suo sorriso splendente cancellò ogni preoccupazione.

«Oggi è il gran giorno!», disse.

Mi scappò una risata nervosa. L'entusiasmo di Max era contagioso. Mi avvicinai per dargli un abbraccio di cortesia, mentre lui mi baciò una guancia; io ero così felice che neanche ci feci molto caso.

«Allora, da dove iniziamo?», dissi battendo le mani, con il forte desiderio di firmare qualcosa, finché non vidi la pila di fogli di carta che Max posò sul tavolo; potevano competere con il numero di pagine della versione italiana di «Vogue». Decine di linguette multicolore spuntavano dalla pila, indicando quali fogli avrei dovuto firmare. Mi assalì un'ondata di ansia. «Tutti?», domandai.

«Purtroppo, sì. Ecco perché ci vuole tantissimo tempo per certe cose».

«Non sto firmando per dare via il mio primo nato, vero?». Mi sistemai su una sedia davanti a lui, preoccupata del fatto che non avrei avuto tempo di rivedere ogni cosa. Cosa sarebbe successo se avessi trovato qualcosa che avrebbe mandato all'aria tutto il mio lavoro? Se mi fossi ritrovata a firmare cose di cui non ero a conoscenza?

«Io non mi fiderei di lui», disse una voce dietro di me.

Mi girai e vidi Blake entrare in ufficio. Indossava jeans e maglietta blu con scollo a V, aveva un aspetto spietato nonostante l'abbigliamento casual.

«Cosa posso fare per te, Landon?». La voce di Max era aspra e aveva le mascelle serrate.

«Potresti concedermi un minuto con la signorina Hathaway».

«Certamente. Finiremo tra poco».

«Adesso».

«C'è qualche problema?», disse Max a denti stretti.

«Sei tu il problema».

A sentire quelle parole, Max si alzò. La sedia con le rotelle andò indietro velocemente e sbatté contro la vetrata producendo un rumore sordo. «Fai con comodo, Erica». Fissò Blake, poi ci lasciò soli e chiuse la porta.

Il mio cuore batteva forte, in parte ero sollevata di rivedere Blake, ma ero anche agitata perché sentivo l'accordo con Max in bilico. Se Blake mi stava davvero mettendo i bastoni tra le ruote nel lavoro, perché Max voleva avere quella seccatura con me? Si sarebbe garantito mesi di mal di stomaco.

«Che diavolo ci fai qui?», sbottai.

«Non avrei mai voluto farlo, ma non mi hai lasciato scelta».

«Te l'ho detto, ho preso la mia decisione. Ormai è quasi fatta».

«Ancora no. Ancora non hai firmato nulla».

«Ma ho intenzione di farlo, per cui ti suggerisco di prendere le tue manie compulsive e lasciarci stare».

«È troppo tardi, ormai».

Oh, no. Esitai. Il terrore si insinuò profondamente dentro di me. «Troppo tardi per cosa?»

«Ho versato il doppio dei fondi di cui hai bisogno nel conto della tua impresa».

Cercai di articolare le parole per formulare le domande che volevo fare, invece ero lì immobile, a bocca aperta e col fiato corto davanti alla sua audacia che, sebbene ormai ci avessi fatto l'abitudine, non smetteva mai di sorprendermi.

«Non perdere tempo a cercare un modo per farmi riavere i soldi, perché bloccherò qualunque investitore della città», continuò. «Sai che posso farlo».

«E se Max volesse ancora investire nel mio progetto?»

«Non lo farà», disse con tono perentorio. «Nessun progetto viene approvato senza la mia autorizzazione qui, e lui non la otterrà».

«Perché lo fai?». La voce tremava. Mi aveva decisamente messa all'angolo. Potevo provare a percorrere altre strade, ma sapevo già che lui me le aveva sbarrate tutte.

«Mi importa di te più di quanto possa mai importare a Max, anche se Dio sa se non cercherà di farti credere il contrario».

«Qui non è in gioco la tua rivalità con Max. Stai giocando con la mia vita. Questo è tutto quello su cui ho lavorato, e tu lo stai rovinando!». Diedi un pugno sul tavolo prima di alzarmi e fissarlo negli occhi.

«Tutto questo non si avvicina neanche a dove potrai arrivare. Il fatto che tu creda che io mandi tutto a puttane per te dimostra quanto sei sciocca».

Gli diedi uno schiaffo, forte, il suono tagliente rimbombò nella stanza come le sue parole rimbombavano dentro di me. La mia mano bruciò al contatto e il mio respiro si fece irregolare.

Aveva un'espressione scioccata, ma esitò soltanto un istante prima di prendermi per la nuca e baciarmi, strofinando le sue labbra sulle mie. Strinsi i pugni lungo i fianchi. *No.* Non mi avrebbe fatta cedere. Non in quel momento. Non glielo avrei permesso.

Avrei dovuto combattere contro me stessa, contro quello che mi aveva fatto provare appena le sue labbra si erano posate sulle mie, contro la sensazione di lui che mi possedeva a ogni bacio. *Sei mia*. Sentivo la sua voce nella mia testa. Mi scappò un gemito e mi resi conto che stavo ricambiando il bacio, il mio corpo agiva contro la mia volontà. Tremavo per l'amore e l'odio che provavo nei confronti di quell'uomo. Mi odiavo per quello. Perché lo desideravo così tanto.

Mi aveva disarmata.

Aveva vinto.

Capitolo diciannove

Appena fuori città, mi immisi nel traffico e mi diressi verso sud; la rabbia mi faceva venir voglia di andare a cento all'ora invece che a trenta, velocità effettiva segnalata dal tachimetro. Centinaia di persone partivano per Cape Cod quel venerdì pomeriggio, e benché non fossi esattamente in vena di una riunione di famiglia con mio padre appena conosciuto, volevo stare il più lontano possibile da Blake.

In qualche modo avevo trovato la forza per lasciare Blake in sala conferenze. Avevo chiesto velocemente scusa a Max, ma gli avevo risparmiato i dettagli, consapevole del fatto che avrebbe avuto a breve un resoconto da Blake. Finalmente mi ero liberata di entrambi. Sarebbero potuti andare avanti con la loro rivalità insensata fino a distruggersi in un maledetto tripudio di gloria, per quanto mi importasse.

Blake non mi aveva dato altra scelta dal punto di vista professionale, ma di sicuro non lo avrei ricompensato con la nostra relazione. Lo amavo, alla follia e con una passione che con ogni probabilità non avrei più ritrovato, ma non avevo intenzione di fare la mantenuta. L'appartamento, e poi anche il lavoro. Avrebbe continuato a intromettersi, finché non avrebbe esercitato il controllo totale su di me, sottomessa ai suoi capricci e desideri. In camera da letto mi stava anche bene, lo desideravo più che mai. Ma nella vita reale c'era bisogno di confini, e per quanto ci provassi non riuscivo a farglieli rispettare. La mia rabbia salì in superficie e si riversò sul volante.

Un paio di ore dopo, il traffico finalmente svanì. Iniziai la mia gincana, attraversando le corsie come un pilota di Formula 1, finché il GPS non mi indicò l'uscita.

Guidai per le strade tortuose con un po' più di prudenza. La riva era costellata di ville e costruzioni faraoniche, tutte con un panorama spettacolare sull'oceano. A parte qualche viaggio da studenti con Alli, avevo frequentato ben poco la costa durante gli otto anni di permanenza nel New England.

Imboccai un viale che portava a una villa di tre piani con un SUV della Lexus parcheggiato nel cortile. Ero arrivata. Feci qualche respiro profondo e mollai la presa sul volante, cercando di scacciare la rabbia che provavo nei confronti di Blake. Doveva essere una bella giornata. Forse non era troppo tardi.

Uscii dall'auto e sbirciai oltre il recinto che separava la strada dal piccolo viale verso la spiaggia sottostante. La casa era costruita su uno sperone di roccia, più in alto rispetto agli edifici vicini, offrendo così un panorama suggestivo sul mare su tre lati.

«Erica!». La voce di Daniel risuonò dalla porta sul retro.

Aveva un aspetto diverso; indossava pantaloni sportivi e camicia di lino. Appena mi avvicinai mi sorrise.

«Sono felice che sia venuta». Mi abbracciò con cordialità.

Quel gesto mi colse di sorpresa, ma non mi lamentai.

«Anch'io», risposi. Soffocata dalla sua spalla, lo abbracciai forte. Desiderai non sentirmi così nuda in quel momento; se non avessi fatto attenzione, sarei scoppiata a piangere di colpo. Di certo non avrebbe più sospettato che fossi lì per i suoi soldi, ma avrebbe pensato che ero un caso disperato.

«Entra, voglio presentarti Margo».

Annuii, lui prese il mio borsone e lo appoggiò all'ingresso. Entrammo in un soggiorno grande e luminoso con mobili di un bianco splendente. Grandi divani di lino bianco erano decorati con cuscini blu: la quintessenza dell'arredamento da casa al mare.

Mi portò in cucina, dove una donna alta con capelli ramati scuri stava preparando un'insalata. «Erica, lei è Margo».

Margo si tolse il grembiule e venne verso di me a braccia aperte. Aveva un fisico agile e il viso abbronzato cosparso di lentiggini. Portava dei grandi orecchini di perla, abbinati a un filo di perle intorno al collo. Nonostante l'altezza, sembrava fragile tra le mie braccia. Quando si fece indietro, mi sentii sollevata per aver scelto l'abbigliamento giusto.

«Sarai mica un miraggio? È meraviglioso conoscerti, cara. Hai fame?».

Non mi ero preoccupata di mangiare per tutto il giorno. Ero stata sopraffatta dal nervosismo la mattina, e dopo l'incontro mangiare era stata l'ultima delle mie preoccupazioni. «Sono affamata, in realtà».

«Dammi soltanto qualche minuto e sarà pronto. Tesoro, puoi mettere a cuocere il pesce». Indicò a Daniel il frigo.

Lui annuì e si allontanò da me per prendere un vassoio. «Ti va una birra?»

«Ehm, certo», dissi, anche se mi sarei ubriacata in un lampo se non avessi messo subito qualcosa nello stomaco. Se mi fossi scolata una birra intera, probabilmente avrebbero saputo di me molto più di quanto avessi voluto raccontargli. Daniel prese due bottiglie con la mano libera e mi fece cenno di seguirlo.

Uscimmo in veranda, e mentre lui era concentrato sulla griglia, io mi godevo il panorama. Per tutto il viaggio avevo pensato con rabbia a Blake, invece di fantasticare su tutte le cose di cui io e Daniel avremmo potuto parlare per conoscerci meglio. Volevo che mi conoscesse davvero, che mi *volesse* conoscere.

Guardai all'orizzonte, verso l'oceano calmo davanti a noi. In lontananza, una spolverata di macchie nere si muoveva tra gli scogli ai piedi della costa.

«Cosa sono?», domandai.

Daniel guardò il punto che gli stavo indicando. «Foche. Trascorrono lì tutto il giorno. Bestie rumorose, sono. Sono la prima cosa che sentiamo al mattino».

Mi venne da ridere al pensiero delle foche nei panni dei galli, da quelle parti. «Avete una casa bellissima».

«Grazie. Amiamo stare qui. È un bel posto per staccare la spina».

Chiuse il coperchio della griglia e venne vicino a me davanti alla ringhiera che ci separava dallo sprofondo a soli pochi centimetri di distanza. Una piccola scala pieghevole ai confini della proprietà portava giù verso la spiaggia. Le scogliere erano belle ma pericolose, soprattutto se si rimaneva bloccati sulla spiaggia durante l'alta marea.

Daniel interruppe i miei pensieri oziosi. «Ti ho cercata su Google, ma devo ammettere che non ho capito molto bene cosa fai; cos'è Clozpin?».

Sorrisi, emozionata dal fatto che fosse interessato a conoscermi.

La debole speranza che avevo nutrito fino a quel momento stava prendendo vita. «È una start up per un social network sulla moda. Aiuta le persone a trovare l'abbigliamento giusto e a contattare firme e stilisti, in poche parole».

«E l'hai messo su quando eri ancora all'università?»

«Insieme a un paio di amici. Da quando mi sono laureata, ho cercato di reperire fondi da qualche investitore informale che…». Mi bloccai, pentendomi di quello che avevo appena detto. «Abbiamo ottenuto i fondi oggi, per cui spero che accadranno grandi cose in futuro».

«È fantastico, Erica». Sorrise e fece un brindisi con le nostre bottiglie di birra.

«Cosa mi racconti di te? Sei sempre stato interessato alla politica?», domandai.

Arricciò il naso e si mise a fissare l'orizzonte che imbruniva sull'oceano. «In un certo senso, sì. La mia famiglia è impegnata in politica da qualche generazione, per cui credo che dedicarmici sia stata una logica conseguenza della mia carriera».

«Sei fiducioso per quanto riguarda la corsa alla carica di governatore?»

«Decisamente. Abbiamo il sostegno di personaggi influenti, e stiamo facendo un'ottima campagna elettorale. I livelli di approvazione dei social media, sebbene non sappia praticamente nulla dei dettagli, sembrano garantire ottimi risultati. Magari potresti spiegarmi tu un paio di cose su questo argomento».

Annuii e scoppiai a ridere. Era fuori discussione il fatto che parlassimo due lingue completamente diverse dal punto di vista professionale.

«Riguardo alla campagna...». Esitò, come se stesse riflettendo su come proseguire. «Può sembrare sconveniente da dire, ma ho una preghiera da farti». Si strofinò il velo di barba che gli ricopriva il mento. «Come ti ho detto, lo sai, non mi aspettavo di incontrarti. Una bellissima sorpresa, ovviamente».

«Ovviamente», dissi anch'io.

«Mi sto giocando tutto in questa campagna elettorale, Erica, e non so come dirti questa cosa senza apparire, in un certo senso, una brutta persona, credo».

«Sarebbe meglio non spifferare la notizia della mia esistenza come figlia illegittima», dissi di getto. Conoscendo i politici, avrebbe potuto continuare a girarci intorno per diverso tempo prima di arrivare al punto.

Il suo viso si addolcì e assunse un'espressione colpevole, ma io avevo già capito dove volesse arrivare. L'ultima cosa che desideravo era essere un peso o una fonte di stress per lui.

«Non è un problema, davvero», dissi. «Volevo soltanto conoscerti, e spero che sia ancora possibile. Ma ho la mia attività e le mie pubbliche relazioni da mandare avanti. L'ultima cosa che desidero è metterti i bastoni tra le ruote. Onestamente, non ho niente da guadagnare con il tuo coinvolgimento in politica».

Annuì e bevve un lungo sorso di birra. «Credo veramente che sia giusto così. Noi sappiamo quello che dobbiamo sapere, e credo che sia questo ciò che conta di più, giusto?».

Feci cenno di sì con la testa e lasciai scivolare la mano sulla ringhiera, pensando alla domanda che volevo fargli.

«Forse è stato perché quando è morta ero troppo piccola per affrontare l'argomento. Ma mi sono sempre chiesta perché mia madre non mi abbia mai parlato di te».

Si tirò su e aggrottò le sopracciglia. «La nostra relazione era complicata. O almeno lo era diventata quando lei aveva scoperto di essere incinta. Le nostre famiglie non sarebbero state felici della notizia».

«Lo so». La famiglia di mia madre era sempre stata molto distaccata. Considerando quanto mi aveva raccontato Daniel, la sua situazione non doveva essere stata molto diversa; una famiglia in vista come la sua non avrebbe reagito bene a una ragazza rimasta incinta fuori dal matrimonio, a prescindere dal lignaggio di lei.

«Una volta che era tornata a Chicago, ero convinto che se ne sarebbe occupata lei. Non ne ho più sentito parlare, e io non volevo farmi vivo e portare il sospetto nella sua famiglia».

«Quindi non vi siete più parlati dopo l'università?».

Scosse il capo e rimase a fissare l'oceano, come se le risposte su come fosse cambiata la vita per lui fossero là fuori, da qualche parte, appena oltre il suo campo visivo.

Sentii sbattere la portiera di un'auto e, quando mi girai, intravidi una testa di capelli castani ricci che oltrepassava il recinto ed entrava in casa.

«Dovrebbe essere mio figlio adottivo. Penso che abbia più o meno la tua stessa età».

Daniel fece segno con la mano di tornare dentro e io mi armai di coraggio per affrontare un'altra presentazione.

Margo stava portando a tavola l'insalata e una zuppiera di riso fumante. Il profumo si diffondeva nell'aria, e io non vedevo l'ora di smetterla di parlare e iniziare a mangiare. Il giovane varcò la porta e si avvicinò a lei, ma si bloccò appena mi vide.

Tutto si fermò. La stanza divenne fredda e silenziosa. Sentivo il cuore che mi batteva, un tonfo assordante e irregolare, un dolore ghiacciato che scorreva nelle vene, che mi congelava fino alle ossa.

Ero sola, in una stanza piena di persone. Sola, con i miei ricordi e la vergogna che mi avevano fatto riaffiorare. Provai un senso di repulsione nauseante mentre cercavo di capire l'incubo orribile che si palesava davanti a me.

Afferrai il braccio di Daniel, temendo che le mie gambe non mi avrebbero sorretta. Lo guardai, come se avessi la speranza che in qualche modo potesse capire. Lui si limitò a ricambiare lo sguardo e a indicare il loro nuovo ospite.

«Erica, lui è mio figlio adottivo, Mark».

Mark.

Dopo quattro anni, finalmente sapevo il suo nome.

Mi scusai per andare nel bagno più vicino. Chiusi la porta a chiave dietro di me, lottando contro l'agitazione mentre le mie mani si muovevano in maniera inconsulta. Mi spruzzai l'acqua sul viso e guardai lo specchio alla ricerca di aiuto. Ero pallida come un fantasma. Avevo implacabili ondate di nausea, e tentai con tutte le forze di vomitare, per purgare via quel ricordo velenoso dal mio corpo.

Dovevo riprendere il controllo. E mi serviva un piano. Avevo il telefono nella borsa. E la borsa era in soggiorno.

Ma chi avrei potuto chiamare? E poi, per dire cosa? *L'uomo che mi ha violentata al college è il mio maledetto fratellastro.* Diamine, come potevo affrontare tutto ciò? Riuscivo a malapena a guardare quell'uomo senza accusare i sintomi di un esaurimento nervoso. Avrei dovuto sedermi a tavola per mangiare insieme a lui, come se quella faccenda non esistesse, un intero capitolo della mia vita spazzato via.

Era un'emergenza personale, ma non un'emergenza nel senso letterale del termine, mi dissi. Avremmo cenato e avrei inventato una scusa per andare via.

Avrei trovato un modo per avere a che fare con Daniel in futuro, anche se l'idea di costruire un rapporto con lui sembrava impossibile ormai. Mi asciugai il viso e cercai di ricompormi prima di percorrere il corridoio. Ce la potevo fare.

Uscii e appena chiusi la porta dietro di me, Mark era lì.

«Tutto bene?», mormorò.

Aveva gli occhi scuri, quasi neri mentre si avvicinava. Io mi feci indietro, appoggiando i palmi delle mani contro il muro. Venni colta dal panico. Avevo i nervi a fior di pelle, pronta a reagire male.

«Stai lontano da me». La mia voce era debole, tradiva la paura che stava per prendere il sopravvento. Ero un groviglio di ansia, non quella donna feroce e intimidatrice che avrebbe dovuto spaventarlo.

«Oppure cosa?». Si avvicinò così tanto che riuscivo a

sentire il suo respiro. «È perfetto, davvero. Ho sempre desiderato una sorella».

Fece scorrere un dito dal mio ginocchio fino all'orlo del vestito, sollevandolo leggermente. Ogni cellula del mio corpo prese vita e sentii una scarica di adrenalina. Dio mi era testimone, non sarei stata la sua vittima ancora una volta. Lo spinsi via con tutte le forze, facendolo finire contro la parete opposta del corridoio.

«Non ti azzardare a toccarmi di nuovo. Mi hai sentito?».

Un ghigno divertito gli comparve sul viso. Mi diressi di corsa in soggiorno, non meno sconvolta di quando ero andata in bagno. *Ecco il momento in cui Daniel inizierà a pensare che sono pazza.*

«Erica, sei sicura di stare bene?», chiese Daniel appena mi sedetti vicino a lui.

«Chiedo scusa, non ho mangiato per tutto il giorno. Non mi sento molto bene».

«Oh, no, tesoro, mangia ti prego!». Margo mi servì un piatto con tutte le prelibatezze di cui avevo sentito il profumo poco prima.

Mark si unì a noi e sedette di fronte a me con lo stesso sorriso compiaciuto di prima, come se l'intera faccenda non lo avesse neanche scalfito. Infilzai qualche foglia di lattuga con la forchetta e iniziai a mangiare controvoglia. Ero in preda al panico, l'appetito ormai era svanito.

«Mark, Erica gestisce una sua impresa su internet. Non è sorprendente?», chiese Daniel.

Riferì i dettagli della nostra precedente conversazione per aggiornare Margo e Mark, mentre io rabbrividivo all'idea che stesse rivelando informazioni potenzialmente pericolose che il mio fratellastro avrebbe potuto usare per avvicinarsi di nuovo a me. Ormai conoscevo la sua identità, ma anche il mio anonimato – probabilmente l'unica cosa che mi aveva tenuta al sicuro da lui – non esisteva più.

«E tu cosa fai, Mark?», domandai. Si poteva giocare a quel gioco in due, anche se non riuscivo a immaginare di volerlo cercare se non per piantargli una pallottola in corpo.

«Lavoro nella società con Daniel».

«Certo», commentai sorridendo con educazione.

Che fortuna per lui, stuprare e fare scorrerie durante gli anni dell'università per poi entrare dalla porta principale in una delle più grandi società della città. In qualche modo iniziavo a odiarlo ancora di più.

«In che zona della città vivi?», mi domandò.

Fissai il piatto e portai alla bocca un pezzetto di eglefino leggermente speziato, mentre cercavo di pensare alle possibili false informazioni con cui rispondere. In quel momento suonò il campanello, il trillo rimbombò in tutta la casa. Colta di sorpresa, quasi saltai dalla sedia.

«Vado io, caro», disse Margo appena Daniel stava per alzarsi. Si sollevò con grazia e sparì verso l'ingresso; la porta era nascosta alla mia vista.

«Dovreste vedervi qualche volta», suggerì Daniel.

Feci il possibile per non alzare lo sguardo al soffitto. *Cerca sempre di portare la mia attenzione su Mark*, pensai.

Continuavo a riempirmi la bocca per trattenere le parole, mentre cercavo di escogitare un piano di fuga. Sospettavo che volevano che mi trattenessi di più, ma io dovevo tornare a casa. Al sicuro.

Casa. Sì, finalmente avevo una casa, e non sarei voluta essere da nessun'altra parte.

Chiusi gli occhi e comparve l'immagine di Blake. Avrei dato qualunque cosa per essere con Blake in quel momento, ma non potevo correre da lui ogni volta che mi sentivo in pericolo. Forse potevo restare con Marie.

«Erica», risuonò la voce melodica di Margo. «C'è qualcuno per te. Ti aspetta davanti alla porta».

Alzai di scatto la testa. Soltanto una persona mi avrebbe potuto trovare lì.

Blake era sulla soglia, con un abbigliamento casual e perfetto, come al solito.

Tentai di riportare a galla la rabbia che avevo provato prima nei suoi confronti, ma tutto quello che sentivo era sollievo, gratitudine, amore. Cercai di trattenermi dal correre tra le sue braccia e farmi portare via da quell'orribile situazione. «Blake...».

Entrò in casa e mi tirò a sé per abbracciarmi, stringendomi così forte da farmi quasi male. Gli nascosi il viso contro il collo, respirando il suo profumo. Il mio corpo si rilassò. Sarebbe andato tutto bene, con lui lì con me. Ero al sicuro.

«Lui è qui?». Mi prese il viso tra le mani e mi guardò negli occhi.

«Chi?»

«Mark».

«Sì. Aspetta, come lo sapevi?»

«Non ti preoccupare, ti porto via di qui». Mi prese per mano e fece per uscire.

«No, non posso». Lo trascinai di nuovo dentro, tenendogli la mano ben stretta nella mia.

«Erica, io ti porto via di qui. Andiamo».

«Aspetta, voglio soltanto salutare. Salutare Daniel».

Si accigliò.

«È mio padre, Blake. Stiamo cercando di conoscerci. Non voglio mandare tutto all'aria». Non c'era ancora stato niente che somigliasse a un rapporto padre-figlia, ma lo avevo appena ritrovato. Non potevo perderlo ancora una volta, così presto.

«Va bene». Mi lasciò la mano. «Presentaci e poi ce ne andiamo».

«Sii gentile», dissi con delicatezza prima di portarlo in soggiorno dove l'intera famiglia ci stava aspettando.

Appena entrammo, lo sguardo di Blake sfrecciò su Mark. Si irrigidì, il suo corpo sembrava irradiare tensione. Gli strinsi la mano un po' più forte per ricordargli di non infuriarsi.

«Daniel, Margo, Mark… lui è Blake». Mi feci scorrere nervosamente una mano tra i capelli. Per ironia della sorte stavo presentando il mio amante al mio unico genitore vivente alcuni giorni dopo il nostro primo incontro. E tra tutte le emozioni che mi attraversavano la mente in quel momento, c'era anche la speranza che Daniel approvasse la nostra relazione.

Fino a pochi istanti prima sembrava essere orgoglioso di me. Sicuramente avrebbe approvato anche il mio rapporto con Blake.

«Blake Landon. Lavori presso la Angelcom, vero?». Daniel si alzò e gli strinse la mano.

«Esatto. Credo che lei abbia negoziato diversi nostri accordi», disse Blake.

«Vero. È piccolo il mondo, non trova?». Restò in silenzio per un istante, il suo sguardo si posò su di noi per poi scendere verso le nostre dita intrecciate. Si rabbuiò. Tornò a guardare me, come se fosse stato colto da un terribile pensiero in quel momento.

Sapeva che Blake sapeva. Per quanto l'atteggiamento di Daniel apparisse impassibile, riuscivo a leggergli dentro come un libro aperto. Il nostro piccolo segreto imbarazzante si stava diffondendo in modi che non si aspettava.

Margo si alzò di scatto e diede un bacio sulla guancia a Blake. «Blake, permettimi di preparare un piatto anche per te. Prego, siediti e unisciti a noi».

«In realtà, è sorto un problema con un piano sul quale stiamo lavorando. Purtroppo devo assolutamente andare per risolvere questa faccenda. Ma molte grazie per l'ospitalità».

«Oh». Margo si imbronciò quasi impercettibilmente. Avrei potuto scommettere che non vedeva l'ora di conoscere meglio Blake.

Diedi a Daniel, poi a Margo, un bacio veloce sulla guancia e salutai con la mano. Blake prese il mio borsone che era rimasto in corridoio.

Mi porse la mano e indicò la Tesla con un cenno del capo. «Andiamo».

Rimasi a fissarlo mentre ricordavo il nostro diverbio della giornata appena trascorsa. «Blake, non vengo a casa con te».

«No, non ti porto a casa. Andremo in un posto dove potremo parlare, e se poi vorrai andare a casa, o da qualunque altra parte, avrai piena libertà».

«Dove andiamo?».

Non rispose.

Capitolo venti

«Non sono affatto in vena di stare su un'isola con te adesso, Blake».

Eravamo al porto dei traghetti e Blake mi stava pregando di non andare via. Aveva chiuso le portiere con la sicura ed eravamo entrati in una grande imbarcazione, e in quel momento stava facendo il possibile per tenermi con sé.

«Giuro, possiamo prendere il prossimo traghetto e andare via se non ti piacerà quello che devo dirti».

«Ti stai comportando come un pazzo in questo momento, lo sai? Questo è un rapimento».

«Promettimi che non te ne andrai».

Brontolai. «Promesso, adesso fammi uscire».

Tolse le sicure e salii la rampa per andare al piano di sopra: avremmo passato il resto della serata insieme sull'isola Martha's Vineyard. Se Blake pensava di cavarsela con il romanticismo, si sbagliava di grosso.

Andai verso la prua e mi affacciai al parapetto. Adocchiai un tavolo per due in fondo, consapevole del fatto che Blake fosse dietro di me. Mi misi a sedere e lui mi raggiunse un secondo dopo. Finalmente lo guardai negli occhi. Brillavano per il sole che tramontava sull'acqua. Dio, era tanto bello quanto esasperante. Rimanemmo seduti in silenzio per qualche istante mentre i tavoli intorno iniziavano a riempirsi.

«Mi vuoi dire come mi hai trovata? Non hai piazzato una microcimice nei miei vestiti, vero?». Se stavo per imbarcarmi in quell'odissea, lui doveva assolutamente rispondere alle mie domande, alla svelta.

«Sid mi ha detto che eri andata a trovare tuo padre».

«Tu glielo hai chiesto, e lui, semplicemente, ti ha risposto?». Speravo con tutto il cuore che Blake non avesse terrorizzato Sid come era solito fare con chiunque mi capitasse di avere vicino negli ultimi tempi.

«In realtà, sì. Neanche lui si sentiva molto tranquillo per il fatto che andassi a casa di un perfetto sconosciuto».

«Va bene. E cosa mi dici di Mark? Come sapevi che ci sarebbe stato anche lui lì?»

«Mi sono informato su di lui quando ho tracciato la sua identità. Il suo patrigno e datore di lavoro l'ho trovato in un attimo. Appena ho scoperto dove eri andata, ho immaginato che ci fosse una concreta possibilità che ci sarebbe stato anche Mark con voi».

Ovvio. Conosceva l'identità di Mark da un paio di settimane, quindi soltanto il cielo poteva immaginare cosa avesse escogitato.

Ma dato che era riuscito a scoprire tutto ciò, Mark non doveva essere molto intelligente.

«E poi sei riuscito a rintracciare la casa a Cape Cod».

«Erica, non mi insultare, per favore». Iniziò a tambureliare con le dita sul tavolo.

«Dove hai imparato a fare tutte queste cose?»

«Cosa vuoi dire?»

«Sei un hacker. Sembra una definizione insolita per qualcuno con così tanti soldi e risorse come te, ma chiaramente fai ancora certe cose».

Mi rivolse un sorriso malizioso. «Uso i miei poteri soltanto a fin di bene».

«Ed è stato sempre così?».

Il suo sorriso svanì. «Ascolta, parliamo dell'accordo con Max. Devo spiegarti alcune cose».

«Ci arriveremo. Ma prima raccontami come hai fatto a diventare un hacker».

Alzò lo sguardo al cielo. «Ore e ore davanti al computer e una propensione per la matematica. Soddisfatta?»

«Ascolta, se non hai intenzione di essere sincero con me, non ho motivo di restare qui». Mi alzai e feci per andarmene.

Lui mi prese la mano. «Per favore, non andare».

Lo sguardo che mi rivolse mi procurò una fitta al cuore, ma ero determinata a non cedere.

Tornai a sedermi. «Parla».

Sospirò. «Ero un adolescente asociale annoiato. Mi sentivo avulso dalla società. Fare cose da hacker divenne il mio sfogo creativo, mi diede degli sbocchi per far sembrare la mia vita meno insignificante».

Cercai di immaginare l'uomo bellissimo davanti a me quando era un adolescente arrabbiato, che faceva a pugni con la realtà intorno a sé. «La società ti aveva fatto un torto così grande? I tuoi genitori non erano insegnanti?»

«Sì, ed erano decisamente sottopagati. Comunque sia, loro non c'entrano nulla con quello che sono diventato, credimi. Cercarono in qualunque modo di farmi uscire di casa, di farmi vivere come un ragazzo normale, da quanto ricordo. Penso che il problema fosse soltanto essere un ragazzo troppo… intellettuale, forse, per essere accettato. Giornali, politica, economia. Praticamente tutto quello che c'è di sbagliato nel mondo anche oggi all'epoca mi sembrava davvero troppo sbagliato. Trovavo molto difficile giustificare il fatto di vivere una vita normale e felice nascondendo semplicemente la testa sotto la sabbia mentre ogni tipo di atrocità accadeva in ogni luogo».

«Allora hai pensato che avresti potuto salvare il mondo dal tuo computer».

«Non proprio. Non lo so…».

«Per quale motivo hai iniziato a lavorare con il padre di Max?».

Respirò lentamente. Mi girai a guardare indietro. Stavano slegando le funi dall'approdo. Avevo ancora tempo.

«Adesso o mai più, Blake».

«Cazzo, e va bene». Si appoggiò al tavolo e cominciò a parlare a voce così bassa che soltanto io riuscivo a sentirlo. «Iniziai a lavorare con un gruppo di hacker chiamato M89. Un gruppo di ragazzini incazzati come me. Escogitammo un piano per prosciugare i conti correnti di alcuni dirigenti di Wall Street».

«Perché?»

«Si stavano arricchendo attraverso uno schema Ponzi e stavano cercando di far fuori gli informatori che minacciavano di denunciarli».

«E cosa successe?»

«Ci beccarono», disse. «Scampai miracolosamente alla prigione, e durante il processo catturai l'attenzione di

Michael, in qualche maniera. Lui mi prese sotto la sua ala, e trovò un modo per ricavare qualcosa di buono da me. A quanto pare ci volle un capitalista dall'occhio lungo per prospettarmi un mondo che avesse un senso».

Accidenti. Blake era così equilibrato, riusciva a tenere sotto controllo ogni aspetto della sua vita, almeno da quando lo conoscevo. Pensare a lui come una persona sconsiderata mi faceva paura. I rispettivi modi in cui ci eravamo fatti strada nella vita non potevano essere più diversi.

«Entrambi volevamo fare qualcosa di grande, così io ho passato notti intere a studiare per laurearmi con il massimo dei voti, e tu hai hackerato dei conti correnti».

«E adesso eccoci, insieme». Mi posò le labbra sulle nocche, sfiorandole appena con la lingua.

Sentii un nodo allo stomaco, ma mi sforzai di concentrarmi sul nostro discorso. «Come hai fatto a evitare la prigione per quello che hai fatto?».

Si tirò indietro contro lo schienale della sedia e accennò un sorriso malizioso.

«Che c'è?»

«È scaduto il tempo».

Mi girai e vidi che eravamo già a qualche metro di distanza dal molo, il traghetto era salpato.

Circa un'ora dopo, io e Blake attraversammo l'isola con la macchina, da un quartiere all'altro finché non accelerò lungo un paesaggio arido con poche case. Mi aggrappai al sedile, sicura che ci saremmo ribaltati da un momento all'altro, un finale perfetto per quella giornata incredibile. E comunque, l'isola sembrava provvista di un numero molto esiguo di forze di polizia, e noi ci stavamo allontanando sempre più dalle aree civilizzate, sempre se allontanarsi dal mondo fosse possibile.

Arrivammo a una grande villa unifamiliare, che si distingueva dalle altre case rivestite di assi di cedro soltanto per le dimensioni, e che sembrava essere l'ultima dimora dell'isola. Entrammo nella veranda che circondava l'abitazione e, invece di varcare la porta, Blake mi fece percorrere tutto il portico per arrivare alla spiaggia. Oltrepassammo le dune per dirigerci verso due sedie bianche di legno sistemate sulla sabbia in direzione delle onde dell'oceano.

Scalciai via le scarpe e mi accomodai su una sedia. Dopo una notte quasi del tutto insonne e una giornata che era andata completamente storta, riuscivo a malapena a reggermi in piedi. Blake tirò fuori una bottiglia di vino bianco freddo da un secchiello pieno di ghiaccio conficcato nella sabbia.

«Sul serio, Blake, come fai a pianificare tutte queste cose?».

Sorrise. «Non ho intenzione di rivelarti tutti i miei segreti stanotte».

«Potrei costringerti», lo minacciai. Iniziavo a intuire le sue debolezze, ormai.

I suoi occhi si fecero più scuri. «Così mi tenti, però», disse, mancando il bicchiere che stava riempiendo.

Corresse la mira e mi porse il bicchiere. Bevvi un sorso rigenerante di vino, fruttato e fresco.

«Non essere tanto sicuro. Sono ancora arrabbiata con te. Del tipo, molto, assolutamente, estremamente arrabbiata».

«Sono nel proverbiale "mare di guai"?»

«In un vero e proprio oceano di guai, e non puoi neanche minimamente immaginare quanto dovrai farti perdonare».

«Mi piace farmi perdonare. Da dove posso cominciare?».

Si inginocchiò ai miei piedi, disegnando piccoli cerchi sulle mie ginocchia e su e giù lungo le cosce, lasciando baci delicati sulla pelle che aveva reso sensibile. Cercai invano di sopprimere la reazione fisica provocata dal suo tocco.

«Non puoi riparare tutto con il sesso», dissi e, maledizione, ero seria.

«No? Allora dimmi. Come posso fare per aggiustare le cose?». Continuava a toccarmi delicatamente.

«Onestamente non lo so. Credevo avessi un piano quando mi hai fatta venire qui con te». Non volevo rendergli le cose facili. Ero esausta, ma avevo ancora un po' di energia per farmi valere.

Rallentò le sue carezze e si sistemò meglio sulle ginocchia. «Ti amo, Erica».

Merda, pensai. Doveva dirlo proprio in quel momento? Cercai di trattenere le lacrime. «Questo non cambia le cose riguardo a quello che mi hai fatto oggi».

«Lo so che probabilmente non significa molto, ma non volevo. Non mi hai lasciato scelta».

«Be', non mi sembra una ragione valida», dissi guardandolo fisso negli occhi.

«Trovare un investitore è come andare a letto con qualcuno, Erica. Non sempre funziona, e a dire il vero, tu non sei la persona adatta per quel tipo di partnership. So bene come la pensi riguardo al lavoro. Una delle ragioni per cui non ho semplicemente deciso di investire nel tuo progetto è che sei determinata da morire. Sapevo già che lavorare con te non sarebbe stato facile, e che mi avresti messo i bastoni tra le ruote a ogni passo. Non avevo afferrato a pieno le conseguenze della tua collaborazione con Max inizialmente, e non riuscirei a sopportare di perderti per lui».

«Lui non mi vuole in quel senso», insistetti, credendoci soltanto in parte. Max, come molti altri, non rispettava del tutto il mio spazio personale, ma non aveva mai detto nulla che mi facesse intendere che mi desiderava dal punto di vista sessuale. Anche se lo avesse fatto, avrei saputo difendermi.

«Invece sì, dammi retta. Che tu ci creda o no, non si fermerebbe davanti a nulla per averti, anche se significasse affrontarmi. Dopo aver visto cosa ti è successo con Isaac, non posso correre il rischio che accada ancora».

Scossi il capo. Isaac mi aveva colta impreparata, ma se Blake mi avesse dato un minuto in più, sarei riuscita ad allontanarlo senza il suo aiuto.

«Non so dirti quando esattamente Max inizierebbe a fare le proprie mosse, ma posso garantirti che lo farebbe. Ti costringerebbe a fare cose che non faresti mai soltanto per mandare avanti l'impresa, consapevole di quanto essa significhi per te, e consapevole di quanto tu significhi per me».

«Come fai a dirlo?»

«Gesù, Erica, mi butterei nel fuoco per assicurarmi che tu stia bene. Non potresti semplicemente credermi, credere che ho la certezza che succederebbe tutto questo e che non permetterei che ti capitasse nulla di male?».

Chiusi gli occhi. Le onde si infrangevano sul bagnasciuga, e una leggera brezza soffiava su di noi. Sentivo Blake, la sua forza magnetica che mi attirava verso di lui.

Era l'unico uomo che avessi mai amato, ed era lì, a professare il suo amore per me, a promettermi di proteggermi da ogni male, perfino troppo eroico per essere preso sul serio, ma quando aprii gli occhi e guardai nei suoi, non avevo alcun dubbio sulle sue intenzioni.

Era troppo. Le lacrime iniziarono a offuscarmi la vista, ma mi rifiutai di arrendermi. Mi strinsi le braccia intorno al petto, abbracciandomi per non cedere.

«Mi stai uccidendo, Blake».

«Sai quante donne hanno avuto un incontro d'affari con me in quella sala conferenze?», mi domandò.

«Quante?»

«Una».

La parola rimase sospesa in aria, un'incredibile verità che rivelava quanto sarebbe stata pericolosa la mia posizione in quella compagnia. Se fosse stato vero, essere arrivata così lontano era poco meno di un miracolo. Si spiegava anche perché le receptionist mi guardavano come se fossi un mostro a tre teste ogni volta che mi facevo viva per un incontro.

«Accidenti». Scossi il capo.

«Io e Max ti volevamo entrambi quel giorno, per diversi motivi. Non avevo intenzione di lasciarti andare senza lottare».

Anche con tutti i rischi che avrei corso nel lavorare con Blake, la mia impresa sarebbe stata più al sicuro di quanto non lo fosse mai stata in tutta la sua esistenza. Adesso dovevamo soltanto trovare un modo per lavorare insieme senza impazzire entrambi.

«E adesso?», domandai, sperando che avesse qualche idea brillante.

«Qualunque cosa tu voglia, purché non coinvolga Max. O Isaac».

«Quindi adesso siamo partner».

Annuì.

«Comando io, Blake. Prova soltanto a dirmi come portare avanti i miei affari e abbiamo chiuso». Dicevo sul serio. Non avrei ceduto su quel punto, e per fortuna lui non poteva opporsi dal momento che avrebbe finanziato il progetto senza poter vantare alcun diritto legale su di esso.

Si alzò e mi prese il bicchiere, per conficcarlo insieme al suo nella sabbia, vicino a noi. «Sei tu il capo, piccola».

Mi tirò in avanti sulla sedia, mi sollevò il vestito e iniziò a baciarmi con passione l'interno coscia. Mi sfilò le mutandine con abilità e la sua bocca fu sulla mia figa.

«Oddio». Mi aggrappai alla sedia in preda all'estasi.

Mi allargò con le dita per far spazio alla sua lingua vellutata. Le sue pressioni intermittenti mi facevano contrarre in maniera incontrollabile. Fece scivolare il suo dito snello dentro di me e iniziò a succhiare forte, titillando nel frattempo con la lingua. Tirai la testa indietro. *Sì*.

Mi inarcai, spingendomi contro la sua bocca, e lui succhiò per l'ultima volta, facendo scivolare un altro dito dentro di me. Con i denti mi sfiorò il clitoride, stimolandolo con la giusta forza e pressione per farmi raggiungere il piacere.

«Blake...». Urlai nell'aria imbrunita mentre cercavo di riprendere fiato. La brezza soffiava fredda sulla mia pelle, facendo asciugare il velo di sudore che la ricopriva, ma Blake continuava. Venni più e più volte, con le dita intrecciate alle sue, finché non fui completamente sfinita e frastornata, con il desiderio irrefrenabile di sentirlo spingere dentro di me.

Pronunciai il suo nome in un lamento, pregandolo di fermarsi, incerta su quanto ancora avrei potuto sopportare.

Si alzò in piedi, e io spalancai la bocca appena mi cadde l'occhio sull'evidente sporgenza nei suoi jeans. Mi tirò su e mi abbracciò.

«Entriamo», sussurrò prima che iniziassi a sbottonargli i pantaloni.

Assaggiai il mio sapore sulle sue labbra, la sua erezione premeva contro la mia pancia. Sempre troppo, eppure mai abbastanza, la ferocia del mio desiderio per lui ancora mi toglieva il respiro.

Seguii Blake alla villa e fino in camera da letto, una stanza enorme con soffitti a volute e pareti imbiancate. Quella casa faceva fare una misera figura a quella di Fitzgerald, per la grandezza e l'eleganza. La famiglia di Fitzgerald era ricca da generazioni, ma Blake avrebbe potuto comprare e vendere Daniel.

Il letto, coperto da un soffice piumone bianco, era situato al centro della stanza, e divenne il fulcro dei miei pensieri da quando iniziai a contare i secondi che ci separavano dallo sdraiarcisi nudi. Blake tirò giù lentamente la cerniera del mio vestito, sfiorandomi con carezze delicate. Mi sfilai il vestito e mi avvicinai al letto. Salii e mi misi in ginocchio, aspettando che Blake si svestisse. Poco dopo strisciò sul letto con l'eleganza flessuosa di un predatore che insegue una preda, e io avevo una voglia matta di essere cacciata.

Mi spostò per mettermi sotto di lui, mi aprì le gambe

e si posizionò davanti a me. La sua bocca si avventò sul mio seno, succhiando forte e stimolando il capezzolo con la lingua. Mi inarcai verso di lui e lo agganciai con una gamba, nel timido tentativo di avvicinarlo ancora di più a me. Lui non si muoveva di un centimetro.

«Sei una piccola impaziente», mi disse in tono scherzoso, mentre saliva con la mano verso l'interno coscia, a pochi centimetri dal posto in cui desideravo molto di più essere toccata.

«Toccami, ti prego, Blake».

Accennò un sorriso. «Alza le mani».

Con il desiderio di compiacerlo affinché smettesse di farsi attendere, obbedii. Mi tirò le braccia ancora più in alto, slacciò uno dei miei braccialetti per agganciarlo all'altro polso e poi li legò l'uno all'altro, creando un paio di manette alquanto costose.

«Blake, no, così li romperai».

«Non se starai ferma».

«Come posso riuscirci? Mi stai facendo impazzire».

Controllarmi quando mi teneva lui era un conto, ma non avevo idea di come avrei potuto reagire senza essere frenata in alcuno modo.

«Autocontrollo», disse semplicemente. «Resta così».

Mi guidò le mani verso la testiera. Deglutii a fatica e mi aggrappai ai tubi di metallo, con la mente concentrata su ogni sensazione che attraversava il mio corpo e sulle reazioni fisiche che avrei dovuto controllare per non rovinare il bellissimo regalo di Blake. Mi stava appena sfiorando, e io già morivo dall'eccitazione per quello che sarebbe accaduto.

Iniziò dal basso, stimolandomi la punta dell'alluce.

Una scossa di eccitazione mi sfrecciò dritta verso le parti intime. Gesù, sapeva ogni trucco del manuale di istruzioni. Mi tesi, consapevole del fatto che ci avrebbe messo molto tempo per arrivare al dunque. Iniziò a posare languidi baci su per le cosce, sulla pancia, per affondare nell'ombelico con la lingua. Indugiò sui seni e sulle clavicole, sfiorandomi sul collo con il suo respiro caldo che mi faceva venire la pelle d'oca.

«Come ti senti?». Mi sfiorò le labbra con le sue; mi resi conto che stava sorridendo.

Avevo ogni nervo in allerta, ogni cellula del mio corpo tendeva verso le sue, per quanto fossi legata. «Viva», sussurrai aggrappata a un filo.

«Bene».

Se lo prese con una mano e lo lubrificò con il mio liquido, strofinandolo lungo le mie pieghe. Mi si bloccava il respiro ogni volta che sfiorava il clitoride. Poi entrò dentro di me con un movimento rapido. Urlai, stringendo le mani intorno alla testiera e cercando di non tirare i braccialetti.

Poi le sue labbra si posarono sulle mie per baciarmi freneticamente. Gemetti nella sua bocca mentre lui spingeva dentro di me ancora e ancora, con una profondità che mi faceva contrarre intorno a lui in modo incontrollabile. Riuscivo a malapena a respirare nell'attesa di raggiungere il piacere. Affondai i talloni nelle sue cosce, spingendolo a penetrarmi più profondamente.

Le mie emozioni erano pure e morivo dal desiderio per lui. Blake si allungò su di me e rimise a posto il braccialetto. Libera da costrizioni, mi aggrappai ai suoi capelli e lo baciai con passione. Volevo di più, volevo tutto di lui.

Che se ne rendesse conto oppure no, non avevo alcuna intenzione di lasciarlo andare.

Incrociai il suo sguardo scuro. «Ti amo», sussurrai. Volevo che lo sapesse, dopo tutto quello che avevamo passato.

Si tirò di qualche millimetro indietro, con un'espressione quasi addolorata, come se quelle due brevi parole lo avessero colpito nel profondo.

«Fai l'amore con me. Ti prego, Blake, non voglio sentire altro che te adesso».

E per il resto della notte facemmo l'amore. Mi amò con ogni spinta fortissima, ricordandomi che i nostri corpi erano fatti per quello, l'uno per l'altra. Eravamo devastati, fisicamente ed emotivamente, ma Blake non si stancava mai. Quando rallentavamo, le mie pigre carezze si trasformavano in comandi famelici, e allora mi prendeva di nuovo, ogni volta in modo non meno passionale della precedente, finché entrambi non cademmo sfiniti l'uno nelle braccia dell'altro.

Mi svegliai il mattino seguente al suono dell'oceano. I gabbiani volavano in cielo proprio davanti alla finestra della nostra camera da letto. Scesi dal letto con estrema delicatezza per non svegliare Blake.

Indossai la sua maglietta e mi lasciai inebriare dal profumo. Gironzolai senza far rumore per la casa e presi una banana dal cestino della frutta in cucina. Tirai fuori il laptop e mi misi sul tavolo del soggiorno che dava sull'oceano. Iniziai a scrivere una mail al professor Quinlan, usando proprio quel nome. Non importava quanto tempo fosse passato, non sarei mai riuscita a chiamarlo Brendan.

Cercai le parole giuste per descrivere la situazione presente. Lui conosceva la storia di Max più di chiunque altro, ma speravo tanto che il corso degli ultimi eventi influisse il meno possibile sul professore. Mi sentivo in dovere di tenerlo al corrente nel caso ci fosse stato qualche problema. Scrissi una bozza del messaggio e lo rilessi, sopraffatta dagli avvenimenti delle ultime quarantotto ore.

E io che pensavo che l'università fosse stressante.

Cliccai su "Invio" e iniziai a visitare alcuni siti, per poi controllare Clozpin. La linea di caricamento del browser girava senza fermarsi. Il sito era andato di nuovo in tilt.

Merda. Telefonai a Sid. Nessuna risposta. Chiamai di nuovo, ma nulla. Tornai di corsa in camera da letto. A malincuore dovevo svegliare Blake, ma non riuscivo a calmarmi.

Mi misi accanto a lui, con le gambe sulle sue, e iniziai a riempirlo di baci delicati. Se dovevo svegliarlo, almeno volevo farlo in modo piacevole. Finalmente aprì gli occhi, con un sorriso e una splendida erezione mattutina. Per quanto mi tentasse, avevo bisogno di lui in un altro campo in quel momento.

«Cucciolo, il sito è andato di nuovo in tilt. Non riesco a contattare Sid».

Si alzò, si infilò i jeans e mi seguì verso il soggiorno. Guardò il mio schermo e poi prese il suo laptop dal borsone e si sedette sul divano prima di accenderlo.

«Caffè?», domandai.

«Grazie».

Aveva già l'aria molto concentrata, anche se appena sveglio; i suoi capelli erano un adorabile disastro. Andai a fare il caffè e, mentre aspettavo che uscisse, aggiornai ancora una volta la pagina. Si caricò immediatamente, con un gran logo molto particolare sovrapposto alla schermata. Il logo riportava un nome preciso. M89.

Blake stava digitando furiosamente. Non mi azzardai a chiedergli nulla, ma avevo il terribile presentimento che essere presa di mira dagli hacker non fosse più un episodio casuale. Riempii una tazza grande di caffè e gliela portai. La prese senza dire nulla, lavorava come se non ci fossi. Io lo fissavo pazientemente, nell'attesa che tornasse da me.

«Mi sai dire cosa succede? Per davvero questa volta?», chiesi con voce pacata.

Mi guardò con occhi stanchi.

«La foto che ci hanno scattato alla conferenza. È diventata virale. Probabilmente avrai notato un picco insolito nel traffico utenti. Gran parte di esso era reale, ma loro hanno iniziato a notare il sito».

«Loro?».

Esitò.

«Allora non è un episodio casuale».

«Non più», rispose con occhi carichi di rimorso.

«Perché ti stanno dando la caccia, Blake?».

Scosse il capo e si infilò una mano tra i capelli. «Mi dispiace, Erica, ma risolverò il problema. Te lo prometto».

Annuii, ero sicura che lo avrebbe fatto.

Ringraziamenti

Il processo con il quale mi sono scoperta scrittrice attraverso questo libro è stato davvero forte. Sarò per sempre debitrice nei confronti di coloro che hanno reso possibile questa esperienza.

Senza difese non avrebbe mai visto la luce senza il supporto costante e appassionato di mio marito. Grazie per avermi sostenuto in ogni momento e per avermi permesso di scomparire per ore, a volte per giorni, così da poter raccontare questa storia.

Un ringraziamento speciale va alla mia editor, Helen Hardt, per aver corretto i miei participi sgangherati e avermi spronata a dare vita a una storia sensuale ed emozionante che sono fiera di condividere con il mondo.

Grazie alla comunità di scrittori su Twitter. Questo libro è stato scritto un #1k1hr e #5hourenergy alla volta, e avere dei compagni di penna ha fatto davvero la differenza.

Grazie a Kurt e Luc per la vostra amicizia, lealtà e abilità di programmazione sorprendenti. Possano i vostri occhi posarsi un giorno su questa pagina del libro.

Per ultimi, ma certamente non meno importanti, vorrei ringraziare molto tutti i fan che hanno espresso il proprio entusiasmo e supporto nei confronti di *Senza difese*. Avete regalato un nuovo significato al traguardo dell'ultima riga da scrivere. Non vedo l'ora di condividere la prossima storia di Blake ed Erica con voi!

Indice

Anagramma

Ultimi volumi pubblicati

Milly Johnson, *Un indimenticabile matrimonio quasi perfetto*
Miranda Dickinson, *Favola d'amore a New York*
Megan Maxwell, *Lasciami andare via*
Michelle Gable, *Un favoloso appartamento a Parigi*
Melissa Foster, *Un bacio sotto la neve*
Jen McLaughlin, *Fuori controllo*
Karen Swan, *Natale a Londra con amore*
Daniela Farnese, *A noi donne piace il rosso*
Daniela Volonté, *Buonanotte amore mio*
Jessica Sorensen, *Infinito amore*
M. Leighton, *Tutto o niente*
K.A. Tucker, *Una piccola bugia*
Rosa Ventrella, *Innamorarsi a Parigi*
Lorelei James, *Legami*
Jay Crownover, *Oltre le regole*
Penelope Douglas, *Da quando ci sei tu*
Cecile Bertod, *Non mi piaci ma ti amo*
Kristen Ashley, *Non dirmi di no*
Rebecca Donovan, *Mai senza te*
Kirsty Moseley, *Il ragazzo che entrò dalla finestra e si infilò nel mio letto*
Alessandra Merighi, *Non smettere mai di abbracciarmi*
Gail McHugh, *Perché ci sei tu*
Amy Harmon, *Sei il mio sole anche di notte*
Sarah Dessen, *Ascolta il tuo cuore*
Rachel McIntyre, *Non chiedermi se ti amo*
Emma Chase, *Tu mi cercherai*
Jodi Ellen Malpas, *Per una sola volta*
Morgan Matson, *Noi due ai confini del mondo*

Sara Tessa, *Se fossi qui con me questa sera*
June Gray, *L'abbandono. Disarm Trilogy*
Lia Riley, *Ho imparato ad amare*
Jessica Sorensen, *L'amore verrà*
Alice Oseman, *Senza nuvole*
Barbara Delinsky, *Così dolce così amaro*
Rachel McIntyre, *Non chiedermi se ti amo*
Lia Riley, *Ho imparato ad amare*
June Gray, *L'abbandono*
Laurie Halse Anderson, *Nessuno è come te*
Elisa Gentile, *Non meriti un minuto in più del mio amore*
Kylie Scott, *Tutto in una sola notte*
Molly McAdams, *Ti lascio ma restiamo amici*
Monica Murphy, *Non posso fare a meno di te*
Megan Maxwell, *Chiedimi chi sono*
K.A Tucker, *Quattro secondi per perderti*
Abigail Barnette, *The Boss*
Sierra Cartwright, *Non lasciarmi sola in una notte di pioggia*
Melissa Foster, *Ogni maledetto bacio che avrei voluto darti*
Vanessa Greene, *La casa di fronte al mare*
Aurora Belle, *I suoi occhi su di me*
Renée Carlino, *Non aver paura di innamorarti*
Jessica Clare, *Scommessa indecente*
Ella Gai, Odiare, *Amare, Baciare*
Monica Murphy, *Ti odierò fino ad amarti*
Jessica Sorensen, *Con te sarà un disastro*
Kim Karr, *Se te ne vai ti aspetto*
Lauren Layne, *L'unico sbaglio che rifarei mille volte*
Asia Stella, *Io dormo da sola*
Kristen Ashley, *Dimmi che sei mio*
Penelope Douglas, *La mia meravigliosa rivincita*
Emma Chase, *Amore illegale*
Patrisha Mar, *La mia eccezione sei tu*
Anna Premoli, *Un giorno perfetto per innamorarsi*
Lauren Barnholdt, *Vietato non innamorarsi*
Tiffany Reisz, *Guardami, toccami, stringimi*
G.J. Walker-Smith, *E l'amore bussò*
Amy E. Reichert, *Chef per amore*
Juliette Sobanet, *Tutta colpa di Parigi*
Sara Shepard, *Giovani, carine e bugiarde. Assassine*
K.A. Linde, *Senza compromessi*

Jen McLaughlin, *Un disperato bisogno di te*
Kristen Proby, *Ti porto via con me*
Jessica Sorensen, *C'è chi dice amore*
Pepper Winters, *Io ti appartengo*
Elisa Trodella, Loretta Tarducci, *Scusa ma ti amo troppo*
Mia Sheridan, *Se non torni sto male*
Jill Ciment, *Ruth & Alex. L'amore cerca casa*
AA.VV., *Dolci desideri*
Daniela Farnese, *Natale da Chanel*
Daniela Volonté, *L'amore è uno sbaglio straordinario*
Sandy Hall, *Qualcosa di molto speciale*
Kirsty Moseley, *Mi sono innamorata del mio migliore amico*
Karen Swan, *Quell'estate da Tiffany*
Ali McNamara, *Colazione a Notting Hill*
Giulia Ross, *Ho scelto te*
Elisa Gentile, *Ti amo perché sei bugiardo*
Jodi Ellen Malpas, *Tutte le volte che vuoi*
Scott Kylie, *È stato solo un gioco*
Jay Crownover, *Oltre l'amore*
Valeria Luzi, *Mi manchi troppo per dimenticarmi*
Karen Swan, *Natale sotto la neve*
Trisha Ashley, *12 giorni a Natale*
Emma Chase, *Niente regole*
Abigail Barnette, *The Girl*
Abigail Barnette, *The Wedding*
Abigail Barnette, *The Ex*
Jessica Clare, *Troppo bello per dire di no*
J.S. Cooper, *Quella notte tutto è cambiato*
Jay Crownover, *Oltre i segreti*
Kim Karr, *Cattive abitudini*
M. Leighton, *Averti è impossibile*
Samantha Towle, *Nonostante tutto, ti amo ancora*
Jen McLaughlin, *Ogni volta che sei qui*
Lucrezia Scali, *Te lo dico sottovoce*
Victory Storm, *Ogni tuo desiderio è un ordine, bastardo*
Claire Ashbey, *La libreria dei desideri*
Amy Harmon, *Infinito+1*
Jennifer Mathieu, *Tutta la verità su Alice*
Morgan Matson, *Al centro dell'universo*
Molly McAdams, *La mia fantastica scelta sbagliata*
Penelope Douglas, *Non riesco a dimenticarti*

Sara Oackler, *#amorenoncorrisposto*
Cassandra Rocca, *Ho voglia di innamorarmi*
Isabella Spinella, *Pomettimi che accadrà*
Anna Premoli, *L'amore non è mai una cosa semplice*
Cecile Bertod, *Tutto ma non il mio tailleur*
Emma Chase, *Amore senza regole*
Sara Dessen, *Per sempre noi*
Monica Murphy, *Il mio sogno proibito*
June Gray, *Disarm. Il ritorno*
Menna Van Praag, *I sogni sono desideri*
Lauren Layne, *Sbagliando si ama*
Jodi Ellen Malpas, *Ancora una volta*
L.A. Tucker, *99 giorni*
Kylie Scott, *Nessun pentimento*
Kristen Ashley, *Ti prego dimmi di sì*
Jessica Sorensen, *Con te sarà uno sbaglio*
A. Meredith Walters, *Il nostro attimo infinito*
Carrie Elks, *Abbi cura di me*
Michelle Gable, *Ritorno a Parigi*
Volonté Daniela, *Non chiamarmi di lunedì*
M. Leighton, *Tutto è possibile tra noi*
R.K. Lilley, *Prova a farmi volare*
Jillian Dodd, *That Boy*
Jillian Dodd, *That Girl*
Megan Maxwell, *Sorprendimi*
Lauren Rowe, *Insieme per gioco*
Lauren Rowe, *Insieme per passione*
Lauren Rowe, *Insieme per amore*
L.A. Casey, *Love. Un nuovo destino*
Brittainy C. Cherry, *L'amore arriva sempre al momento sbagliato*
Andrea Portes, *La ragazza dell'ultimo banco*
Jay Crownover, *Oltre il destino*
Dinah Jefferies, *Il profumo delle foglie di tè*
Patrisha Mar, *Ti ho incontrato quasi per caso*
Kirsty Moseley, *Con te toccherò il cielo con un dito*
Angela Iezzi, *Gli effetti speciali dell'amore*
Staci Hart, *Un meraviglioso amore impossibile*
Anna Premoli, *L'importanza di chiamarti amore*
Meredith Wild, *Senza difese*

Gli Insuperabili

Ultimi volumi pubblicati

Alex Churton, *La mappa segreta della Massoneria*
Jonathan Holt, *Sconsacrato*
Ilaria Beltramme, *La società segreta degli eretici*
Federica Bosco, *Un amore di angelo*
Roberto Fabbri, *Il giustiziere di Roma*
Massimo Lugli, *Gioco perverso*
Andrea Frediani, *La battaglia delle Termopili*
Lindsey Kelk, *I love New York*
Amy Bratley, *Segreti, bugie e cioccolato*
Evie Hunter, *L'iniziazione*
Andrea Frediani, *Gli invincibili. Alla conquista del potere*
G. L. Barone, *La cospirazione degli Illuminati*
Niamh Greene, *Sarà perché ti amo*
Davide Mosca, *La cripta dei libri profetici*
Karen Swan, *Shopping da Prada, appuntamento da Tiffany*
Ali McNamara, *Innamorarsi a Notting Hill*
Miranda Dickinson, *Iniziò tutto con un bacio*
Jessica Sorensen, *Non lasciarmi andare*
Diana Lama, *L'anatomista*
Daniela Farnese, *I love Chanel*
Amy Bratley, *L'amore della mia vita*
Marcello Simoni, *L'isola dei monaci senza nome*
Marc Raabe, *Il sezionatore*
Rebecca Chance, *Amori, bugie e tacchi alti*
Elisa Amoruso, *Buongiorno amore*
C. M. Palov, *La cripta occulta dei templari*
Vanessa Greene, *Biscotti, dolcetti e una tazza di tè*
Joseph Kanon, *Omicidio a Istanbul*

Tami Hoag, *La Ragazza N° 9*
Martin Rua, *Le nove chiavi dell'antiquario*
Tiffany Reisz, *Peccato originale. Il ritorno*
Anna Premoli, *Come inciampare nel principe azzurro*
Enrico Vanzina, *Il gigante sfregiato*
Simon Scarrow, *La battaglia finale*
Carmen Reid, *Shopping con le amiche*
Remo Guerrini, *L'estate nera*
C.L. Parker, *La proposta*
S. Montemurro; M. Lugli; M. Simoni; F. Bertuzzi; D. Lama; G. Leoni; P. Roversi, *Estate in giallo*
Vito Bruschini, *I segreti del club Bilderberg. Il romanzo del potere*
Nicola Doherty, *Innamorarsi a Central Park*
Lauren Myracle, *Il nostro infinito momento*
Roberta Gately, *La Pakistana*
Carole Matthews, *Un regalo inaspettato*
M. Simoni, M. Lugli, L. Ghinelli, D. Mosca, M. Pietroselli, F. Delizzos, S. Montemurro, G. Lisai, *Giallo Natale*
Milly Johnson, *Un indimenticabile Natale d'amore*
Thomas Harding, *Il comandante di Auschwitz*
Eva Schloss, *Sopravvissuta ad Auschwitz*
Sara Tessa, *L'uragano di un batter d'ali*
Chase Emma, *Non cercarmi mai più*
Cassandra Rocca, *Tutta colpa di New York*
Jessica Sorensen, *Tienimi con te*
Brian McGilloway, *Non parlare*
Rosa Ventrella, *Il giardino degli oleandri*
Daniela Sacerdoti, *Ho bisogno di te*
Franco Matteucci, *La mossa del cartomante*
Laura Schiavini, *A qualcuno piace dolce*
Paolo Cammilli, *Maledetta primavera*
Solomon Northup, *12 anni schiavo*
Marcello Simoni, *Il labirinto ai confini del mondo*
Monica Murphy, *Non dirmi un'altra bugia*
David Gibbins, *Il faraone*
Stuart MacBride, *Vicino al cadavere*
Jessica Sorensen, *Con te sarà diverso*
Anna Premoli, *Finché amore non ci separi*
Letizia Triches, *Il giallo di Ponte Vecchio*
Simon Scarrow, *La profezia dell'aquila*
Andrea Frediani, *La battaglia della vendetta. La saga degli invincibili*

Amy Harmon, *I cento colori del blu*
Jonathan Holt, *Profanato*
M. Leighton, *Solo per te*
Ali McNamara, *Da New York a Notting Hill per innamorarsi ancora*
C.L. Parker, *La trasgressione*
Marc Raabe, *Prima di uccidere*
Cassandra Rocca, *Una notte d'amore a New York*
Martin Rua, *La cattedrale dei nove specchi*
Jessica Sorensen, *Non cambiare mai*
Emma Chase, *Cercami ancora*
Catharina Ingelman-Sundberg, *La banda degli insoliti ottantenni*
M.R.C. Kasasian, *I delitti di Mangle Street*
Valeria Luzi, *Ti odio con tutto il cuore*
Mario Mazzanti, *Un giorno perfetto per uccidere*
Gail McHugh, *Stringimi più che puoi*
Monica Murphy, *Dammi un'altra possibilità*
Simon Scarrow, *L'aquila dell'impero*
Leandro Sperduti, *I 7 arcani del Vaticano*
Sara Tessa, *Il silenzio di un batter d'ali*
John Searles, *Non rispondere*
Felix Weinberg, *Bambino n. 30529*
M. Lugli; F. Bertuzzi; D. Lama, P. Roversi; G. Morozzi; P. Di Cara; D. Nelli, *Delitti di Ferragosto*
Cassandra Rocca, *Mi sposo a New York*
Andrea Frediani, *300 La saga*
Miranda Dickinson, *Favola d'amore a New York*
Jessica Sorensen, *Per sempre insieme*
Andrea Frediani, *I 300 di Roma*
Emma Chase, *Io ti cercherò*
Karen Swan, *Quell'estate senza te*
Massimo Lugli, *La strada dei delitti*
Michelle Gable, *Un favoloso appartamento a Parigi*
Penelope Douglas, *Mai per amore*
Jen McLaughlin, *Fuori controllo*
Joel C. Rosenberg, *Fuga da Auschwitz*
Antonia Hodgson, *Il misterioso caso di Samuel Fleet*
Giulio Castelli, *L'imperatore guerriero*
G. L. Barone, *Il sigillo dei tredici massoni*
Andrea H. Japp, *I delitti della cattedrale*
Andrea Frediani, *Guerra sui mari. Il dominio su Roma*
Melissa Foster, *Un bacio sotto la neve*

Karen Swan, *Natale a Londra con amore*
F. Caringella; L. Triches; E. Carta; D. Lama; M. Simoni; F. Bertuzzi; L. Ghinelli; F. Delizzos; M. Lugli; *Delitti di Capodanno*
Carole Matthews, *Appuntamento sotto l'albero*
G. L. Barone, *La chiave di Dante*
Roberto Fabbri, *Il generale di Roma*
Amy Harmon, *Sei il mio sole anche di notte*
Letizia Triches, *Quel brutto delitto di Campo de' Fiori*
Emma Chase, *Tu mi cercherai*
A.G. Howard, *Il mio splendido migliore amico*
Stuart MacBride, *Omicidi quasi perfetti*
Brian McGilloway, *Urlare non basterà*
Jodi Ellen Malpas, *Per una sola volta*
Franco Matteucci, *Tre cadaveri sotto la neve*
Morgan Matson, *Noi due ai confini del mondo*
Simon Scarrow, *Il sangue dell'Impero*
Rande Brown, Mineko Iwasaki, *Storia proibita di una geisha*
Sarah Dessen, *Ascolta il tuo cuore*
Aurora Belle, *I suoi occhi su di me*
Mario Mazzanti, *Non uccidere*
Andrea Frediani, *Sfida per l'impero*
Jessica Sorensen, *Con te sarà per sempre*
Fariba Nawa, *La moglie afghana*
Emma Chase, *Amore illegale*
Rebecca Donovan, *Mai senza te*
Roberto Fabbri, *Il re della guerra*
Diana Lama, *27 ossa*
Irène Némirovsky, *Suite francese*
Andy Weir, *Sopravvissuto*
Marcello Simoni, *L'abbazia dei cento peccati*
Penelope Douglas, *Da quando ci sei tu*
Lauren Layne, *L'unico sbaglio che rifarei mille volte*
Massimo Lugli, Mario Mazzanti, Francesco Caringella, Diana Lama, Francesca Bertuzzi, Paolo Roversi, Gianluca Morozzi, Piergiorgio Di Cara, Divier Nelli, *Delitti in vacanza*
Gail McHugh, *Perché ci sei tu*
Kristen Proby, *Ti porto via con me*
Simon Scarrow, *Roma, sangue e arena*
Kylie Scott, *Tutto in una sola notte*
Dinah Jefferies, *La separazione*

3.0

Ultimi volumi pubblicati

Stefano Baldi, *Sia fatta la tua volontà*
Roberta Gately, *La Pakistana*
Catharina Ingelman-Sundberg, *La banda degli insoliti ottantenni*
Ellen Marie Wiseman, *La stagione dei ricordi perduti*
Qais Akbar Omar – Stephen Landrigan, *Leggere Shakespeare a Kabul*
Maurice Bigio, *La ragazza di Teheran*
Kenneth Macleod, *Le conseguenze*
Muriel Zagha, *Esprimi un desiderio*
Dinah Jefferies, *La separazione*
Lorenza Ghinelli, *Con i tuoi occhi*
Rosa Ventrella, *Il giardino degli oleandri*
Slash Coleman, *L'amore ha la febbre alta*
Danielle Hawkins, *La cena delle bugie*
Margherita De Bac, *Per fortuna c'erano i pinoli*
Janet MacLeod Trotter, *La figlia del mercante di tè*
Dora Levy Mossanen, *Il silenzio delle farfalle*
Chamed, *Mi si è fermato il cuore*
Najat El Hachmi, *La casa dei tradimenti*
Emmanuelle Urien, *Una donna ideale*
Anne Berry, *La bambina segreta*
Susanna Quinn, *Il fascino della geisha*
Charles Belfoure, *Il nascondiglio segreto di Parigi*
Maria Duffy, *La piccola strada delle cose perdute*
Sue Gee, *Passaggio a Bombay*
Yvette Manessis Corporon, *Dove sussurra il mare*
Christopher Castellani, *Tutto quello che pensiamo quando parliamo d'amore*
Parnaz Foroutan, *La ragazza del giardino di fronte*
Isabella Spinella, *Promettimi che accadrà*
Alyssa Sheinmel, *Beautiful*
Barbara Claypole White, *Il figlio perfetto*
Susan Bloomberg-Kason, *Una brava moglie cinese*

★★★★★

«Una serie da non perdere assolutamente!
Con un protagonista straordinario come Blake, un'eroina forte e indipendente come Erica e una storia così intrigante, il successo è assicurato!
Meredith Wild è diventata all'istante la mia autrice preferita!»